# 네안데르탈인의
## 귀향

정과리 비평집

**네안데르탈인의 귀향**——내가 사랑한 시인들·처음

**펴 낸 날** 2008년 2월 29일
**지 은 이** 정과리
**펴 낸 이** 채호기
**펴 낸 곳** (주)문학과지성사
**등록번호** 제10-918호(1993. 12. 16)
**주    소** 서울 마포구 서교동 395-2(121-840)
**전    화** 02)338-7224
**팩    스** 02)323-4180(편집)   02)338-7221(영업)
**전자우편** moonji@moonji.com
**홈페이지** www.moonji.com

ⓒ 정과리, 2008. Printed in Seoul, Korea

ISBN  978-89-320-1847-8

:: 정과리 비평집

# 네안데르탈인의 귀향

— 내가 사랑한 시인들 · 처음

문학과지성사
2008

[언어language를 몰랐던] 네안데르탈인들은 그들의 두뇌를 어떤 정교한 통화체계를 위해 사용하였다. 그 통화체계의 성격은 'Hmmmmm,' 즉, 비분할적Holistic이면서, 조절할 수 있었고manipulative, 태가 여럿이었으며multi-modal, 음악적이고musical, 그리고 모방적mimetic이었다. ─스티븐 미튼Steven Mithen, 「노래하는 네안데르탈인*Singing Neanderthals*」, Harvard University Press, 2006, p.221.

존재한다는 순수한 사실에 대한 동의로서의 우정. 친구들은 무언가(출생, 법, 장소, 취향)를 나누는 존재가 아니다. 그들은 언제나 우정의 체험에 의해서 이미 서로 나누고 있다. 우정 자체가 모든 다른 나눔에 앞서는 나눔partage이다. 왜냐하면 우정이 모든 나눔에 분별의 척도로서 개입시키는départage 것은 존재한다는 사실 자체, 삶 그 자체이기 때문이다. 대상에 아랑곳 않는 이러한 분배, 이러한 함께-느낌이 정치를 구성한다. ─조르조 아감벤Giorgio Agamben, 「우정*Amitié*」, Rivages Poches, 2007, p.40.

# 책머리에

브르타뉴Bretagne의 카르낙Carnac에 간 건 2007년 8월 13일이었다. 무리를 이루고 있다는 선돌들을 보기 위해서였다. 그것들이 과연 거기에 있었다. 뭉게구름이 낮게 깔려 마치 하늘 문턱에 다가간 듯한 곳에서 처연히 열병하고 있었다. 그리고 한쪽 가장자리 마을 회관 같은 건물 담벼락 옆에 세워진 팻말에 기유빅Guillevic의 시구가 적혀 있었다.

사람들이 다문다문 (d) 모양으로 거기 있었다.
그들은 오래전부터 거기 있었다.

그들은 바다를 보러 가지 않았다.
그들은 듣고 있었다.*

어슬렁거리며 주위를 돌다 사진도 찍다 하늘도 바라보다, 문득 '그

곳에 왔다'는 느낌이 스치듯 지나갔다. 불로뉴로 돌아가는 길목에서 잠시 주차하고, 누가 잘못 알려준 바람에 여기에 있으리라고 여긴 '마들렌 과자Madeleine'를 사러 제과점에 들어갔으나 상인은 내 말을 알아듣지 못했고, 가게 유리창에 광고지가 붙은 브르타뉴 과자를 다시 주문했지만 저녁때라 모두 팔린 뒤였다. 심야에 거처에 포착하여 침대로 무너지곤 사나흘 꿈결을 헤매는 듯하였다. 일주일 후 한국행의 창천에서, 영영 다시 돌아올 수는 없다는 망연자실한 기분과 함께, 나는 내가 왔던 곳이 내가 사랑한 시인들의 목젖 아래 부근이었음을 알았다. 더불어 10년 전 젊은 시인 김태동의 시를 두고 '언어 탄생 이전의 음향들'이라고 명명하고자 했던 충동을 적이 짐작할 수 있었다. 그렇게 해서 나는 내 연정의 일지에 '귀향기'라는 이름을 붙여줄 명분을 얻게 되었다.

돌아올 곳은 여럿일 수밖에 없었다. 최초의 느낌 이후 모든 재생은 산란적이고, 그 동작의 형태는 수와 부피를 낳는다. 이 책은 그 점점이 뿌려진 동작들을 가둔 첫번째 원환이다. 소제목으로 쓰인 말들은 시의 '풍경'을 암시한다. 여기 수록된 어느 글에서 적었듯이 '풍경'은 현실로부터의 도피도, 자연으로의 귀의도 아니다. 그것은 현실을 닮고 여는 사건의 다양한 양태들의 총칭일 따름이다. 강조점은 '사건'

---

* 인용된 시구는 카르낙의 팻말에서 옮긴 것인데(적확한 번역이라 할 수는 없다. 가까스로 느낌을 엇비슷하게 맞추려 했을 뿐이다). 시집 『카르낙 Carnac』(Gallimard, 1961)에 실린 것과는 약간 다르다. 첫 행이 문제의 시행으로, 팻말 안의 첫 행이 "Les gens y étaient comme des… (d)…"인 데 반해, 시집에는 "Les gens y étaient comme des menhirs"(사람들이 선돌들처럼 거기에 있었다)로 되어 있다. 차이가 발생한 사연을 찾으려 했으나 정보가 충분치 못하였다. 막연히, 시집으로 옮겨갈 때 수정이 일어났고, 그 수정에는 기교보다 담백함을 우선시하고자 한 의지가 작용했다고 짐작할 뿐이다.

위에 찍힌다. 그 사건은, 되풀이해 말하지만, 유한자들의 사건인 한, 언제나 점정(點睛)에서 헷갈려버린 용 그림의 훼절(毁折)된 꼴이 진면목인 사건이다.

때문에 나는 이 귀향이 혹시나 '마르탱 게르의 귀향le retour de Martin Guerre'이 아닐까 의심한다. 내가 사랑하는 시인들에게 그것이 탄로날까 봐 걱정이다.

2008년 첫날
청담공방에서
정과리

## 차례

제1부 **발목**

# "발목까지/발밑까지"의 의미
## ─김수영의 「풀」

문학성이 '잘 빚어진 항아리'로서의 작품 안에 담겨 있다기보다 텍스트와 독자 사이의 화응을 통해서 생성되며 변화한다는 현대적 관점은 김수영의 「풀」에 역설적인 방식으로 적용될 수 있다. 역설적인 방식이라고 한 것은, 지금까지 이 시가 많은 사람들에 의해서 한 편의 완미한 서정시이자 김수영 시 전체의 최후의 결산으로서 이해되어왔기 때문이다. 그러나 바로 그러한 사태, 즉 김수영의 모든 것을 「풀」 안에 압축해 넣고자 하는 사람들의 의지와 열정이, 지금의 눈으로 언뜻 봐서는 평범한 서정시로 스쳐 지나쳐버릴 수도 있는 작품의 문학적 가치를 또렷이 부각시키고 그 수명을 성큼 늘렸던 것이다.

지금의 눈으로 봐서? 그렇다. 이 시의 주제라고 일컬어져온 '민중의 생명력'은 이젠 진부하거나 불확실한 것이 되었다. 그러나 이 시가 발표될 즈음에서 보자면 이 시는 역사의 중심을 지식인(의식인)으로부터 민중에게로 돌려놓는 근본적인 인식론적 단절의 계기가 되었고, 그로 인해 숱한 아류들뿐만 아니라 정희성의 「답청」 같은 수작을 낳은 모태가 되었던 것이다. 하지만 그렇다 한들 오늘 누가 저 순진한 믿음에 여전히 비벼대고 있겠는가?

게다가 김수영 시의 총결산이라고 이해되고 있는 이 시가 실은 그의 다른 시들과 아주 다르다는 것은 흔히 간과되어왔다. 김수영 시의 특장 중의 하나는 시의 화자가 시의 사건에 적극적으로 개입하여 목청을 드높인다는 것인데(그래서 김현은 "그의 시가 노래한다라고 쓰는 것은 옳지 않다. 그는 절규한다"라고 말했던 것이다), 「풀」은 정말 김수영의 시인가 의심을 하게 할 정도로 온전히 묘사적이다. (「폭포」도 묘사적이지만, 묘사의 열기가 시의 화자의 존재를 단호히 그리고 격정적으로 알리고 있다. 아니 그 단호함과 격정이 화자 그 자신이며, 그 단호한 격정적 화자는 바로 '폭포'를 묘사의 행위로써 체험하고 있는 것이다.)

그렇다면, 일찌감치 「풀」에 드리워졌고 오늘날까지도 퇴색하지 않고 있는 그 영광은 단지 지나간 믿음의 화석으로서 존재하는 것인가? 그것은 끈질긴 교육의 기념비이고 박물관 건물 안의 명예에 지나지 않는 것인가?

이러한 회의를 이겨낼 만한 힘이 「풀」에는 분명 있다. 그리고 그 힘은 저 과거적 사건의 반향이 아니라 이 작품의 내재 구조의 내구력이다(그리고 내구력을 가진 것만이 독자와 반향할 수 있다. 문학성에 관한 고전적 관점과 현대적 관점은 그리 멀리 떨어져 있지 않다). 그 내구력은 적어도 세 개 층의 창고에 저장되어 있다.

우선, 섬세한 문학 비평가들의 관심을 끌었던 「풀」의 리듬이 그것이다. 황동규가 직관적으로 '주술적'이라고 정의[1]한 그 리듬은, 서우

---

1) 황동규, 「시의 소리」, 『사랑의 뿌리』, 문학과지성사, 1976, pp.154~57.

석에 의해서 분석[2]되고 김현[3]과 김치수[4]에 의해서 발전적으로 이해된 바에 의하면, 바람/풀의 명사적 대립의 반복이 아니라 눕다/일어서다, 웃다/울다와 같은 동사적 대립의 교차 반복으로 이루어져 있다. 이 동사들의 교차·반복이 자아내는 효과는 무엇보다도 운동감이다. 운동을 일으키는 한 시는 화석으로 굳지 않는다.

그러나 반복은, 차이를 발생시키지 않는 한, 활동을 증대시키는 만큼 의식을 마비시킨다. 의식의 마비가 절정에 다다르면 주술에 빠진 상태에 이르게 된다. 이것은 김수영의 시에는 어울리지 않는다. 그의 시가 무엇보다도 의식의 고뇌이고 그것의 버림이라는 것은 상식에 속하는 일이다. 그러니 과연 그럴까? 정말 이 시는 오직 반복으로 이루어져 있을까?

그렇지 않다. 이 시에는 눕고 일어서며 울고 웃는 동작의 되풀이만이 있는 것이 아니다. 그 동작의 물결과 마찰하면서 이 반복적 리듬을 첨예하게 인지시키는 무언가가 있다. 그 무언가는, 서우석이 설명 없이 제시하였고("풀과 신발만이 화면에 가득 찬 정경") 김현에 의해서 날카롭게 포착된, 그러나 이후의 평론가들에 의해서 은근히 무시된, 숨은 존재의 무엇이다. 그러니까, "발목까지/발밑까지 눕는다"의 '발목' '발밑'으로 지시된 존재의 발목, 발밑이다.

시의 본령이 디에게시스Diegèsis라는 일반적인 합의에 근거한다면, 이 발목으로 지시된 존재는 화자 이외의 인물일 수가 없다. 화자

2) 서우석, 「김수영: 리듬의 희열」, 『시와 리듬』, 문학과지성사, 1981, pp.154~56.
3) 김현, 「웃음의 체험」, 김현문학전집5 『책읽기의 괴로움/살아 있는 시들』, 문학과지성사, 1992, pp.47~52.
4) 김치수, 「「풀」의 구조와 분석」, 『문학과 비평의 구조』, 문학과지성사, 1984, pp.241~47.

는 묘사하는 존재이면서 동시에 한 사람의 인물로서 풀과 바람의 너울춤에 참여하고 있는 것이다. 그렇다면, 이 시가 온전한 묘사시라는 앞서의 진술은 이제 수정되어야 한다. 이 시에서도 김수영은 실상 시의 상황 속으로 깊숙이 개입하고 있는 것이다(바로 이것이 시의 내구력이 저장된 두번째 창고층이다.) 다만, 그의 다른 시에서 화자가 '말'로써 개입하고 있다면, 이 시에서는 '발목'으로써 개입하고 있다. 발목으로 개입하고 있다니, 도대체 무슨 뜻인가?

바로 이 점이 김현의 분석에서도 간과되어 있는 점이다. 김현은 발목으로 지시된 존재의 '서 있음'을 강조하였다. 그것의 강조는 그로 하여금 그 서 있는 존재가 풀의 '울음'을 '웃음'으로 뒤집는다고 해석하게 한다: "「풀」의 비밀은 바로 이곳에 있다. 그 시의 핵심은 바람/풀의 명사적 대립이나, 눕는다/일어선다, 운다/웃는다의 동사적 대립에 있는 것이 아니라, 풀의 눕고 욺을 풀의 일어남과 웃음으로 인식하고, 날이 흐리고 풀이 누워도 울지 않을 수 있게 된 풀밭에 서 있는 사람의 체험이다." [5] 그이다운 해석이다. 김현은 활동하는 주체로서의 개인에 대한 믿음을 끝내 버리지 않았다. 그 활동하는 개인이 민중이 아님은 분명하다. 그 '사람'은 깨어 있는 의식인이다.

그러나 시 자체는 그러한 해석을 보증하지 않는다. 일반적 상황에 비추어보아도, 깨어 있는 의식인이 곧바로 삶의 비탄을 유쾌한 생의 활력으로 바꿀 수 있다고 장담할 근거는 없다. 민중에 기대든 의식인에 기대든 그러한 발언은 단지 소망의 피력일 뿐이다. 독자가 시에서 확인할 수 있는 것은 이 존재가 발목으로써 자신을 드러내고 있다는

---

5) 김현, 앞의 책, p.52.

것뿐이다. 그리고 이 유일한 사실이 의미의 원천이며, 내구력의 세번째 창고이다. 가만히 눈을 감아보자. 바람이 불고 풀이 쓸렸다 일어났다 하는 풀밭에 한 사람이 서 있다. 이 사람이 풀밭에 있지 않은 다른 사람, 가령 근처의 어느 집 문간에 있는 사람과 다른 점은 무엇인가? 두 사람은 모두 풀의 쓸리고 일어남을 '볼' 수 있다. 그러나 풀밭에 있지 않은 사람은 단지 볼 뿐이다. 풀밭에 있는 사람은 또 하나의 감각을 체험한다. 바로 발목에서 바람과 풀의 오묘한 밀고 당김을 느낀다는 것, 체감한다는 것 말이다. 그 체감은 또한 풀밭에 누워 있거나 앉아 있는 사람이 느끼는 것과도 다르다. 후자들은 풀을 짓누르고 있기 때문에 바람과 풀의 '작란'을 느낄 수 없을 것이기 때문이다. 따라서 '서 있는' 존재의 특별한 가치가 있다 하겠는데, 그러나 그 서 있는 존재는 세상의 고통을 의식적으로 극복하는 사유하는 주체의 표상이 아니다.

오히려 그는 의식인이라기보다 감각적 존재인데, 그가 겪는 감각은 세 가지 감각들의 동시적 복합체이다. 그는 우선 "비를 몰아오는 동풍"을 몸으로 맞는 존재이고(풀과 함께), 다음, 풀의 쓸리고 일어남을 보는 존재이며, 마지막으로, 풀과 바람의 밀고 당김을 발목에서 느끼는 존재이다. 풀밭에 앉아 있는 존재는 첫번째와 두번째 감각을 체험할 수 있으나 마지막 감각을 체험할 수 없으며, 풀밭에 누워(혹은 엎드려) 있는 사람은 첫번째 감각을 체험할 수 있으나 나머지 두 감각을 체험할 수 없고, 집 문간에 있는 사람은 두번째 감각을 체험할 수 있으나 첫번째와 세번째 감각을 체험할 수 없다.

풀밭에 서 있는 존재가 느끼는 이 세 이질적 감각의 동시성이 풀의 울음을 울고 웃음으로, 풀의 쓸림을 눕고 일어남으로 '인식'하게 한 근거가 되지 않았을까? 풀의 울음은 풀 그 자신으로부터 터져 나온 게 아니라 첫번째 감각을 겪는 자의 풀에 대한 감정 이입의 결과이며, 풀의 누움 역시 두번째 감각의 주체가 사실적으로 포착한 것에 첫번째 감각의 주체의 감정을 투사해서 얻어낸 인식이다. 풀의 일어남은 우선 두번째 감각의 주체가 사실적으로 포착한 것이지만, 그것을 '일어남'이라고 명명한 데에는 그가 풀의 누움이라고 인식한 것을 '추정적으로' 늘리고 의식적으로 조작하는 '소망'의 작업이 작동하고 있다. 이 소망의 작업은 궁극적으로 첫번째 감각의 주체가 느낀 고통스러운 감정의 회복, 즉 울음을 웃음으로 뒤집는 데 기여한다. 그러나 이 소망 작업의 현실적인 근거는 두번째 감각의 주체에게는 없다. 오직 그것을 '실감'할 수 있는 존재는 세번째 감각의 주체, 즉 발목의 주체이다. 이 발목의 주체는 눕고 일어남을 체감할 뿐만 아니라, 그것은 타자들의 사건이 주체의 감각에 전달된 것이기 때문에 곧바로, '고통을 겪는-나'와 달리 풀과 바람이라는 고통 모르는 존재들이 서로 밀고 당기는 작란을 하는 게 아닐까, 하는 미묘한 짐작을 갖게 된다. "바람보다도 더 빨리 울고/바람보다 먼저 일어난다"라든가, "바람보다 늦게 누워도/바람보다 먼저 일어나고/바람보다 늦게 울어도/바람보다 먼저 웃는다"와 같은 묘사는 일단은 그 짐작된 작란의 표현으로 읽는 것이 타당하다.

　그러나 작란하는 타자로서는(이 작란하는 타자는 이미 그의 초기 시 「공자의 생활난」「달나라의 장난」에 나타났었다) 풀은 고통 모르는 존재이지만, 동시에 첫 연에 기술되어 있듯이 그것은 '나'와 마찬가지로 고통하는 존재이다. '나'는 고통하는 존재로서 풀과 동렬에 서며, 이 연관 덕분에 고통 모르는 존재들의 놀이인 풀-바람의 작란에 동참

할 가능성을 얻게 된다. 그리고 이 때문에 세번째 감각의 주체 즉, 순수 감각의 발목 주체에 첫번째와 두번째 감각 주체들의 공동 작업인 소망의 작업이 끼어들어(이 세 주체는 실은 한 주체이다. 이것이 세 주체의 자연스러운 이동과 협력을 가능케 한다), 동풍을 이겨내는 의지의 표상으로 풀을 재구성한다. 두번째 연에서 "바람보다도 더 빨리 눕는다/바람보다도 더 빨리 울고/바람보다 먼저 일어난다"의 '빨리-먼저'의 추월형(앞질러 달아나기야말로 작란의 가장 기본적인 형식이다)이 세번째 연에서 "늦게 누워도/ 〔……〕 먼저 일어나고/ 〔……〕 늦게 울어도/ 〔……〕 먼저 웃는다"의 '늦게/먼저'의 대결형으로 바뀐 것은 그 재구성의 결과이다.

그러나 그 재구성의 결과는 의지의 획득이나 행동의 실천이 아니라 그것들을 가능성으로 열어놓는다는 것일 뿐이다. 풀-바람의 사건에 발목으로 참여한 '나'는 몸 전체로는 참여하지 못한다. 상상적으로는 그것이 가능하겠지만 그 동참의 순간 그는 스스로 타자가 되어버리고, 그의 '고통받음'이라는 주체의 성질은 엄연히 남는다. 마지막 행이 "날이 흐리고 풀뿌리가 눕는다"로 메지난 것은 그 때문이다. 그것은 생의 한복판에서 맞는 고통의 엄존성을 똑바로 가리키면서, 동시에 그 고통 겪는 존재가 발목의 체험에 힘입어서 근본적인 즉 뿌리째 뒤바뀌는 존재의 전환을 열망케 하는 존재로서 재탄생하고 있음을 보여준다. 세 개의 이질적인 감각의 복합이 궁극적으로 부각시키는 것은 존재와 열망 사이의 분열에 대한 날카로운 의식이다. (지나는 길에 덧붙이자면, 이 가능성이 실천태로 나타난 것은, 물론 '풀'이라는 제재 상징에 한정해서 하는 말이지만, 훗날의 시인 천양희가 "풀아 날 잡아라/내가 널 당겨 일어서겠다"고 요청한 「풀 베는 날」에 와서이다.)

그러나 이 날카로운 의식은 관념적·이상주의적 의식이 아니라 체험적 의식이며, 분열적 의식이 아니라 운동 감각적 의식이다. '발목, 발밑'이 그 체험·운동이 샘솟는 장소이다. 이것, 즉 의지의 실현을 가능성으로 여는 체험 혹은 운동 감각이, 지극히 의식적인 이 시인이 4·19의 좌절 이후 피 말리는 고통 끝에 가 닿은 마지막 지점이다. 4·19 직후부터, 특히 4·19의 좌절 이후 '신귀거래' 연작과 더불어 그를 끊임없이 괴롭힌 것은 바로 존재와 의식의 근본적인 괴리이며, 그가 사활을 건 투쟁을 벌인 것은 존재를 앞질러 나아가버린 의식을 어떻게 존재케 할 것인가, 라는 문제였다. 그 투쟁의 도중에서 그는 「거대한 뿌리」에 와서 그 해답을 관념적으로 선취하고, '꽃잎' 연작의 "여름풀의 아우성"에 와서 실제적으로 인지하게 되며, 「풀」에 다다라 마침내 그것을 체험적으로 느끼게 된다. 물론 그 체험은 오직 부분적으로만, 발목으로만 겪는 체험이다. 그러나 그 부분성 때문에 그것의 의미는 더욱 첨예하게 의식된다. 그 첨예한 의식이 짧은 서정시 「풀」을 더욱 날카롭게 떠는 현악기로 만들어, 훗날의 숱한 시인들로 하여금 그것에 앞 다투어 호응케 한다. 「풀」의 관념적 영광은 교육과 제도(정부적이든 비정부적이든)의 소산이지만, 그것의 실제적 영광은 미완성의 형식으로 완성된 텍스트의 구조의 결과이다.

〔2002〕

제2부 **바람**

# 여행/유배와 망명

## ― 황동규의 시 세계

> 그런 곳이 없다면
> 누가 시외버스에 실려 몸을 뒤척이며
> 암모니아 냄새 자욱한 홍어회처럼 달려가겠는가 (p.56)

## 1

황동규의 새 시선집(『견딜 수 없이 가벼운 존재들』, 문학과 비평사 1988)은 일종의 여행 시편들을 줄기로 해서 엮어져 있다. 그 여행은 초기부터 지금까지 줄기차게 바람을 동반한 여행이다. 거의 모든 시들에서 바람 혹은 '눈발' '낙엽' '춥다' '날린다' 등 바람과 친화력을 가진 단어들이 출현한다. 바람이 불지 않을 때조차 화자는 "마당 한켠에서는 대들이 파랗게 얼어/바람도 없이 한참 떨었습니다"(p.13)에서처럼 의식적으로 바람을 떠올리는가 하면, "빗소리인가 손을 내밀었더니 바람 소리였다"(p.65)는 구절은 바람이 황동규 시의 공간을 어느 정도 휘감고 있는지 짐작할 수 있게 해준다. 그에게 바람은 "살과 친한 바람"(p.14)이어서, 그것이 불면 "머리 위가 온통 다른 색깔"이 된다.

바람과 더불어 사는 사람은 요동성의 육체를 가진 자이다. 초기의

한 시에서, "나무들이 날리는 눈을 쓰며 걸어가는 친구여/나는 요새 눕기보담 쓰러지는 법을 배웠다"(p.160)라고 토로한 이후 황동규 시의 화자들은 휴식을 모르고 움직인다. 그리고 그 바람이 여행에 따라다니는 바람이라면, 우리는, 그것이 거듭되는 인식의 갱신과 관련된 것임을 알 수 있다. 여행이란 새로운 것에 대한 눈뜸에 다름 아니기 때문이다.

황동규의 바람은, 그러나 그와 같은 정의 자체로 환원될 수 있는 것이 아니다. 그것은 복합적이다. 복합적이라고 하는 것은 삶의 변화무쌍한 국면들과 이질적인 모양들을 포괄하고 있다는 것을 말하며, 황동규 시의 바람은 그러한 뜻에서의 복합적 존재태이다.

慶州 거리보다 계속 직각으로 뚫려 바람이 세찬 長安 거리를
한없이 작고 가벼운 존재가 되어 걸 (p.45)

어갈 때의 그 "바람이 세찬"은 "미국은 '복지원'도 없는 삭막한 나라"(p.41)에서의 '삭막한'과 거의 동의어이며,

며칠째 바람이 세다
점차 긴장하는 집
새벽에 문이 열리지 않는다 (p.102)

에서의 바람은 현실의 광포한 부정적 힘을 가리킨다.

마른 풀더미만 눈에 보인다. 밤에는 눈을 떠도 잠이 오고 바람이 자

꾸 잠을 몰아 한곳에 쌓아놓는다. (p.75)

의 바람은 뿌리 뽑힌 자들의 의식을 죽음으로 몰고 가는 바람이다.
바람은 그러나 또한 의식을 깨게 하는 것이기도 하다. "사뭇 가벼운
죽음의 입술들[인]/두 송이 꽃"이 바람에 의해 지워질 때, "한없이
작은 벌레들이 바람에 날리며" 울어, "바람 속에 남아 있는 우리의
얼굴이 차례로 비치"(pp.112~13)고, "두 눈이 지워진 돌의/얼굴을
[……]/딸애는 자꾸 꼬마귀신이라 부르지만/바람 속에 자세히 보면/
내 얼굴이다"(p.111). "바람 속에 판자 휘듯/목이 뒤틀려 퀭하니 눈
뜨고 바라보는"(p.59)에서의 바람도, 고통의 근원이면서 동시에 고
통을 직시하게 하는 신경 섬유이기도 하다.
  그리고 무엇보다도 바람은 바람[風]이며 동시에 바람[願]이다.
"우리 바람의 오랜 물결/사면에 바람은 분다"(p.120)에서처럼 바람
은 곧 바람이어서, 황동규 시의 화자는 "빚으면 소주가 되는 공기,
소주가 되어 깨는 공기"(p.88)인 그것을 정신없이 들이쉬고, "마음
을 온통 바람에 맡"(p.69)긴다. 그러니, 바람이 부는 모습은 "어디엔
가 넌지시 잡혀/온몸이 황홀로……"(p.121) 달아오르는 모습이다.
거기까지 가면, 바람은 더 이상 바깥에서 불지 않는다. 화자 스스로
가 부는 바람이다.

  사다리 둘 곳을 찾다가
  이사 온 후 처음으로
  슬레이트 지붕에 올라간다
  각목이 모자라 두 칸은 베니어를 겹으로 붙여

내 가벼운 무게도 모르고 마구 떤다

떨림이 멎지 않는다 동남쪽으로
모래내 골짜기가 펼쳐져
있다 묘사 덜 된 소설처럼 그러나
신기하게 하나도 빠짐없이 지붕과
굴뚝을 달고 집들이
모여 있고 헤어져 있다……  (p.96)


를 보라. 지붕에 오르는 화자는 동남쪽으로 부는 바람이지 않는가.
그는 사다리를 마구 떨게 하는 가벼운 무게이고 멎지 않는 떨림으로
모래내 골짜기로 불지 않는가. 그리고 스스로 바람이 된 그는, 모래
내 골짜기의 집들이 그의 집처럼 빠짐없이 지붕과 굴뚝을 달고 모여
있고 헤어져 있는 것을 보게 된다. 다른 이들은 그와 "더 이상 남이
될 수 없"다. 그가 바람이라면 타인들도 바람일 것이며, 뿐인가, "두
칸은 베니어를 겹으로 붙"인 가벼운 무게의 사다리도 바람이리라. 오
르는 것은 부는 것이리라.
   황동규 시의 바람은 근원이며 과정이며 지향이고, 죽음이며 각성이
고, 고통이며 의지이고 희원이며, 인식이고 실존이며, 또한 화자 자
신이고 타인들이다. 그것은 그것들을, 그것들의 형형색색들을 모두어
짠 직물의 드넓은 펼쳐짐이다. 그러나 바람의 끝은, 흥미롭게도, 바
람이 아니다. "이불 여미듯 바람을 여미고/마지막으로 몸의 피가 다
마를 때까지/바람과 놀게 해"(p.58)달라고 화자는 소원하는데, 몸의
피가 다 마르면, 바람 또한 불기름인 듯 흔적도 없이 사라지고, 보름

달이 훤하게 떠올라 있다.


　　주저 없이 바람이 멎고
　　가득 찬 달이 뜨고 있다 (p.93)



2


　　바람의 결과는 보름달이다. 아니, 단지 결과라고만 말해서는 안 된다.


　　"듣고 보니 우린 꿈이 같군."
　　"끝이 환했어" (p.56)


에서 보이듯 환한 것은 꿈이지 현실이 아니며,


　　東向인 자취방 밖에 보름달 환하다
　　세상 돌아가는 이야기를 하며
　　〔……〕
　　사이사이 카세트 틀어놓고 최진희의 노래를 합창하다가
　　(자취방 밖에는 보름달 환하고)
　　30대 초반 중국인 여주인에게 불려나가
　　조용하라는 주의를 받고 (p.42)


에서처럼, 삶을 비추는 거울이지 삶이 아니다. 그 거울은 도상 거울이다.

> 지금도 우리는 숨어 있다
> 낮은 겨울해 바람에 밀리고
> [……]
> 술에 취해 큰 소리로 자신을 주고받아도
> 우리는 숨어 있다
>
> 흰 나비가 흰 꽃에 숨어 있다
> 아무도 없는 뜰에는 바람도 자는데
> 조용함이 햇빛을 햇빛으로 흐르게 하는데 (p.53)

에서의 '우리'와 '흰 나비'('흰' 나비, '흰' 꽃은 보름달과 동일 계열의
어휘이다)는 똑같이 숨어 있지만, 그 모양은 완전히 정반대다. '우
리'는 떠들면서도 숨어 있고, '흰 꽃'은 조용히 숨어 있으면서도 "햇
빛을 햇빛으로 흐르게" 한다. '흰 꽃'은 '우리'의 현실적 삶에 대한
반대 구조로서 존재한다. 그러니까 그것은 인용된 세 편 중 두번째
시에서 괄호 속에 갇히듯, 실재하는 부재이다. 실재하는 부재는 모순
어법인바, 실상 보름달이라는 어휘 자체가 모순의 통일체이다. 보름
달은 흰하고 가득 찬 것으로서, 흰한 것은 빈 것이며, 가득 찬 것은
다색이기 때문이다. 보름달은 그 모순을 조화롭게 담는다. 그 조화된
모순을, 그러나 시의 화자들은 살지 못한다. 실재하는 부재를 살 수
있는 사람은 없다. "잊혀진 별들까지 모두 모여/끝없이 끝없이 빛나
는 하늘"(p.93)을 누구든 꿈꾸지만, 누구도 살 수는 없다. 그 드넓은

통일에의 직관은 우리를 감격에 젖게 하지만, "아아! 쉬잇, 감탄사는 눈을 너무 어지럽힌다"(p.54). 살 수 있다면, 부재하는 실재로 사는 방법뿐이다. 그것을 꿈도 현실도 아닌 "같은 꿈을 같이 꾼 자들이/같은 창살 속에 서서 같이 흔들리는 그런 곳"(p.56)으로 놓고, "헐벗은 옷 가득히 받는 달빛 달빛"(p.150)으로 쪼이며 달려가는 방법뿐이다. 그때 "우리는 비로소 감탄사가 되는 것이 아닐 것인가"(p.54).

그 달려가는 여행이 바로 황동규 시의 '바람'에 다름 아니다. 바람의 여행은, 따라서 의식적인 가둠이며 유폐의 여행이다. 여행은 유배이고 망명이다. 그러나 그 스스로 가둔 울타리는 한계이며 동시에 범위이다. "감탄사 속에 숨은 틀"(p.54)인 바람은 스스로 현실에 얽매임으로써 현실을 생동하는 공간으로 만드는 운동 자체이다. 유배는 유배 가는 길이며 망명은 '천옥(天獄)'으로의 망명이다. 그는 "정신의 아픔에 한없이 깊은 침묵을 주는/젖은 칼을 머리에 쓰고"(p.124) 걸어간다. 그 한없는 침묵의 도정, 그가 때때로 '힘없는 눈발' '녹스는 별들'이라는 비유어로 치환하는 그 막막한 삶의 길을, 그러나 그 자체로서, 다시 말해 머리에 쓰는 '젖은 칼'이 마치 찌르는 칼이 될 듯, "무수히 박혀 희미하게 녹스는 저 별들"을 "철망의 가시"로 만들어 "숨 쉬는 곳이면 누운 자도,/찔러"(p.80), 거듭 찔러가며, "마음에서 무엇인가 일으켜 세[워] 생(生) 한가운데서 저절로 움직이는 우리 사지(四肢)"(p.82)의 행렬, 그 생동하는 파동의 공간으로 변형시킨다. 황동규 시 읽기의 괴로움과 즐거움은 바로 그 생동하는 공간에 더불어 끼이는 데서 나온다. 우리는 여기서 황동규 시의 중요한 원리와 만난다.

3

　바람으로 사는 자는 펼치는 자이다. 망명의 바람으로 사는 자는, 그러나 자연스럽게 펼쳐지지 않는다. 그는 의식적으로, 의도적으로 펼친다. 유배의 바람으로 사는 자는, 그러나 밖으로 펼치지 않는다. 그는 안으로 펼친다. "정박 중의 어두운 용골(龍骨)들이/모두 고개를 들고/항구의 안을 들여다보고 있"(p.116)는 배처럼 그의 바람은 세상의 안으로 불며, '소형 백자 불상'의 미소 속에 "극약(劇藥) 병의 지시문"처럼 모든 것이, "가족도 친구도/국가도, 그 엄청나게 큰 것들,/그들 손에 들려진 채찍도/그들 등에 달린 끈들도, 두려운 모든 것이 발가되"(p.83)듯 바람은 자신 안에 세상을 펼쳐놓는다. 그 세상 안의 바람, 바람 안의 세상은 "암모니아 냄새 자욱한 홍어회처럼" 오래오래 삭는다. 펼침은 삭힘이다.

　황동규의 시에 법석이는 온갖 은유들은, 그래서 오래 삭은 후의 은유이다. 은유의 꿈은 상이한 것들의 무한한 통일이다. '잊혀진 별들까지 모두 모여 끝없이 빛나는 하늘'을 이루는 그것을, 시인은 꿈꾸지만 그것을 쉽사리 자기 것으로 하지 않는다. 인간의 무의식 속에선 은유에는 본래 이유가 없다. 그러나 시인은 이유가 있어야 한다고 말한다.


　나는 나무들이 꽃을 잔뜩 피워놓고
　열매가 생기기를
　우두커니 서서 기다린다고 생각할 수가 없다 (p.61)

우선 거쳐야 할 것: 왜 꽃과 열매인가, 나무와 꽃, 혹은 나무와 열매가 왜 아닌가. 꽃은 열매와 가깝다. 그것들은 모두 어느 지난한 과정의 행복한 결과이다. 개화와 결실은 사람들의 무의식 속에서 같은 의미화 공간 속에 놓인다. 앞 시구에서 꽃이 처음에 있고 열매가 나중에 있다면, 처음에 이미 나중을 예시하고 있다. 그렇다면 나중은 이미 처음부터 시작한다. 꽃=열매라는 은유는 황동규의 시적 과정의 앞에 있다. 그것은 시인이 산문적인 세상에서도 시적인 것을 미리 듣는 사람이라는 사실을 가리킨다. 시인은 투시자 voyant가 아닌가. 그러나 꽃은 동시에 열매로부터 멀다. 그것은 열매의 징조이지 열매가 아니다. 꽃과 열매는 시각적/감촉적, 심정적/실제적, 간접적/직접적, 낭만적/현실적 등등의 대립적 관계의 공간을 이룬다. 그 사이엔 단절이 있다. 그 단절을 시인은 건너뛰지 않는다. '우두커니 서서 기다릴' 때 꽃은 열매가 될 수 없다. 꽃=열매의 등식이 성립하기 위해서는 우선 꽃→열매의 이동 과정이 있어야 한다. 그 이동 과정은 다른 말로 하면 환유적 절차라고 할 수 있다. 은유는 환유적 절차의 결과로서 획득한다. 은유는 환유의 앞과 뒤에 있다.

두 개의 보기만 들어보면 이렇다.


1) 암모니아 냄새 자욱한 홍어회처럼 달려가겠는가


타버린 산이 삭고
산속에 새겨논 마애불도 삭아버리고

이따금 돌조각이 저절로 굴러내리는
절벽 앞을 걷다가
흰 빨래로 걸려 있는 구름 앞에서
그 흔한 망초꽃 속의 어느 눈썹 섭섭한 망초 하나와 만나
인사를 주고받겠는가
"듣고 보니 우린 꿈이 같군"
"끝이 환했어" (p.56)


은유가 유사성의 원리에 근거해 있다면, 환유는 인접성의 원리에
근거해 있다. 1)의 시구는 '암모니아 냄새 자욱한 홍어회처럼 달려가
는' 이와 '어느 눈썹 섭섭한 망초꽃'이라는 두 이질적인 존재가 만나
'하나가 되는'(꿈이 같음) 과정을 보여준다. 그 동일성은 '꿈이 같
다'는 발언으로 사실화되는데, '눈썹 섭섭한'과 '암모니아 냄새 자욱
한,' '홍어회'와 '망초,' '처럼'과 '어느,' 그리고 '암모니아 냄새'와
'눈썹,' '섭섭한'과 '자욱한' 들의 사이 그리고 전항목들과 후항목들
각자의 결합에서 조응되는 두 구문의 통사론적 유사성에 뒷받침되어
있다. 그리고 홍어회와 망초 사이의 색채의 유사성이 추가될 수 있을
것이다. 그러나 그것을 제외하면, 어떠한 의미론적이거나 음운론적
차원에서도 하나 됨을 증거해줄 수 있는 것은 없다. 그 상이한 것의
놀라운 통일을, 그러나 시인은 환유적 절차에 의해 정교하게 마련한
다. 무엇보다도 '달려가는' 과정이 있다. 그것들은 가까이 다가감으
로써 하나가 된다. 다음, 이 달려가는 과정은 은유를 생산하는 내
적·외적 환유의 복합적 과정으로 구체화된다. 내적 환유(즉, 동질적
공간 속의 근접): 산 → 마애불의 이동이 '삭아버림'의 일치를 밑받침

하고, 마애불→돌조각으로 늘어난다. 삭아버린 마애불은 돌조각으로 굴러떨어지지 않겠는가. 그러나 그 연장은 또한 변화를 포함하고 있다. 돌조각을 회전축으로 '산'―'산속에 새겨진 마애불'의 한 단위 공간에서 '절벽'이라는 다른 단위 공간으로 건너뛴다. 이 건너뜀의 과정에서 '달려감'은 '걸어감'으로 이동하는 한편, 이 앞의 모든 내적 환유의 절차는 외적 환유(즉, 이질적 공간들 사이의 인접)로 전환된다. 걸어가는 이의 '앞'에는 절벽과 구름이 놓인다. 문맥상으로는, 걸어가는 이가 절벽 앞과 구름 앞에 있지 않으면, 망초와 만나 인사를 주고받을 수 없다. 같아지기 위해서는 먼저, 다가서야 한다. 이 외적 환유의 절차는 은유를 완벽하게 실현하기 위해, 다시 내적 환유로 회로를 변경한다. 망초 일반과 만나는 것이 아니라, "'흔한' 망초꽃 속의 '어느 눈썹 섭섭한' 망초 '하나'"와 만나는 것이다. 밖으로 퍼진 것은 안으로 스며들 때 정서적 밀도를 획득하는 것이리라(덧붙이는 말: 나는 '눈썹 섭섭한'이라는 말이 방사하는 의미의 목소리들을 구획 정리하지 못했다. 만일 그것의 의미가 정리된다면, 문법적 차원에서 살펴진 이 말의 기법적 의의는 좀더 풍요로운 분석을 받을 수 있을 것이다).

그러나 환유적 절차에 의해 은유적 효과가 달성되는 것만이 1)의 시구에 있는 것은 아니다. 은유적 절차에 의한 환유적 효과도 있다. '흰 빨래로 걸려 있는 구름 앞에서'의 구절을 중심으로 한 의미망이 그렇다. '절벽 앞을 걷는다'→'구름 앞에 선다'→'망초와 만난다'의 이동 과정은 약간은 돌발적이다. 이 돌발성을 중화해주는 것이, '삭음' '흰 빨래' '망초' 사이의 유사성의 원리이다. '삭음'과 '흰 빨래'는 '풀어지고 허물어지고 벗겨짐'이라는 점에서 동일 차원에 놓인다. '흰 빨래'와 '망초'는 '하얗다'는 점에서 동일 차원에 놓인다. 아니, 그뿐만이 아니다. 하늘에 흰 빨래처럼 널려, 제 테두리를 조금씩 변화시키고 있는 구름은 흐드러지게 펴 바람에 살랑거리는 망초꽃들과 동일한 시각적 형태를 보여준다. 그러고 보니, '삭는 홍어회'와 '흰 빨래'와 '망초'는 모두 하얗고, 테두리에서 소멸 혹은 분산을 계속하는, 같은 것들이다. 이 유사성의 원리가 절벽에서 구름으로 다시 망초로 나아가는 환유의 길에 다리를 놓는다. 그러나 이 유사성의 다리들 사이엔 또한 은밀한 변화가 있다. 홍어회의 삭음은 본래 성질의 변질을 가져온다. 그것은 급기야 돌 더미로 전이되어 본래 형태의 소멸로 이어진다. 그에 비해 '흰 빨래'의 구름은 형태의 흐트러짐과 모음을 되풀이한다. '흰 빨래'에 강조가 주어질 때 흐트러짐은 아주 미약할 뿐, 형태는 뚜렷이 지속된다. '망초'에서 흐트러짐은 꽃의 흰색 속에 은은히 배어들어 있다. 밖으로 소멸되던 것은 안에 담긴다. 또 하나의 변화: '암모니아 냄새 자욱한 홍어회'와 '흰 빨래' 사이엔 후각/시각의 대립이 있다. '망초'는 그 대립을 통일한다. 꽃은 향기 나는 아름다운 것이다. 그것은 공감각인 물질이다. 이 모순된 것들의 통일 속에 한 층위 높은 곳에서 또 하나의 놀라운 변화가 일어난다. 암모니아 냄새가 피우는 가득 차고 잡다한 것(연기가 매캐하게 가득 차듯이, 숨 막히게 하는)이 깨끗하게 은은한 순한 향기로, 흰 빨래의 외부 현시적 색채가 망초의 안에 깔리는 색채로, 어느새 바뀐 것이다. 망초꽃은 보름달이 그러하듯 가득 찬 훤함이다.

유사한 것들 사이의 이 은밀하게 진행된 놀라운 변화는 은유들의 펼침, 즉 환유의 길에 근거해 있다. 그렇다면 은유에 의해 매듭이 이어지는 환유적 절차들이 낳는 은유의 효과는 통일이며 동시에 변화인가. 우리는 이것을 잠깐 유보하자.

2) 내가 아픈 佛頭花가

붉은 귀를 내밀었다

자꾸 귀 막으면

꿈이 점차 처절해진다

새가 하나 떨어진다

개가 딴 곳을 보며 짖는다

아니다, 다른 곳에서도

새가 떨어진다

날개가 먼저 떨어지고

다음에는 아무것도 떨어지지 않는다

신기하다

날개 없는 새들이 날고 있다

상처 없는 입을 봉한 채

나는 걷고 있었다

우리는 걷고 있었다 (p.105)


2)의 첫 두 행에선, 황동규의 시에서는 보기 드물게 문법의 혼란이 나타났다는 것이 주목될 만하다. '내'가 주어인가, '불두화'가 그런 가. 둘 다 주어인가. 그 둘은 동격인가. 그렇다면 "내가" 다음에 왜 쉼표를 넣지 않았을까. 그러나 그 둘이 동격이라는 해석은 상당히 설득력이 있다. 마지막 시행들의 나＝우리는 나＝불두화의 확대로 볼 수 있기 때문이다. 그렇게 보면 위의 시구는 다음과 같은 네 개의 핵단위들의 사슬을 중심 줄기로 하고 있다.

iii) 나＝불두화는 붉은 귀를 내밀었다;

iii) 꿈속에선 새가 떨어진다;

iii) 신기하게도 날개 없는 새들이 날고 있다;

iv) 현실에서, 나＝우리는 걷고 있었다.


해석은 이렇게 될 것이다: 나＝불두화는 갇혀 있으며(아프다), 바깥의 소리와 통화하고 싶어 애타한다(귀는 붉어지고, 나＝불두화는 그것을 내민다). 그러나 나는 귀를 자꾸 막는다(그렇다면, 나＝불두화는 갇혀 있는 것이 아니라, 스스로 숨은 것이다). 이 고통스러운 의식은 꿈으로 전이된다. 꿈속에서의 새의 추락은, 현실의 나＝불두화가 폐쇄되어 있고 따라서 건강한 삶의 가능성이 막혀 있다는 것을 상징적으로 드러낸다. 나＝불두화의 추락은 고립적이다(새가 '하나'). 그러니까 개는 딴 곳을 보며 짖는다. 세상일은 나＝불두화와 무관한 곳에서 일어난다. 그러나, 아니다. 개가 딴 곳을 보며 짖는다는 것은, 다른 곳에서도 새가 떨어진다는 것을 가리킨다. 새/개의 음운론적 대립(ㅅ/ㄱ)은 동시에 의미론적 대립이다. 개가 짖는(공격성을 드러내는) 곳에는, 나＝불두화와 같은 새의 추락이 역시 있다. 그렇다면 나＝불두화의 고통은 타자의 고통과 같은 차원에 놓여 있다. 그런데 새의 추락은 날개만 떨어지는 것이고, 신기하게도, 날개 없는 새들이 날고 있다. 타인들과 고통을 함께한다는 것은 자신의 고통이 의미 없는 것이 아니라는 근거가 되어주며, 따라서 '새가 떨어진다'는 것을 의식하는 것은 어쨌든 비상의 꿈을 포기하지 않고 있다는 것을 의미한다. 그러니까 신기하게도 추락한 날개 없는 새들이 여전히 날고 있다. 이 꿈은 다시 현실로 전이된다. 이제 나＝불두화는 더 이상 간혀 있지 않다. '상처 없는 입을 봉한 채'로, 어쨌든 나는 우리가 되어 걷고 있었던 것이다. 여기까지 오니까 나＝불두화의 의미가 명료해진다. 갇혀 있는 나는 꽃이며, 따라서 붉은 귀는 단순히 외부와의 통화를 애타하는 것일 뿐만 아니라 동시에 개화 직전의 꽃봉오리여서, 통화의 바로 전단계였던 것이다. 우리의 현실의 부정적 삶은 극복의 징후이다. 현실은 꿈과 함께 있다.

이 과정은 유사성의 원리에 기대어 있다: 나＝불두화; 현실＝꿈; 나＝새; 새/개; 이곳＝다른 곳; 새＝새들; 나＝우리; 우리＝불두화 등. 그런데 이 유사성의 원리가 변화를 낳고 있다. 외부와의 단절이 야기하는 고뇌는 세상에서 여러 존재들과 함께 걷고 있다는 깨달음으로 바뀐다. 되풀이(유사성)는 어떻게 다름(변화)일 수 있는 것일까? 우리는 몇 개의 의문을 만난다: 왜 숱한 꽃들 중에서 하필 불두화인가? "상처 없는 입을 봉한 채"라는 구절의 의미는 무엇인가?

첫 두 행의 문법의 혼란은 또 하나의 독법으로 이끈다. '나'와 '불두화'를 은유적 관계가 아니라 환유적 관계로 읽는 것, 그렇게 읽을 때 그 문장 전체의 주어는 '불두화'이며 1행의 '내가 아픈 불두화'는 '배가 아픈 순이'와 같은 구조이다. 즉, '아픈 불두화'와 '아픈 나'라는 두 개의 명사 집단을 붙여 후자를 형용사 집단화함으로써, 하나의 명사 집단으로 만든 경우이다. 그때 '배'가 '순이'의 일부이듯이, '나'는 '불두화'의 일부이다. 그리고 사람들이 배를 앓거나 정신 질환을 앓는 것과 같은 방식으로 '불두화'는 '나'를 앓는다. 이 환유적 관계의 수립은, 그런데 엉뚱하다. 그 엉뚱함은 특히 우리의 인간주의적 관점 때문에 강화된다. 사물이 어떻게 사람을 앓을 수 있는가. 다시

말해, 사람이 어떻게 사물의 보어가 될 수 있는가. 그 의혹을 2)의
시구의 앞 연이 풀어준다.

> 초인종이 울려도
> 대답하지 말아라 대답하지 말어
> 남보다 스포츠 중계만큼 더 건강한 그대의
> 좁은 마당을
> 그대의 門燈이 지키고 있다.
> 그 안에 그대 있음을 알리는
> 몇 줄기 부러진 꽃들
> 저녁에라도 끓는 물이여
> 끓어라. (pp.104~05)

  화자는 '그대'에게 꼭꼭 숨으라고 말한다. 외부와의 만남을 자발적
으로 거부하라고 권한다. 바깥세상이 "텔레비전 앞에서 웃"기나 하는
것인 바에야, 만남을 거부하는 것이, 남들이 스포츠 중계를 보는 꼭
그만큼 더 '건강한' 일이기 때문이다. 그리고 건강한 그대를 '문등'
이 지켜준다는 것이다. 그 '문등'은 "그대 있음을 알리는/몇 줄기 부
러진 꽃들"이다. 그렇다면 '그대'는 '문등' 즉 '꽃' 안에 숨어 있고,
그것들에 붙어서만 자신을 드러낼 수 있다. '그대'가 '내'가 말 건네
는 '나의 분신'이고 따라서 2)의 '나'와 은유적 관계에 있다면, '문
등' 즉 '꽃'은 2)의 '불두화'와 그러한 관계에 있다. '불두화'가 '사
찰에 많이 피는 꽃'이라는 사실은 그 해석을 더욱 강화시켜준다. '좁
은 마당'을 지키는 '문등'이며 '꽃'인 것은 바로 사찰 정원에 핀 꽃이

아니겠는가. 2)에서 '나'가 '부분'이 되고 '불두화'가 '전체'가 되는 환유 관계의 이유는 여기서 풀린다. 사람 세상이 온갖 무의미한 쾌락으로 범람할 때 사람은 왜소해지고, 왜소함을 정직히 인정한 상태에서 의미의 불 속에 자신을 넣을 때 비로소 '저녁에라도 끓는 물'이 될 수 있다.

그런데 '불두화'는 무성화이다. 정상적인 생식을 할 수 없다. 그것은 '부러진 꽃'이다. 그것은 꽃나무 전체의 이질적인 한 부분이다. 그렇게 본다면, '내가 아픈 불두화'에서의 '나'의 '불두화'에 대한 부분적 환유 관계는 '불두화'의 '나'에 대한 부분적 환유 관계를 교묘히 전위(轉位)시킴으로써 태어난 것이다('전위 Verschiebung'는 프로이트가 핵심적인 꿈의 작업으로 놓았던 것 중의 하나이다).[1] 이 전위에 의해서 불두화의 부분성이 종속성을 떨쳐버리고, 위계 관계가 뒤바뀐다. 전체가 죽어 있을 때 부분의 생존이 전체의 재생을 이끈다. 그 부분은 어디인가? '불두화'의 '두(頭)'는 그것이 머리임을 암시하지만 문면에 나타난 것으로는 '귀'이며, 행간이 가리키는 바로는 '눈'이고 (새를 보는 것) 행위로 나타나는 바로는 '손'이며("귀 막으면") '다리'("걸었다")이다. 그 귀·눈·손·다리는 몸 전체와의 관계에서 이질화된 부분이다. 그 이질성은 이중적이다. 그것들은 우선은 "날개가 먼저 떨어지고"에서의 '날개'와, 그다음엔 "상처 없는 입을 봉한 채"의 '입'과 대립적 관계에 놓인다. 날개는 떨어지고, 그것들은 남는다. 또한 날개는 드러난 것인데(새에게서 날개만큼 잘 드러나는 것이 어디 있는가, 그것은 새 그 자체의 표상이 아닌가), 귀는 숨어 있는 것(불두

---

1) 『꿈의 해석』, 제6장. 라캉은 이것을 야콥슨의 환유와 동일한 것으로 보았다. 「무의식에서의 문자의 심급 L'instance de la lettre dans l'inconscient」, 『에크리 Écrits』, Seuil, 1966.

화)의 부분이다. 드러난 것은 죽고, 숨은 것은 살아남는다. 그 점에서 그것은 '입'과 같은 계열에 있다. 날개 이외의 어느 것도 떨어지지 않으니 귀와 입은 같으며, 입은 '봉한 입'이니 또한 그렇다. 그러나 그것들은 이제 다르다. "입을 봉한 채"라는 것은 앞 연의 "대답하지 말아라 대답하지 말어"에 상응하는 구절이다. 그것은 외부와의 단절을 이루는 행위이다. 그러나 입은 상처를 갖고 있지 않은 데 비해 귀는 상처를 앓는다. 그것은 가리면 가릴수록 더욱 아프다("자꾸 귀 막으면/꿈이 점차 처절해진다"). 즉 외부와의 단절이 계속될수록 상처는 깊어진다. 그렇다면 귀는 입과 함께 떨어지지 않고 남았지만, 떨어진 날개의 아픔을 낙인처럼 새겨놓고 있다. 그때 나는 더 이상 숨지 않고, 걷는다. 그때 나는 더 이상 혼자이지 않고, 우리가 되어 걷는다.

'귀'(그리고 숨어 있는 눈, 행위하는 손·다리)·'날개'·'입'은 모두 몸 전체에 대한 환유적 표현들이다. 그것들은 각각 삶의 어느 특정한 국면을 표상한다. 날개와 입의 표상 관계는 몸 전체에 대해 동질적인 데 비해, 귀 등이 몸 전체와 맺는 관계는 이질성을 분비한다. 그것들은 숨은 상태에서 내밀며, 떨어질 때 높이를 유지하고, 상처가 없는 데 앓는다. 그것들은 몸에 붙어 몸의 현존재를 따르면서, 동시에 다른 몸을 꿈꾼다. 그렇다면 귀, 숨어 있는 눈, 놀리는 손과 다리는 결국 탈이고 탈춤이 아닌가. 그것은,

비 맞는 어떤 섬에서도 그대를 그리워하는 흙이 鬼面으로 취해 기다리고 있어요. (p.74)

잿빛 覆面들이 불빛 속에 빗물에 젖어 빛나요. (pp.74~75)

혹은 河回를 싸고 도는 낙동강 물이 되어

河回탈들을 비출 수 있었을 것인가

웃는 탈 우는 탈 성난 탈 들을 동시에 비추는,

그 뒤에 숨어 있는 또 하나의 탈을 비추는, (p.52)


에서의 '귀면' '복면' '하회탈들'에 다름 아니다. 그것은 가림으로써
비추고, 불구임으로써 건강한 삶에의 열정을 불태우는, 다시 말해 현
실의 모순을 뒤집어씀으로써 현실의 의미를 밝히고, 현실의 모순을
의도적으로 되살면서 그 극복을 꿈꾸는 '성찰적 의식'에 다름 아니다.

  이 성찰적 의식의 기법적 전개가 환유적 절차이다. 그것은 전체로
부터 부분을 떼어내어서 이질화한다. 빼내어진 부분은 전체를 비추면
서, 동시에 그것은 이질화된 부분이어서 새로운 전체를 향한 길을 낸
다. 그것은 두 개의 전체를 매개하는 매듭부이다. 나=불두화는 그것
을 통해 나=우리로 확대되며, 동시에 그것에 의해 전자의 고통스러
운 의식은 후자의 적극적 태도로 변모한다.

  2)는 1)과 마찬가지로, 은유적 마디들의 환유적 절차에 의한 은유
적 효과를 잘 보여준다. 역시 마찬가지로, 통일을 향한 과정은 동시
에 변화를 낳고 있다. 우리는 이제 그 문제를 통해 글을 맺을 지점에
와 있다.

4

시의 원리를 비유하는 한 시구가 있다.

아마 원효는 느낌으로 알았을 것이다.
당나라에서 제조해온 신라인들의 웃음을,
당진에서 배를 타기 전에
그의 記號學 속에 당나라를 읽었을 것이다.
그날 밤 등잔 심지 돋우고 그는
해골에 고인 물 마시고 다음 날 토하는
결정적인 小說을 썼을 것이다 (p.44)

시인도 느낌으로 우선 알 것이다. 그러나 느낌을 당장 실제로 맞바
꿔치기하지 않는다. 그것을 실제화하기 위해 그는 느낌의 구체를 이
루는 것들을 '기호학 속에 읽을' 것이다. 그 기호학은 환유와 은유의
상관적 결합일 것이다. 그리고 '등잔 심지 돋우고'(그러니까, 의식의
불을 밝히고) 그 의미의 구조를 구성할 것이다. 그 읽기·기술·구성
을 통해 그는 세상의 수량과 한도와 무게를 측량할 것이다. 그러나
그가 밝히는 세계의 의미는 '소설' 속에 쓰어질 것이다.
　소설이 가리키는 바는 이중적이다. '시'와 대립된다는 것이 그 하
나이고, '허구'라는 것이 다른 하나이다. 시/소설의 대립은 은유/환
유의 대립의 다른 표현이다. 소설은 시의 일원론적 통일을 즉시 용납
하지 않는다. 그것은 사물들의 다름을 따지고, 그것의 거리를 측정한

다. 통일은 방해되고, 오히려 다양한 위상과 국면이 누가적으로 발생한다. 그것은 사물과 사물들의 관계를 압축하지 않고 펼친다. 그러나 시인이 소설을 쓰지는 않는다. 그의 최초의 느낌과 최종의 꿈은 시에 있다. 때문에 그는 원효처럼, 당나라에 가지 않고 소설을 쓰는 것이 아니라, 여행을 떠나고 시를 쓴다. 그는 여행을 시로 쓸 것이다. 그렇다면 그의 시는 시로 씌어진 소설일 것이다. 또한 그렇다면 그의 여행은 안의 통일을 부채처럼 짊어진 외부로의 확산일 것이고, 따라서 유배이고 망명일 것이다. 다시 한 번 되풀이하자면 유배는 유배의 길이고, 망명은 천옥으로의 망명일 것이다.

소설은 다름을 따질 뿐 아니라, 달라진다. 소설은 허구이고, 허구는 변화됨이다. 시인의 유배이며 망명인 여행이 회복을 꿈꾸고 현실 안으로 되돌아가는 것이라면, 그 회귀의 끝에는 어느새 변화가 생산되어 있다. 그 변화는 1)과 2)가 모두 보여주듯 이곳에서의 삶에 대한 새로운 트임이다. 거지 같은 이곳의 삶이 또한 더불어 살 수 있는 구체적인 공간이라는 것. 거지의 삶은 실은 빈 들어참의 삶이라는 것. 내가 보기에 그 트임의 과정이 가장 아름답게 제시된 시편은 「다산초당(茶山草堂)」이다. "만나는 사람들의 몸놀림 계속 시계침 같고/ '반포치킨'에 묻혀 맥주 마시는/내가 지겨운 기름 냄새 같"(p.17)아서 자발적인 귀양의 길을 나선 화자는, 그러나 그 최초의 의도는 '귀양으로 착각된 여행'에 불과한 것이었다는 자기 성찰과 말의 바른 의미에서의 귀양은 "눈송이 몇은 천천히 내장(內臟)에서 녹는"(p.25) 듯, 혹은 "버리려던 물을 그냥 들고 마"시듯, 혹은 "오래 용서되지 않던 친구 하나가 마음속에서 해방"(p.24)되듯 세상과의 허심탄회한 마주함이라는 깨달음에 이른다(그렇다면 회복과 통일을 부채처럼 짊어진 시인의 유배와 망명은 동시에 부채의 짐을 덜어내는 여행의 과정이리라). 나는 그 감동적인 시편을 음미하는 즐거움을 독자에게 맡겨두고 싶다.                                            〔1988〕

# 만화경 속(으로)의 하양
## ─『황동규 시 전집』에 대해

 

 

『어떤 개인 날』(1961)에서『외계인』(1997)에 이르기까지 황동규
의 시 전부를 한자리에 모아놓고 보니(『황동규 시 전집』, 문학과지성사,
1998), 무엇보다도 그만의 시적 특성이 눈에 띈다. 나는 그것을 언젠
가 1인극의 형식으로 실연되는 시인의 낭송을 듣다가(아니, 보다가)
문득 깨달았는데, 그의 시는 '음조의 만화경'이라고 이름 붙일 수 있는
어조의 천진하고도 다채로운 변이를 기본 동력으로 하고 있다는 것이
그것이다. 가령『어떤 개인 날』의 첫 시, 「한밤으로」의 첫 두 연:

우리 헤어질 땐
서로 가는 곳을 말하지 말자.
너에게는 나를 떠나버릴 힘만을
나에게는 그걸 노래 부를 힘만을.

눈이 왔다, 열한 시

펑펑 눈이 왔다, 열한 시.

에서, 1연의 대화체 진술이 2연의 순수 묘사로 돌변하는 것이나, 『외계인』의 첫 시, 「제비꽃」 중:

> 하늘을 보다 아래를 보니
> 제비꽃 별처럼 수놓은 수틀 속에 내가 누워 있었다.
> 수틀이 마르며 내리는 빛발 속에
> 꽃송이 하나하나가 산들대며 빛난다.
> 곧 사그러들 저 가혹하게 예쁜 놈들!
> 한 놈은 꽃잎 하나가 크고
> 또 한 놈은 꽃받침이 살짝 이지러졌다

에서, 앞 네 행의 독백체 묘사와 뒤 두 행의 (일반) 묘사 사이에 서표(書標)처럼 끼어든 다섯째 행의 순수 진술이 두루 보여주는 것처럼, '음조의 변이'는 황동규 시의 전 역사를 흐르는 특유의 호흡법이라고 할 수 있다. 나는 그것에 대해 "천진난만하고 다채롭다"는 형용사를 붙였는데, 다채로운 것은 그 어조의 수량이 꽤 풍부하다는 것을 뜻하며, 천진난만하다는 것은 그 음조의 변화가 언제나 돌발적이고 자유분방하게 일어난다는 것을 뜻한다. 그것은 그의 중요한 시적 주제가 여행이고 그의 중요한 시적 감성이 바람이라는 것과 상응하는데, 왜냐하면, 여행이란 '미지와의 자발적 조우'이고, 바람이란, "짧은 해안선을 달리는/바람 형상의 바람 한 폭이"(「겨울 바다」)나, "소주가 소주에 취해 술의 숨길 되듯/바싹 마른 몸이 마름에 취해 색깔의 바람 속에 둥실 떠……"(「풍장 2」)와 같은 시구들에서 보이듯이, 그 무엇도 비유하지 않고 오직 순수한 저의 운동성만을 현시하는 것이어서 (앞의 시구에서 바람은 오직 바람 형상만을 가지며, 뒤 시구는 육체와 사물의 물질성이 육탈되면서 운동에너지로 전화하는 장관을 연출한다. 술이 저에 취해 술의 숨길 되고, 몸이 바싹 마르는 정도에 따라 바람의 운동이 더욱 현란해지는(색깔의 바람) 장관!), 여행과 바람은 두루 자유와 예측 불가능성을 근본적 속성으로 갖기 때문이다.

그러니까, 황동규 시의 음조의 변화에는 시간성이 전혀 끼어들지 못한다. "화초들 모두 식물 그만두고/훌쩍 동물로 뛰어들려는 찰나!"(「봄밤」)의 그 '찰나'만이, 즉 시간의 영도(零度)만이 그 변화의 사이에 끼어 있기 때문이다. 그러나 이에 근거해 황동규 시의 음조 변이를 형태학을 갖지 않는 무정부주의로서 이해하면 안 된다. 오히려 그의 시간의 영도는 변이의 벡터에 작용한다고 보는 것이 타당할 것이다. 다시 말해 황동규 시의 음조 변이에는 분명 변화의 현상학이 존재하고 있으며, 그 현상학은 일정한 방향성을 가지고 있다는 것이다. 그 방향성(시간적 길이)을 생산하는 구성적 계기가 '찰나'(시간의 영도)라면, 그것은 방향의 무차별성을 뜻하는 것이 아니라, 시간적 길이 그 자체의 진행이 시간의 영도를 생산해낸다는 뜻일 것이다. 과연 우리는 앞에서 인용된 시구들만을 가지고도 그것을 충분히 발견할 수 있다. 먼저 인용된 시구, 즉 「한밤으로」의 첫 연은 대화체 진술로 이루어져 있다. 그 대화체 진술은 주체와 타자의 거리를 전제로 하고, 그 내용은 그 거리를 더욱 벌리는 쪽으로 나아간다. '너'는 오직 떠나고 '나'는 오직 노래 부른다. 그런데 '네'가 떠날 때 '내'가 부르는 노래는 무슨 노래인가? 명시되어 있지는 않지만, 그것이 '너'의 떠남에 대한 나의 반응으로서의 노래이리라고 독자는 모두 짐작한다. 그러니까, 문면에서는 헤어짐에 의한 각자의 따로 '행동'을 강조하고 있으나, 속으로는 그 헤어짐에 대한 안타까움, 미련이 작동하고 있다. 그러나 '나'는 그 미련·안타까움을 드러내놓고 말하지 못한다. 그는 이 헤어짐이 불가피하다고 생각하고 있으며, 기왕 그럴진대 깨끗이 헤어지는 게 낫다고 판단한 듯하다. 그래서 마치 '나'의 '노래부름'은, '너'의 떠남과 무연한, 혹은 그것을 초월한 행위로 나타난다. 그러고 나서 시의 화자는(그는 꼭 시 속의 '나'는 아니다. 때로는 '나'이며 때로는 '나'가 아니다) 2연에 와서 갑작스럽게 눈이 왔다는 자연의 사건을 제시한다. 이 돌발적인 묘사에서는 어떤 주체도 타자도 없다. 오직 순수한 사건만이 있다. 이 돌연한 순수 묘사는 어찌 된 것인가? 이 순수 사건은 그 순수성 그 자체로서 거대한 자석이라는 점에 그 열쇠가 있다. 눈이 내려, "창밖에는 상록수들 눈에 덮이고/무엇보다도 희고 아름다운 밤"에 나도 너도 혹은 그들도 모두 매혹되고, 그 거대한 빈자리("희고 아름다운 밤")에 '나'는 "내 검은 머리를 들이밀"겠다는 충동을 느낀다. 그러니 이 순수 사건은 주체와 타자들을 모두 배제함으로써 역설적으로 주체와 타자들 모두가 참여할 수 있는 빈자리가 된다. 그 순간 "모든 소리들 입 다물"게 되는 것이다. 이 시구의 무게 중심은 '입 다물었다'에 있지만, 동시에 '모든'에도 있다. 그것은 모두가 하나가 되어 자신의 주관성의 주장을 멈추었다라고 번역될 수 있다. 이때 헤어짐에 대한 미련, 안타까움은 집착으로부터 해방되어 '다른 종류의 만남'의 차원으로 승화한다. 만일 헤어짐이 불가피한 것이라면, 거기에 매달리면 안 된다. 깨끗한 헤어짐을 수락해야 한다. 그러나 이 끝없는 헤어짐의 생애가 여전히 하나의 세계와 역사를 이루며 지속된다면, 그것은 주객이 배제됨으로써 오히려 합일되는 한순간들이 있기 때문이다. 가령 눈이 오는 때가 그런 순간이다. 그러니 우리는 헤어짐의 행위 안에 자신의 주관성의 자물쇠를 잠그지 말고, 마음의 문을 열어둔 채로 헤어지기로 하자. 새로운 만남의 형식이 거기에 깃들일 테니. 바로 이것이 이 시의 마지막 전언이다. 이 새로운 만남은 형태적으로 '순간'을 통해 이루어진다. "눈이 왔다, 열한 시" "눈이 왔다 열두 시" "한 시"의 '열한 시' '열두 시' '한 시'는 시간의 지속을 가리키는 게 아니라, 첨예한 순간들의 연속을 가리킨다. 또한 형태적으로 찰나라면, 결과로서도 차이의 소멸이다. 왜냐하면 그 순간에는 주체와 타자들의 헤어짐의 거리가 문득 소멸하고, 더 나아가 주체와 객체로서의 위치도 소멸하고 오직 순수한 몰입만이 존재하기 때문이다. 황동규의 음조 변이는, 따라서, 음조의 궁극적 소멸(혹은 하나됨)을 향해가는 변이이다. 어쩌면 시 쓰기/시 읽기란, 바로 그러한 모든 차이들의 소멸이 '찰나적으로' 이루어진 문화적 행위인지도 모른다. 시는 주체와 대상을, 자아와 세계를 완전히 하나의 크기로 일치시키는 문자의 그릇이기 때문이다. 그러나 이 합일과 일치가 진행시키는 것은 끝없는 차이의 벌어짐이다. 말을 바꾸면 시를 만드는 것은 바로 더럽고 데데한 현실이다. 다시 말을 바꾸면, 시의 통일성을 일구어내는 것은 다채롭고 현란하게 이루어지는 음조의 변화이다. 우리가 역시 같은 양상을 확인할 수 있는, 뒤에 인용된 시구 「제비꽃」의 한 구절을 빌자면, "어느 누구도/ 옆놈 모습 닮으려 애쓴 흔적 보이지" 않을 때, 그것들은 모두 "곧 사그라들 저 가혹하게 예쁜 놈들!"이 된다.

바로 이것이 초기부터 지금까지 황동규의 시들에 공통적으로 나타나는 시적 방법론이자 시적 이념이며 세계에 대한 태도라고, 감히 말해도 될 듯하다. 그것을 검증하기 위해서는 이제 한 채의 집 안에 모인 그의 시 모두를 감상해야 할 테지만, 그것은 당연히 독자들의 몫이리라. 〔1998〕

제3부 **숨결**

# 그저 미망일 뿐인, 노는 생명들 속으로
## ─ 정현종의 「사람으로 붐비는 앍은 슬픔이니」

> 나는 언제나 나의 사랑에 대하여 중언부언하고 싶지 않았다.
> ─ 김훈, 「헬리콥터와 정현종 생각」

## 1

내 연배의 독자들이 대개 그렇겠지만, 나에게도 70년대 시인들의 시는 많은 경우 시 자체로 존재하는 대신, 기억의 표지로 작용한다. 그들의 시집을 펼치면, 그 시들엔 기억의 창고에서 그것들이 묻혀 온 과거의 흔적들이 꾸물거리고 있어, 지나온 세월의 어느 모퉁이로 나를 불현듯 이끌고 간다. 나는 그들의 시가 열어놓은 호리병 속에서, 그들에 대한 열광과 함께 폭발했던 내 개인사의 어둡거나 밝고, 뜨겁거나 아득한 경험들을 발견하고 때로 미소 짓고 때로 부끄러워한다. 70년대 시인들의 시는 나에게 나의 꿈, 의지, 사랑과 하나였고, 또한 나의 맹목, 치기, 작태와 하나였다! 나는 그곳으로부터 뿜어져 나오는 연기 다발에 휩싸인다.

해설을 쓰려고 받아 든 정현종의 새 시선집에서도 나는 정현종을 읽지 못하고 나였던 것의 미망이 발각되는 것을 느낀다. 지나온 시절은 지난한 시절이고 어린 시절이기 마련이므로 나는 내 지난 시절의 고단함과 내 어릴 때의 참 어림에 심란해하며, 내 지금의 안온과 어른 됨에 대견해한다. 나의 지금은 나의 옛날을 신산과 미망이라는 이름으로 정리하여, 기억의 병 속에 집어넣어 마개를 닫고, 서둘러 지금의 나, 평론쟁이의 나로 되돌아간다. 하지만 그 또한 미망임을, 그것이 여전히 정현종을 읽지 못하고 나의 오만한 현재에 잠기는 짓일 뿐임을 나는 모른다. 아니다. 나는 문득 알아차린다. 내가 업무 서류처럼 뒤적이는 정현종의 오늘의 시들은 내 시간의 회전문을 순환하기만 하는 나의 마음 한 곳에 슬그머니 구멍을 뚫어놓고는, 문득 바람 빠지는 기미에 당황하는 나에게 넌지시 내 포즈의 부황(付黃)함을 알려준다.

> 안다고 우쭐할 것도 없고
> 알았다고 깔깔거릴 것도 없고
> 낄낄거릴 것도 없고
> 너무 배부를 것도 없고,
> 안다고 알았다고
> 우주를 제 목소리로 채울 것도 없고
> 누구 죽일 궁리할 것도 없고
> 엉엉 울 것도 없다
> 뭐든지 간에 하여간 사람으로 붐비는 얇은 슬픔이니—
>                    —「사람으로 붐비는 얇은 슬픔이니」

시가 딴죽 거는 자리에선, 나도 이젠 세상살이를 알 만큼은 안다고 자부하던 마음이 대책 없이 무너져내린다. 내가 알게 된 것은 결국 삶의 무의미이고, 죽지 못해 사는 삶의 처세술이며 끝내 버리지 못하는 욕심과 아등바등 싸움의 술책들이 아니던가. 나의 깨달음의 헛된 충만을 또 하나의 깨달음의 말이 쭈그러뜨린다. 시가 들려주는 세상 깨달음의 이야기는 그러나 자못 엄숙하지도, 진지하지도 않다. 시는 평론가들이 이구동성으로 지적하는 정현종 특유의 익살에 실려 찰랑거린다. "깔깔거릴 것도 없고/낄낄거릴 것도 없고"의 두 행 사이를 비집고서 내 무지에 대해 깔깔거리고 내 미망을 놓고 낄낄거리는 웃음소리가 새어나오는 것을 나는 듣는다. 아니, 나는 듣는 것이 아니다. 그 두 행 사이는 바로 내 배가 맞닿은 자리여서, 나는 배꼽이 간지럽다. "누구 죽일 궁리할 것도 없고/엉엉 울 것도 없다"에 이르면, 나는 내가 방금 쏟았던 탄식, 내 깨달음의 헛됨에 대한 탄식 자체가 지나친 과장이고 또 하나의 앎의 포즈임을 깨닫는다. 아니, 나는 깨닫는 것이 아니다. 나는 나의 과장을 손가락질하며 킬킬거린다. 웃음은 도취이고 도취는 무정부주의자라서, "뭐든지 간에 하여간"이라는 능청을 타고, 나는 시의 배도 간질인다. "사람으로 붐비는 앎[이] 슬픔"이라고 해서 슬퍼할 것도 없지. 시가 그 순간을 미리 몰랐겠는가. 시도 빙글거리면서, 빈정거릴 것 없다고 내 배를 치는데, 그 순간 나는 내 미망인 앎이, 슬픔인 앎이 또한 사람살이의 정겨운 몸짓임을 느낀다. 시의 깊은 속에 있던 말은 바로 그 말이 아니었을까?

하기야 죽지 않고는 깨달음이 없습니다
있다면 그저 깨달음 놀이지요
제 짐작이지요만

迷妄은 생명의 떡이요

꽃 한 송이는

迷妄의 우주니까요

그러니 부처님

그저 이렇게 말씀드려야겠습니다

살아 있는 한 저는

깨닫지 않겠다구요 합장. (「깨달음 덧없는 깨달음」)


내 지난 세월의 치기도, 철없던 시절에 망각의 빗장을 지르는 나의 포즈도, 그 모든 우쭐거림과 낄낄거림과 악다구니도 '생명의 떡'인 것이며, '꽃 한 송이' 안에는 그 모든 것들이 넘쳐나는 '未忘의 우주'가 배어 있는 것이다. 이 깨달음, 아니 깨달음 놀이를 통해, 나는 비로소 과거를 수용하고, 그것들이 내 실존의 두께를 이루고 있음을 느끼며, 나는 비로소 나의 현재를 살 만한 삶으로 수락하고 그것들이 가득한 나의 일상으로 되돌아간다. 나는 정현종의 시를 비로소 읽는다.


2


어떻게 여기까지 오게 되었을까? 평론쟁이로 되돌아온 나는 그것이 구조의 힘이라고 감히 말한다. 무슨 구조인가? 그 구조를 두고 그것이 시의 구조라고 말하는 것만으로는 충분치 못하며, 그 구조를 두고 그것이 정현종의 구조라고 말하는 것만으로도 충분치 못하다. 그 구조는 시적인[이라고 인준되는] 것의 구조와 정현종이라는 이름의 언어활동 사이에서 솟아나 다채롭게 변주되면서 거꾸로 앞의 둘에게 영향을 미쳐 그것들을 변화시킨다. 나는 앞에서 인용된 시구들과 장르의 이론 사이에서 그 생성과 변주와 변화의 과정을 들여다본다.

맨 처음 인용된 시를 다시 읽어보기로 하자. 나는 우선 하나의 잠언을 듣는다. 그것은 나를 일깨운다. 그 점에서 그것은 서정적이지 않고 교술적이다. 그것은 오늘날 '시'라고 불리는 것보다는 고대 선지자들의 '말씀'에 가깝다. 그러나 어느샌가 나는 그것과 한통속이 되어 놀고 있다. 그 변화의 계기는 "알았다고 깔깔거릴 것도 없고/낄낄거릴 것도 없고"라는 2,3행 사이에서 왔고, 그 변화의 동력은 말의 되풀이에서 일으켜졌다. 그 되풀이가 어떠한 작용을 일으켰는지는 다음 네 개의 예문을 비교해보면 쉽게 알 수 있다.

 i) 안다고 〔비〕웃지 마라.

 ii) 알았다고 깔깔거릴 것 없다.

 iii) 알았다고 깔깔거릴 것도 없고,
      알았다고 낄낄거릴 것도 없다.

 iv) 알았다고 깔깔거릴 것도 없고
      낄낄거릴 것도 없고


 i) ~ iv)의 개념상의 의미는 모두 같다. 그러나 그 문맥상의 의미는 작게 또는 크게 다르다. i)은 전형적인 교설의 말투로서, 개념상의

의미와 문맥상의 의미가 일치한다. ii)가 i)과 다른 점은 '안다고'의 현재형을 과거형으로, '웃지 마라'라는 추상적 상태를 구체적 동작으로 바꾸었다는 것이다. 그 바꿈을 통해 문장에 생동성이 부여된다. 우리말은 다른 언어에 비해 현재형보다 과거형이 역동적인 인상을 준다는 특성을 가지고 있다. '안다'는 앎의 아주 일반적인 '상태'를 막연하게 가리키지만, '알았다'는 앎에 대한 일회적인 '사건'이 구체적인 장소에서 방금 발생했다고 느끼게 한다. 그것은 '알았었다'의 전과거형과 '알리라'의 미래형을 동시에 떠올리게 하고, 그 차이의 결을 느끼게 하면서 일종의 시간적 박자, 즉 율동을 생성시킨다. 그에 비해, '안다'의 현재형은 이미 이루어져서 더 이상 변치 않는 어느 일반적인 상태로 잠긴다. 우리말에선 과거형이 더욱 현재적이고, 현재형이 더욱 과거적이다. '깔깔거릴 것 없다'의 동작의 구체성은 그 시간적 율동을 육체화한다. 그 육체화를 통해 우리는 '웃지 마라'라는 금제에 의해 웃음이 억제되어야 함에도 불구하고, 하나의 '웃는 행위'가 생생하게 현전하는 것을 느끼게 된다. 그것은 본래 가르침에 반하는 것을 그것과 나란히 세운다. 생동화는 배반의 징후이다. 그러나 ii)의 '깔깔거림'은 '알았다고~없다'의 큰 틀에 지배되고 있다. 신의 존재를 증명하기 위해 악마의 실존이 요구되듯, 그것은 금제의 강화를 위해 쓰일 수도 있다. 그것은 아직 수사학적이다. iii)은 ii)를 두 번 되풀이 쓴 경우로서, 되풀이하는 가운데 모음 하나를 교묘히 탈락시키고 있다. 아주 미세한 변화지만 그것은, 구체적인 것은 복수적으로 존재한다는 것을 알려주며 그것을 체험케 한다. ii)의 구체성이, 부정관사가 일반성을 뜻할 때가 있듯 웃음 일반의 표상으로 기능한다면, iii)에서 우리는 이질적인 웃음들의 다양한 꼴들을 시험하고 비교하게 된다. 또 하나 지적할 만한 것은 모음 탈락이 가져온 웃는 분위기의 변질이다. '깔깔'이 격의 없는 순수한 웃음이라면, '낄낄'은 그 안에 어떤 짓궂음, 대상에 대한 은밀한 공격의 가시를 감추고 있다. 그것은 '낄낄거릴 것 없다'는 금제가 적용되는 순간에 금제에 대해 비웃을 수도 있다는 가능성을 띤다. 하지만 그 금제된 것들의 풍요, 금제에 대한 풍자는 아직 잠재적이며, 막연한 가능성일 뿐이다. 그것들은 아직 금제의 큰 틀, '알았다고~ 없다'의 틀에 묶여 있어서, '깔깔거림'과 '낄낄거림'은 단순히 금제될 웃음의 두 가지 사례에 불과한 것으로 나타난다. 그 금제의 틀이 무너지는 것은 실제 시행과 동일한 iv)에 와서이다. iv)는 iii)과 마찬가지로 같은 내용을 두 번 되풀이 하고 있으나 두번째 행에서 '알았다고'가 생략되었고, '없다'가 '없고'로 고쳐졌다. 간단한 생략 하나가 문맥을 근본적으로 뒤바꾸어놓는다. 첫 행에서 우리는 실감나는(구체성 혹은 수사를 동반한) 교술 하나를 듣는다. 그러나 그것을 귀에 새기면서 다음 행으로 넘어가는 순간, 우리는 시가 그 교술을 놀이하고 있다는 것을 느낀다. 개념상으로는 두번째 행을 iii)의 그것과 같이 고쳐 읽어야 하겠지만, 금제된 것이 전면에 부각되면서, 그것은 우선 첫 행의 '깔깔거릴 것도 없고'의 웃음의 분위기에 대해 자기 배반을 감행한다. iii)에선 단순히 웃음의 또 하나의 양태에 불과했던 것이 여기선 앞의 웃음을 희화화시켜 웃음에 대해 웃어젖히게 만드는 것이다. 그러자 첫 행의 격의 없는 웃음을 담고 있는 교술의 틀 자체가 웃음거리가 된다. 두번째 행에서 형식적으로 깨졌던 것이 거슬러 퍼진 웃음의 파장에 의해 실질적으로 깨어진다. 그 파열 속에, ii)와 iii)에서 잠재했던 것들, 즉 금제된 것들의 풍요, 금제의 풍자, 그리고 그것들이 일으키는 시간적 율동이 덩달아 부상하고 확산되며 증폭된다. 두 행의 각운인 '없고'는 그 확산과 증폭의 울타리를 철거한다. '없고'를 업고서 교술이 되풀이되는 것이 아니라, 배반의 풍요가 일어나는 것이다. 아니다. '~고'라는 대등 접속사에 실린 금제와 배반이 동시적인 것인 한, 그 둘이 실은 하나가 아니겠는가. 금제의 천편일률 속에 배반의 풍요가 일어나서, 그 금제 자체를 금제 아닌 것으로 변형시켜 드러낸다. 시가 들려주는 교술 자체가 실은 교술 놀이, '깨달음 놀이'였던 것이다. 그게 실은 놀이였기 때문에, 5행의 "안다고 알았다고"와 같은 자기 분해와 확산이 또한 일어나지 않을 수 없다. 그러니까, "뭐든지 간에 하여간/사람으로 붐비는 앎은 슬픔이니"의 '무엇' 안에는 우쭐거림, 깔깔거림, 궁리, 울음뿐만 아니라, '그럴 것 없다'는 말씀도 포함되며, 더 나아가 '사람으로 붐비는 앎은 슬픔'이라는 진술도, 아니 그것까지 그 안에 들어간다고 생각하는 우리의 마음 트임까지도 그 안에 들어가는 것이다. 첫 1행의 일반성으로 되돌아온 마지막 두 행의 일반성은 그러나 1행처럼 추상적이지 않고 그 모든 것들, 온갖 이질적이고 대립적인 것들이 하나로 뒤섞여 붐비는 구체성들의 우주이다. 여기 와서야 우리는 진정하다고 할 만한 시의 의미에 근접한다. 그가 들려주는 교훈과 그 속에서 억눌린 형태로 제시되어 맹렬한 속도로 솟아오르는 온갖 거역들은, 단지 교술을 빙자하고 배반을 빙자한 한 판의 놀이, 모든 존재들, 사물들, 행위들, 이름들이 한데 어울리고 함께 나아가는 길, "길의 눈부신 길 없음"(「천둥을 기리는 노래」)이었다.

# 3

정현종 시의 되풀이는 패러디와 변형의 복합적 과정으로 이루어져 있다. 그 복합적 과정 속에서 그의 패러디는 공격적인 대신 융화적이며, 그의 변형은 교체적인 대신 분화적이다. 그가 되풀이함으로써 어긋나는 것은 그에 반해진 것을 아우르며, 그가 어긋남으로써 재생된 것은 그와 함께 증폭·확산한다. 우리는 그 한데 어울리는 확산이 시 안에서만 일어나는 것이 아님을 이미 보았다. 그것은 시를 읽는 우리의 마음까지도 물들여 가담시킨다. 그 자리에서 애초에 시작되었던 깨달은 자의 '말씀'은 그 무게를 무너뜨리고, 말씀을 듣는 우리의 귀와 함께 동등화된다. 주체와 대상, 깨달은 자와 깨침받는 자의 구별이 사라진다. 구별이 없기 때문에 정현종 시에는 이른바 '자아'도 없다. '나' '너' '우리'는 있으나, 인간중심주의, 개인중심주의의 표상으로서의 자아는 없다. 이 시를 보라:

① 지리산 추성계곡에서 새벽에
　　뭐가 숨 가쁘게 부스럭거려 일어나 보았더니
　　누가 갑충류 한 마리를 비닐 주머니에 넣어 봉해놓았다.
　　나는 그걸 들고 나가 산비탈길 위에 풀어놓았다.
② 장수하늘소였다.
　　그런데 그놈은 나를 향해서 기어왔다.
　　내가 옆으로 비켜섰더니
　　그놈은 다시 내 쪽으로 방향을 돌려

그저 미망일 뿐인, 노는 생명들 속으로 63

꾸벅꾸벅 절을 하듯이 기어왔다.
② 나는 또 비켜섰다.
　장수하늘소는 다시 나를 향해 왔다.
　이번에는 선 채로 다리를 벌렸더니 비로소
③ 그 밑으로 기어서 제 갈 길을 갔다.
　(만물이 제자리에 있으면
　마음도 더없는 제자리)
① 나는 새벽 산길을 올라갔다 (「장수하늘소의 인사」)


　우리는 시가, 밑줄 친 ①에서 알 수 있듯 존재들의 개별성, 사물들의 개별성을 한껏 북돋으면서도 ②가 드러내는 깊은 자아 중심주의, 타자를 해방시키는 행위에조차 여전히 발동하고 있는 자아 중심주의를 ③의 시구를 통해 허물어뜨리는 것을 볼 수 있다. 그 자아의 허물어짐은, 그러나 허망하지 않고, 마음이 가벼워지는, "만물이 제자리에 있으면/마음도 더없는 제자리"가 들려주는 그대로 집착 버림의 상쾌한 허물어짐이다. 이러한 자아의 부재를 두고 한 평론가는 정현종 시의 비서정적 측면이라고 말한 바 있다.
　"정현종 시의 또 다른 특색은 그 고뇌의 시원의 자리가 보이지 않는다는 점이다. 대부분의 시인들은 자기 고뇌의 시원의 자리를 즐겨 내보여, 자기 고뇌의 진실됨을 입증하려 한다. 정현종에게선 그 시원의 자리가 쉽게 보이지 않는다. 그는 그의 유년 시절을 완강하게 숨기고 그가 세계를 처음에 어떻게 인식했는가, 세계가 처음에 그에게 무엇을 주었는가를 밝히지 않는다. 그의 고뇌는 추억이나 회상의 형태를 취하지 않는다. 한 독일 시학자의 말 그대로 서정성이 추억·회

억의 다른 말이라면, 그의 시는 비서정적이다"(김현, 「술 취한 거지의
시학」).

김현의 진술은 두 가지 중요한 점을 시사해준다. 그 하나는 정현종
시의 자아 부재가 시에 대한 고대적 개념, '말씀'의 경계를 넘어설 뿐
아니라, 시에 대한 근대적 개념, '서정적 자아의 드러냄'이라는 정의
의 경계도 넘어서고 있다는 것이다. 정현종의 오늘의 시들은 그 외양
을 시의 고대적 정의에서 빌려 근대적 시 개념을 위반하는 것이 아
니라, 그 고대적 형식 자체를 허물어뜨림으로써 근대적 형식을 또한
분해시킨다. 김현의 진술이 시사하는 다른 한 가지 점은 정현종 시의
그런 특징들이 그의 최근의 시들에 국한된 것이 아니라, 그의 시사
전체를 통해 드러난다는 것이다. 70년대 시의 대표 주자의 하나이고,
시의 전범으로 읽혔던 그의 시는 그때 이미 시를 위반하고 있었다!
이 말은 의아함을 불러일으킬 수 있을 것이다. 왜냐하면 그는 첫 시
「獨舞」에서,

孤島 세인트·헬레나 等地로 흘러가는 英雄의
榮光을 허리에 띠고

라고 말함으로써, 자아의 기치를 드높이 올린 바 있기 때문이다. 그
러나 저 보들레르적 영웅주의가 그렇듯, 자아의 기치를 드높이 올림
으로써 시적 자아는 추억·회억의 늪을 떨치고 나온다. 그리고 그 문
맥을 자세히 보라:

넘쳐오는 웃음은

……웃음은 나그네인가
웃음은 나그네인가, 왜냐하면
孤島 세인트·헬레나 等地로 흘러가는 英雄의
榮光을 허리에 띠고
王國도 情熱도 빌고 있으니. 아니 왜냐하면
비틀거림도 나그네도 향그러이 드는
故鄕하늘 큰 入城의 때인
저 낱낱 刹那의 딴딴한 發情!


그 드높은 자아는 호사하거나 품위롭지 않고, 다만 "거듭 동냥 떠나는 새벽 거지"의 꼴로 "왕국도 정열도 빌고 있으니" "영웅의 영광을 허리에 띠고" 그가 흘러가는 길엔 동시에 나그네의 허탈한 웃음, 비틀거림이 넘쳐난다. 하지만 그때의 웃음의 진정한 의미는 그 너머에 있다. 그것은 그 거지와 영웅의 화합물이어서, 거지의 누더기 헤쳐 풀어진 꼴을 "딴딴한 발정," 신선한 매끄러움으로 변화시키며, 영웅의 고집스러운 오만을 "오직 生動인 불칼"의 동작으로 변화시킨다. 그렇다면 거기에서 드높여진 것은 '자아'가 아니다. 그것은 "지금은 律動의 方法만을 생각하는 때,/생각은 없고 움직임이 온통/춤의 風味에 몰입하는/영혼은 밝은 한 色彩이며 大空일 때!"의 오직 율동, 색채 그리고 대공, 즉 큰 텅 빔이었던 것이다.

정현종의 초기 시에서 의미 깊은 대목이 여기다. 그가 자아를 노래할 때 그의 자아는 자신을 비워내며, 그가 춤의 신화를 출 때 그것은 영원한 신화가 되지 않고 끊임없이 가변하는 현실, 현실의 씽씽한 움직임이 된다. 그렇다. 그는 원형을 창조하지 않았다. 그는 운동을 일으켰을 뿐이다. 그의 신봉자에게서든 그의 비판자에게서든 가장 오해된 부분이 바로 이 부분이다.


4


정현종의 70년대 시와 오늘의 시 사이에는 그럼에도 주목할 만한 변화가 있다. 그는 그때나 지금이나 생동하는 율동을 일으키고 그것을 휘도는데, 이전 시에서 그 율동이 "바람의 핵심"에서 노는 바람난 도취에서 나온다면, 오늘의 시들에서 그것은 바람 빠지는 흥취에서 나온다.

초기 시 가운데


　그리 낱낱이 바람에 밟히는 몸은
　혹은
　손가락에 리듬의 金環을 끼우며
　머나먼 별에게 춤추어 보이기도 하네. (「바람病」)


에서 시인은 바람과 밀착하여 바람은 "뼈와 뼈 사이로 부"는 데 비해, 최근 시 가운데


　희망은 많이 허황하지만
　허황함 없이 또한 살림살이가
　어떻게 굴러가겠느냐.

ㅎ픔이 워낙 바람 빠지는 소리이듯이
희망에 붙어 있는 허황함은
알게 모르게 마음의 통풍 구멍이니
새해 아침이라는 세월의 한 구멍으로
바람 빠지는 소리나 해보자는 것이다.

어젯밤에 눈이 좀 내리고
드물게 맑은 아침 밝은 햇빛이
얼음을 녹이며 눈부시다. (「回心이여」)

에서 시는 바람의 결을 타고 율동하는데, 그 바람이 내는 소리는 바람 빠지는 소리이다. 이전 시에서 바람과의 밀착은 많은 평론가들이 역시 공통적으로 지적하고 앞의 시의 네번째 행이 적절히 예증하듯, 맹목적 도취가 아니라 불화해한 세상과의 대결이 벌이는 고통의 축제였다. 그 점에서 그의 시는 서정적이다. 김현의 말을 다시 빌리면, "서정성이 추억·회억의 다른 말이라면, 그의 시는 비서정적이다. 그러나 한 프랑스 문학사회학자의 말 그대로 서정성이 비화해적 세계 이해라면, 그의 시는 서정적이다. 그것은 무서운 서정이다." 그 서정의 무서움은 무의미한 세계에서 그럼에도 세상은 살 만한 것이라 이해하고, 살 만한 삶을 살아내는 운동에 그 근원을 두고 있다. 그렇다면 그의 오늘의 시에서 새나오는 바람 빠지는 소리는 그의 세계와의 비화해성이 해소되었다는 증거로 읽힐 수 있을까? 아니다. 인용된 시는 시인이 삶의 헛되고 헛됨을 더욱 깊이 느끼고 있다는 것을 보여준다. 그가 인식한 세상은 "偏在하는 死神" "싱싱한 사신" "번창하는 사신"들의 세계이고, "생명은 사방 죽음에 노출돼 있"는 세상이다. 그는 실은 고통의 축제마저도 헛됨의 순환에 굴러떨어질지도 모른다는 비극적인 인식에 가까이 가 있는 듯하다.

> 가을 햇볕에 공기에
> 익는 벼에
> 눈부신 것 천지인데,
> 그런데,
> 아, 들판이 적막하다—
> 메뚜기가 없다! (「들판이 적막하다」)

의 '그런데,'를 매듭으로 앞 세 행과 마지막 두 행의 대비는 그것을 극명하게 보여준다. 그의 바람 빼는 소리가 작동하는 것은 바로 그 한가운데에서이다. 그것은 그 절망적 이해, 비극적 세계 이해의 팽만을 뚫어 '통풍의 구멍'을 낸다. 그 통풍 구멍 내기가 무슨 결과를 가져왔는가? 이미 보았듯 그것은 허황함 그 자체가 살 만한 것임을, 우리의 온갖 미망이 생명의 떡임을 환기시키며, 환기시킬 뿐만 아니라 그것들과 놀이한다. 바람 빼기를 통해 시는, 시인은, 독자는 "정들면 지옥"의 세상, 지옥인 생명들 속에서 생명과 함께 그것들의 범람하는 악착같음과 잡스러움을 나누며, "왼통 다른 몸을 열반처럼 입고" 뒤섞이고 분화하며 확산한다. 그의 이전의 시가 세상의 산문성과 대결하였다면, 그의 오늘의 시는 세상의 산문성에 구멍을 내고 껍질을 벗겨, 그 안의 생명의 힘을 솟아오르게 하고 생명들의 바다에서 굽이치고 출렁이게 한다. 그의 이전의 시가 온통 율동인 극히 정련된 리듬을 낳고 있다면, 세상의 산문성을 호흡하는 그의 오늘의 시는 리듬 아닌 리듬, 무형의 형식, 다시 되풀이해 '길의 눈부신 길 없음'을 자유자재로 뻗어낸다. 나는 사실 그 무형의 형식을 좀더 깊이 느끼고 싶었다. 앞에서 내가 좀 자세하게 분석해본 그것보다도 더 복합적이고 굴곡이 많은 시들, 특히 「장난기」와 「천둥을 기리는 노래」를 자세히 분석하고 싶었지만, 느릿느릿 허덕허덕 여기까지 기어온 나는 시간에 쫓겨, 여력이 부쳐 더 이상 가지 못하고 그냥 주저앉는다. 하긴 아무리 덧붙인들 굴신자재(屈伸自在)의 그 몸을 따라갈 수 있으랴. 광대무변(廣大無邊)의 그 세계에 미칠 수 있을 것인가. 그를 시늉해 나도 이렇게 적을밖에: 詩를 읽었으면, 그걸 그냥 마음에 묻어두거나 노래로 즐길 일이거늘, 낑낑대며 해설을 끄적거리니, 불쌍한 흉내! 고약한 냄새 번지도다.                        〔1990〕

# 환경을 가꾸는 시인
### ─정현종의 『세상의 나무들』

　우주의 천변만화에 비하면 한 사람이 일생 동안 치르는 변화는 그
리 크지 않다. 한 시인의 세계도 먼 훗날 돌이켜보면 그의 고유한 특
징의 지속이 두드러지게 눈에 뜨인다. 한 시인의 세계를 몇 마디 문
장으로 압축하고 싶은 유혹은 그래서 생긴다. 그러나 우주의 변전 속
에 시인의 일생이 담겨 있음을 감안한다면 실은 그가 가장 정지해 있
는 것처럼 보일 때도 그는 변하고 있다. 게다가 우주의 변모와 힘껏
겨루고자 하는 시인이라면 그에게 지속은 변신의 현재형으로서의 지
속일 따름이다. 비록 그의 시 생애 전체를 누가 한 단어로 압축한다
하더라도 그 단어는 "한 방울로 모인 만유의 즙"(『세상의 나무들』, 문
학과지성사, 1995, p.31)과도 같아서 온갖 풍진과 신산의 맛들을 다
포함하는 미묘한 상징어로서 제출되는 것이며, 그러니 그 단어는 지
시어가 아니라 표지어의 역할을 할 뿐이다. 그것은 그 자체로서는 뜻
이 없는, 그러나 시인의 파란만장한 변신의 모험의 시간대 쪽으로 오
묘한 표정을 짓고 눈짓하는 그런 표지어이다.

내가 『세상의 나무들』에서 시인의 변모를 떠올렸다면 그것은 무엇보다도 '서시'의 이 구절 때문이다.

보이지 않는 세계의 향기인들
어찌 생선 비린내를 떠나 피어나리오. (p.11)

이 구절의 전언은 '고통의 축제'라는 말로 집약될 수 있는 정현종 시의 원초적 무대와 그리 다르지 않다. 그러나 이 구절을 이루는 세 목들은 그가 그의 최초의 세계로부터 얼마나 먼 지점까지 퍼져 나왔는가를 뚜렷이 보여준다. 그의 유명한 시선집 『고통의 축제』(민음사, 1974)의 '서시'인 「독무(獨舞)」의 마지막 연과 비교해보자.

낳아, 그래, 낳아라 거듭
自由를 지키는 天使들의 오직 生動인 불칼을 쥐고
바람의 核心에서 놀고 있거라
별 하나 나 하나의 點術을 따라
먼지도 七寶도 손 사이에 끼우고 (p.40)

두 서시는 모두 모순의 화응이라는 정현종적 주제이자 풍경을 그대로 드러낸다. 「부엌을 기리는 노래」에서는 "보이지 않는 향기," 즉 성스럽고 내밀하고 귀한 내음과 "생선 비린내," 즉 속되고 천하며 진동하는 냄새 사이의 필연적인 연관이 강조되며, 「독무」에서는 "먼지"와 "七寶"가 하나로 어울린다. 하지만 말의 쓰임새는 아주 다르다. 우선, 두 시는 똑같이 누군가에게 말을 건네고 있다. 「독무」의 "낳아라"

"놀고 있거라"의 명령문과 「부엌을 기리는 노래」의 "어찌 [……] 피어나리오"의 의문형은 대화 상대자를 전제로 한 어법이다. 그런데 제목이 암시하듯이 「독무」의 대화 상대자는 타자가 아니다. 「독무」의 화자는 바깥의 타인을 거부한다. 화자는 "알겠지 그대/꿈속의 아씨를 좇는 제 바람에 걸려 넘어져/踵骨뼈가 부은 발뿐인 사람"에서 보이듯 "그대"에게 조소를 보내며, 그대들에게서 벗어나 "歲月을 佩物처럼 옷깃에 달기 위해/떠나려는 精靈을 마중 가"겠다고 선언한다. 그리고 "율동의 방법만을 생각하는 때"에 몰두한다. 그는 '독무'를 추는 춤꾼이다. 그러니, "낳아, 그래 낳아라 거듭"의 명령문은 그대에게 보내는 메시지가 아니다. 그것은 독무를 추는 자신을 북돋는 내면의 발심 운동이다.

정현종의 초기 시의 태도는 스스로를 세상으로부터 유폐시키는 상징주의자들의 태도와 닮았다. 물론 유명한 「교감」이라는 시가 가리키듯이 정현종 시의 화자는 사물과의 정다운 교감을 꿈꾼다. 그러나 그 교감은 세속적인 만남을 거부하는 데서 시작한다. "그대의 서늘한 勝戰속으로/亡命하고 싶"(『고통의 축제』, p.40)다는 소망처럼 그의 교감은 세상으로부터 망명하는 결단을 포함하는 것이다. 그 망명을 통해 그는 "그대의 질주" 속에 동참한다. 다시 말해, 교감하는 인물들은 세속적 인물들과 구별되는 일종의 프리메이슨들이다. 세상의 헛된 만남, 계산된 거래 저 너머에서 참된 교류를 꿈꾸는 사람들이다.

그에 비해 『세상의 나무들』의 '서시'는 어떠한가? '생선 비린내'는 외관상 어떤 "서늘한 승전"의 낌새도 갖고 있지 않다. 그러니, 그는 누구에게 말하고 있는가? "어찌 생선 비린내를 떠나 피어나리오"의 "피어나리오"는 언뜻 단순한 감탄사처럼 보인다. 그것은 놀라움이 마음의 용기를 넘쳐나서 절로 튀어나오는 탄성일 수도 있다. 그러나 어떤 감탄문도 자족적인 것은 없다. 그것이 자족적인 것처럼 보이는 것은 만인이 동의할 수 있는 내용을 담고 있기 때문이다. 따라서 '피어나리오'는 대화 상대자를 분명히 가지고 있으며, 그 대화 상대자는 보편적 타인이다. 「부엌을 기리는 노래」는 특별히 구별할 필요가 없는 '그대,' 다시 말해, 일상 속의 이웃들에게 말을 건네고 있는 것이다.

차이는 그것뿐만이 아니다. 초기 시의 언어들은 두루 은유적으로 기능한다. 가령 「독무」를 두고 독자는 시인이 정말 춤을 노래했을 뿐이라고 생각하지는 않는다. 그것은 어떤 자유로운 움직임에 대한 비유이다. 그런데 "자유을 지키는 천사들의 생동하는 불칼"에서 '천사' '생동하는 불칼'의 현실적 지시 대상은 존재하지 않는다. 비유가 아닌 유일한 어사는 '자유'인데, 그러나 자유라는 개념어는 결코 그 내용이 분명하게 확정되지 않는, 말 그대로 추상어이다. '자유' '평등' 등의 개념어들은 결코 실현되지 않는 채로 끊임없이 소망되는 상징들이다. 정현종의 초기 시가 율동으로 비유한 자유의 상태, 그것을 직역할 현실의 언어는 없다. 시인은 시방 세상 속에서 고통하는 꿈틀거림 그 자체로써 세상 밖으로 탈출하는 존재인 것이다. 세상 바깥에 생의 지표를 둔 존재에게 세상의 언어는 언제나 "不足으로 끼룩"댄다.

이에 비해 오늘의 그의 시들은 어떠한가? 물론 시인은 지금도 여전히 언어가 "참으로 모자란 연장"(p.32)임을 알고 있다. 그러나 그럼에도 불구하고 그의 언어는 은유적으로 기능하지 않는다. 은유적으로 기능하지 않는다는 것은, 언어의 문자적 의미와 그것의 문학적 뜻 사이에 까닭을 초월하는 비약이 없다는 것을 뜻한다. 그 대신 그 둘 사이에는 언어의 연장적 성질을 통한 가시적 통로가 설치된다. 물론,

'생선 비린내'가 문자 그대로의 뜻으로 쓰였다고 할 수는 없다. "보이지 않는 세계의 향기인들/어찌 생선 비린내를 떠나 피어나리오"를 무리를 무릅쓰고 번역하자면, "세상은 더럽고 천하다; 그러나 세상에는 보이지 않는 아름다움이 있다; 그런데 그 보이지 않는 아름다움은 더럽고 천한 세상의 모습을 떠나서는 찾을 수가 없다, 아니 좀더 정확하게 말하면 보이는 더럽고 천함이 바로 보이지 않는 아름다움을 이루는 질료이자 속성이다"가 될 것이다. 그런데 '생선 비린내'는 그 더럽고 천한 세상의 모습의 은유로 읽을 수도 있으나 동시에 더럽고 천한 것의 일부이기도 하다. 다시 말해 '생선 비린내'는 보이는 세상의 환유이다.

정현종의 초기 시와 지금 시 사이에는 분명 큰 변화가 있다. 그 변화를 시인도 심각하게 의식하고 있는 것 같다. 왜냐하면, 그는 문득 '인제'라는 어사를 통해 그것을 명시했기 때문이다. 바로, "내 飛翔의 꿈은 인제/깊은 상처이다"(p.88)의 그 '인제' 말이다. 그 '인제'는 자유자재로운 그의 시의 흐름에 단절의 빗금을 그으며 돌연 끼어들었다. 끼어들어 그의 비상의 꿈을 상처로 만들었다. 다시 말해, 그걸 '교감'이라 부르든, '자유'라 부르든, "오직 생동인 불칼을 쥐고/바람의 핵심에서 놀고" 있으려 했던 초기 시의 꿈이 이루어지지 못한 채 깊은 상처를 남기고 만 것이다.

무엇이 문제였던 것일까? 이것을 두고 시인이 세계의 현실적 고통에 더 눈을 뜨게 되었다든가, 혹은 그의 낙천적 세계 인식이 비극적 세계 인식으로 바뀌었다고 말하는 것으로는 충분치 않다. 아무렇게나 보기를 들어도, 초기 시에서도 그에게 삶은 "캄캄함의 混亂 또는/괴로움 사이"로 규정되었던 것이며, 그의 천진난만한 놀이의 세계가 현실의 고통과 맞서 싸우려는 의식 속에서 태어난 것임을 기왕의 평문들은 되풀이해 지적했다. 그래서 김우창은 정현종의 욕망의 인식론이 사랑의 정치학과 긴밀히 연결되어 있음을 밝혀 보였으며,[1] 김현은 "정현종의 시를 읽는 것은 즐거운 일이다. 그러나 그것은 동시에 고통스러운 일이다. 그의 시를 읽는 즐거움은 즐거움의 없음을 확인시키는 그의 시에서 우러나오는 것이기 때문이다"[2]라고 단도직입적으로 말했던 것이다.

옛날에도 그는 삶의 무의미를 뼈저리게 느끼고 있었다. 그러나 그때 그는 무의미한 현실에 대해 비상의 꿈을 대립시키고 둘 사이의 싸움을 씩씩하게 이끌어가고 있었다. 그러나 지금 그의 날개는 굳어버렸다. 그런데 그의 어조는 특이하다. 그는 이상(李箱)처럼 퇴화했다고 말하지 않고 화석이 되었다고 말한다. 그의 날개는 "가슴 깊이/화석이 되어 선명한/날개"이다.

그의 비상의 꿈은 유폐되어버렸다. 그러나 그는 그의 날개가 선명하다고 말한다. 그것도 갇혔음에도 불구하고 선명한 게 아니라, "화석이 되어〔버린 덕분에 더욱〕선명"하다고 말하고 있다. 그러니 이 표현 자체가 모순 어법으로 이루어져 있다. 한편으로 깊은 상처의 슬픔을 토로하고 있으며, 동시에 꿈의 실존을 도드라지게 하고 있다. 게다가 그 선명함은 단순히 이룰 수 없기 때문에, 다시 말해 상처가 크기 때문에 더욱 아쉽고 갈망되는 데서 생기는 선명함이 아니다. 정현종의 화석은 "저만치〔애타게〕피어 있는" 김소월의 산유화와 종류

1) 김우창, 「사물의 꿈」, 『지성의 척도』, 민음사, 1977.
2) 김현, 「변증법적 상상력」, 김현문학전집4 『문학과 유토피아』, 문학과지성사, 1992, p.64.

가 다르다. 시인은 그 화석 속으로 빨려들어간다.

순간 그 그림자는 이미 흙벽에 각인된 化石이었으며, 그리하여, 法
悅이었는지 좀 어지러우면서, 나는 화석이 된 내 그림자의 깊음 속으
로 빠져들어갔다. 그러면서
속으로 가만히 부르짖었다— 스며라 그림자! (p.19)

시인은 화석화된 그림자에 놀랄 뿐만 아니라 그것에 도취한다. "법
열이었는지"의 '이었는지'가 드러내는 약간의 주저가 없는 것은 아니
지만, 도취 속의 주저는 이미 즐거운 작란이다. 그는 깊숙이 도취되
어 도취의 절정을 향해 부르짖는다. "스며라 그림자!" 그 외침은 "열
려라 참깨"와 비슷한 정서가를 가진다. 돌발적으로 자유분방하게 다
른 세계를 여는 외침. 게다가 외침의 방향도 특이하다. 내가 한창 빠
져들어가고 있는데, 내가 스미라고 요청하는 것은 나 자신이 아니다.
그는 이미 화석이 된 그림자에게 더욱 화석이 돼라고 가만히 외친다.
그러니, 그 화석이 '화석화되다'라는 형용사어의 그 화석인가? 깊은
상처인 화석은 그것이면서 동시에 아니다. 화석은 동시에 생동이 발
생하는 자리, 아니 차라리 신생을 여는 생동하는 실체이기 때문이다.
뛰어난 시인은 언제나 여러 극단들을 아우를 줄 안다. "화석이 되
어 선명한"이라는 한 줄의 시구는 그 안에 생과 사의 격렬한 투쟁과
오묘한 조화를 동시에 껴안고 있다. 그러니 독자는 복수의 길을, 적
어도 두 개의 길을 동시에 따라 그의 시에 접근하지 않을 수 없다. 하
나는 변화의 원인을 향한 길이고, 다른 하나의 길은 시적 실천이 펼
쳐지는 길이다. 그 길을 동시에 가야 하지만 시 읽기 또한 줄글의 숙

명을 벗어날 수 없어서 순차적으로 살펴볼 수밖에 없다. 독자의 시 읽기도 부족으로 끼룩댄다.

첫 길의 문턱에서 독자는 깊은 상처를 본다. 화석화된 날개와 동의어인 상처. 그 상처가 어디에서 비롯되었는가를 정현종 시의 독자는 대체로 안다. 그것은 지구 생태계의 위기에 대해 시인이 눈을 뜨면서부터이다. 다시 말해, 환경의 절멸에 직면하면서부터이다. 이 문제가 종래의 문제, 이를테면 군사 독재(/민주화)나 문화 식민지성 등의 문제와 어떻게 다른가? 간단히 비유하자면, 후자의 문제들이 야구의 규칙, 야구 선수, 야구 기구들에 관한 문제들이라면 환경의 문제는 야구장에 관한 문제이다. 야구의 규칙, 선수들, 기구들은 언제나 교체되고 개선될 수 있으나, 야구장이 없으면 그런 교체, 개선 자체가 무의미해진다. 게임을 할 수 없기 때문이다. 환경이란 그런 삶의 문제들의 조건에 대한 문제이다. 물론 비유는 비유일 뿐이다. 실제의 야구는 야구장 아닌 곳에서도 언제든 벌어질 수 있다. 적당한 공터를 야구장으로 설정하면 된다. 그러나 환경이라는 공간은 선택 가능성이 없는 숙명적인 야구장이다. 그것이 한번 무너지면 우리는 아주 길고도 지루한 '스타 트렉'을 떠나야 한다. 아무튼 이 비유를 통해서 내가 말하고자 하는 것은 종래의 문제들이 삶에 대한 물음(왜 사는가? 어떻게 살 것인가?)이라면, 환경의 물음은 물음의 조건에 대한 물음이라는 것이다. 앞의 물음들은 그것이 시원한 대답을 보이지 않을 때에도 그 물음 자체에 뜻이 있다면 끊임없이 제기될 수 있다. 가령, 어떤 희망도 갖지 않아도 무의미한 세상과의 싸움 그 자체에서 삶의 뜻을 구할 수가 있다. 그러나 환경의 문제는 그런 싸움 자체를 무의미하게 만든다. 환경의 절멸은 싸움의 목적, 싸움의 방법, 싸움의 징조 등과 같은 싸움의 조건을 위협하기 때문이다. 환경에 대한 물음은 물음들의 물음이다. 환경의 물음은 물음의 환경이다. 그것은 물음들의 항아리이고, 바로 그런 뜻에서 물음의 위기이다.

　실제적 문제들의 경계를 초월하여 근본성으로 회귀케 하는 것, 환경 문제가 다른 문제들과 다른 점은 바로 거기에 있다. 그것은 비상의 꿈 자체를 박탈하고, 더 이상 기댈 데가 없는 부정, 순수 부정을 야기한다. 가령, "개들은 말한다/나쁜 개를 보면 말한다/저런 사람 같은 놈"(p.55) 같은 능청스러운 풍자는, 그러나 얼마나 비극적인 독설인가? 사람이 사람 그 자신을 나쁜 놈이라고 규정하고 있으니 말이다. 그것도 본성적인 악을 지칭하고 있는 것이다. 가령, 우리가 "개 같은 놈"이라고 말할 때는 암묵적으로 개의 본성을 염두에 두고 있다. 개가 "사람 같은 놈"이라고 말한다면, 바로 사람의 우연적인 행태들을 두고 말하는 것이 아니라, 사람의 본성이 그렇게 나쁘다고 말하는 것이다. 이것은 흔한 성악설 이상이다. 법률이나 제도를 통해 개선될 여지 자체를 부정하기 때문이다. 사람 같은 놈이라고 말하는 개는 사람에 대한 저주이며, 예고된 재앙의 징표이다. 시인이 '검정개'의 괴기스러운 출몰을 목격하는 것은 그 때문이다.

　　내 일터에서 어정거리는
　　집 없는 검정개.
　　한 번개이며 계시인 그 개,
　　오늘 아침에는 몰려가는 우리들
　　종종걸음이 가는 방향으로
　　함께 종종걸음을 치고 있다,

길과 그 주위를 채우는
저 스산한 표정,
저 검은 종종걸음—
(이 사람 떼 속에 검정개가 한 마리 있다는 건 더없이 신선한 일이
거니와)
우리가 가는 방향으로 가고 있는
개가 가는 방향으로 우리도 가고 있다는 건
얼마나 기막힌 일이냐. (p.62)


인간이 종종걸음치며 가는 길을 "죽음을 향한 발전"(『사랑할 시간
이 많지 않다』, 세계사, 1989, p.92)이라고 시인은 언젠가 정의했다.
사람들이 죽음을 향해 레밍스처럼 몰려가고 있는 그 길에 문득 검정
개 한 마리가 나타난다. 그 개는 집이 없고, 자동 인간들의 빠른 발걸
음들 주위에 "스산한 표정"을 채운다. 다시 말해, 그 개는 집 한 칸의
행복을 위해 종종걸음치는 인간들의 행로가 결국은 집(환경)의 파괴
를 낳을 것이며, 그리하여 멸망 이후의 폐허에서 스산한 바람을 맞게
될 것임을 예시한다. 그 개는 인간의 방향을 쫓아가면서 환상을 발각
하고 재앙을 예고하는 개이며, 어디에도 탈출의 길은 없다는 저주를
던지는 개다. 사람들은 그 검정개의 의미도, 그의 말 없는 저주도 모
른 채로 계속 길을 가고 있다. 그러니, "우리가 가는 방향으로 가고
있는/개가 가는 방향으로 우리도 가고 있다"는 구절은 단순한 말장난
이 아니다. 산문적으로 풀자면, "우리가 가는 방향으로 가고 있는
개"는 저주와 재앙을 끊임없이 환기시키고자 인간을 따라가는 것이
며, "개가 가는 방향으로 우리도 가고 있다"는 것은 그 재앙의 명백

한 가능성에도 불구하고, 그것을 아는지 모르는지 계속해서 가고 있다는 "기막힌" 사태를 가리킨다.

이 기막힘, 어떠한 가역성도, 회복의 가능성도 찾아볼 수 없다는데서 오는 이 부정의 캄캄한 나락이 이 시의 중앙에 자리 잡고 있다. 그러나 저 괄호 속의 "신선한" 외침은 도대체 무엇인가? 바로 앞에서본 「개들은 말한다」에서의 능청은 또한 무엇인가? 절대부정의 세계에서 난데없이 웃음 짓게 만드는 긍정의 까만 점은 도대체 어디에서돌출한 것인가?

그 신선함은 물론 각성이 있을 수 있다는 것에 대한 즐거운 발견을뜻하는 것이리라. 그러나 그것만으로 새 삶의 가능성을 볼 수는 없다. 사람들은 여전히 그 길을 가고 있기 때문이다. 몽매와 각성 사이가 섬뜩한 저주의 빗금만을 긋고 있다면, 그 각성은 얼마나 끔찍한것인가? 그래서 시인은 "모든 '사이'는 무섭다"고 말했던 것이다.

  잠과 각성 사이의 표정처럼
  무서운 건 없다
  그 모습처럼 참담한 건 없다
  모든 '사이'는 무섭다
  모든 '사이'는 참담하다 (『사랑할 시간이 많지 않다』, p.69)


그러니, 검정개의 신선함이 단순히 각성의 발견에서 비롯되는 것이라면, 그것은 곧 시들해질 것이다. 그러나 저 괄호 속에 갇혀서, 아니 괄호 속에 갇혔기 때문에 더욱 눈을 찌르는 저 신선함은 보지 않으려 해도 저절로 보이는 것이다. 그렇다면 그것은 각성 이상이다.

그것은 어떤 천진난만함, 신명스러움, 즐거움, 즉 생의 희열이 터져 나올 틈새이다. 다시 말하면, 그것은 앞에서 보았던 화석의 선명함, 그것 속으로의 "법열"과도 같은 도취에 다름 아니다. 그리고 괄호는 화석에 스미는 그림자와 동가이다.

독자는 시인의 시적 실천과 다시 마주친 것이다. 인식과 실천 사이의 이 엄청난 거리를 독자는 해독하기가 힘들다. 아마도 약간의 우회가 필요하리라. 시인이 환경의 문제를 한국 지식인들의 일반적 정서에 맞추어 '생명'의 개념으로 제기하고 있다는 것을 재고할 필요가 있다.

어떤 이들은 생명의 개념이 환경의 개념보다 인식론적으로 앞서 있다고 주장하는데 나의 생각은 다르다. 생명은 환경에 대한 인식이 없으면 쉽사리 신비주의로 빠질 위험을 가지고 있다. 왜 그런가?

환경(環境)의 문자 그대로의 뜻은 둥근 삶의 공간이다. 사람들이 일반적으로 삶의 터전을 둥그렇게 상상하는 까닭에 대해서는 다양한 해답이 제출될 수 있으나, 여기서는 그것이 환경 구성원, 즉 주체의 관점에서 파악된 객관적 삶의 공간이라는 것만 지적하기로 하자. 그것이 주체의 관점에서 파악된 공간이라는 사실은, 둥그런 것의 둘레는 어느 지점이든 주체로부터 동일한 거리에 있다는 것을 생각한다면 유추해 알 수 있다. 이 사정은 서양어의 경우에도 마찬가지다. 환경학ecologie의 앞 구성소 eco의 희랍어 어원인 oikos는 '집,' '거주장소'라는 뜻이다. 그것은 그냥 바깥이 아니다. 그것은 주체가 깃드는 장소이다. 또한 환경학의 개념을 처음 제창한 헤켈Haeckel이 '생명 vie'의 개념을 빌려온 것은 콩트Comte에게서였는데, 콩트가 생명체

와 환경 사이의 '조화'를 생명의 근본적인 조건으로 설정하였다는 것
도 참조할 만하다. 콩트는 환경milieu을 특이하게도 단수로 썼는데,
그 단일성을 통해서 그는 "유기체가 그 안에 들어 있는 흐름일 뿐 아
니라 각각의 개별 유기체의 생존에 필수적인 외적 정황의 총체"를 환
경이라고 정의하였다. 환경은 다시 말해 주체와 객관의 어긋남이 아니
라 상응을(일치가 아니라) 목적론적으로 가정하고 있는 개념이다.[3]

이 사정에 비추어 우리는 환경을 주관적 객관이라고 정의할 수 있
다. 그에 비해 생명은 어떠한가? 한국의 지식인들이 사용하는 생명은
자연과학에서 말하는 생명체와 아주 다르다. 자연과학에서 생명체는
개체성, 영양 섭취, 호흡-발효, 복제 능력, 진화, 운동, 유한성(죽
음)을 특징으로 갖고, 유지, 번식, 조절을 기본적인 기능으로 갖는 분
석적 단위이다.[4] 한국 지식인들의 생명은 이런 분석적 특징들보다는
생명들(무기물을 포함한) 간의 상호 관련성이 특별히 강조된다. 그것
은 먹이 사슬의 화해적 해석이라고 볼 수 있는 특이한 해석에 기초하
여, 모든 생명들의 부단한 상호 순환이라는 명제를 이끌어내고 그럼
으로써 그것들의 근원적 하나 됨과 공존의 필연성을 주장한다. 바로
이 점에서 생명은 오직 주관적인 개념이다. 왜냐하면 그것은 만물을
주체와 동일시하는 입장에서 제기되는 개념이기 때문이다. 때문에 그
것은 환경이라는 개념보다 강력한 정서적 유인력을 가지고 있으나,
생명들 간의 이질성을 고려하지 않을 때는 사실상 존재하지 않는 대

---

3) 실뱅 오루Sylvain Auroux 편, 『철학의 개념들 Les Notions Philosophiques』, Tome I,
   P.U.F, 1990, p.730 참조.
4) 조엘 드 로스네Joël de Rosnay, 『생명의 모험 L'aventure du vivant』, Seuil, 1988,
   pp.41~43 참조.

통일의 신비주의로 빠질 수도 있다.

나는 여기서 두 개념 사이의 우열을 따지려는 것이 아니다. 다만 그 두 개념의 기능이 다름을 지적할 따름이다. 그것들은 제가끔 제 몫의 역할을 하는 상호 보완적 개념들이다.

정현종의 시 또한 생명의 관점에서 환경의 문제를 제기하는 한국 지식인들의 일반적인 경향과 다르지 않다. 그가 "천둥과 한 몸/비와 한 몸/뻐꾸기 소리와 한 몸으로/나도 우주에 넘치이느니"(p.12)라고 노래하고, 별을 향해 "너 반짝이냐/나도 반짝인다, 우리/칼슘과 철분의 형제여.//멀다는 건 착각/떨어져 있다는 건 착각/이 한 몸이 三 世며 우주/죽어도 죽지 않는 통일 靈物—"(pp.58~59)이라고 말 건넨다거나, "어디로 가시나요 누구의 몸속으로/가슴도 두근두근 누구의 숨 속으로/열리네 저 길, 저 길의 무한—//나무는 구름을 낳고 구름은/강물을 낳고 강물은 새들을 낳고/새들은 바람을 낳고 바람은/나무를 낳고……"(pp.30~31)처럼 만물의 끝없는 상호 순환을 노래한다는 것은 시인의 그런 태도를 잘 보여준다.

그러나 나는 언젠가 정현종의 '생명'이 한국 지식인들의 일반적인 생명에 비해 작은 개념이라고 말한 적이 있다.[5] 작다는 것은 그것이 정의상 대 통일의 원리를 전제로 하고 있음에도 불구하고 그 원리를 이야기의 내용으로 채우고 있지 않다는 것을 뜻한다. 우선, 정현종은 생명의 무한 순환을 절대적 신념으로 강조하고 예찬하기보다는 그런 행복한 상태가 실현되지 못하는 실존의 구체성에 초점을 맞춘다. "에밀리양 없이 구름 없듯이/구름 없이 내가 있어요?/구름을 죽이지 마

---

5) 졸고, 「문학과 환경」, 『문학이라는 것의 욕망』, 역락, 2005, pp.283~89.

세요"(p.25)의 '구름'이나 "죽은 소리 죽이는 소리 저 자동차들의/굉음과 소음으로 밀봉된 도시의/아스팔트를 조금 벗어난/숲길에서 문득, 아,/날개 소리!"(p.32)의 '날개 소리'가 대문자 생명과 어떻게 다른가를 생각해보라. 그 차이는, 현실의 실상과 이상적 원리를 대립시키는 것과 실상(매연)과 실감(날개 소리)을 대비시키는 것 사이의 차이이다. 그때 실감으로서의 생명은 이상적 원리와 비교해 아주 작음에도 불구하고 훨씬 생생한 울림을 갖는다. "생명의 기쁨은 무슨 추상적인 이념이나 거창한 철학 속에 있는 것이 아니라 이렇게 작은 것들 속에 있"(『생명의 황홀』, 세계사, 1989, p.174)다는 그의 발언은 바로 그것을 지시한다. 생명은 생명의 이름으로 제기될 것이 아니라, 생명의 구체적인 활동적 형상들을 통해 드러나야 한다는 것이다.

다음, 정현종의 생명이 작다는 것은 그가 그것을 문명의 대체 개념으로 사용하고 있지 않다는 것을 뜻한다. 다시 말해 생명으로 되돌아가야 한다고 외치는 것이 아니다. 그에게 생명의 위기는 무엇보다도 "전설의 멸종/깨끗한 힘의 멸종/용기의 멸종"(p.55)이다. 혹자는 세상이 멸망하는 판에 기껏 전설이라니! 라고 꾸짖을 수도 있으리라. 그러나 그렇게 꾸짖는 사람이 알게 모르게 전제로 두고 있는 것은 완전히 문명의 방향을 거꾸로 되돌려야 한다는 이루지 못할 환상이다. 시인은 현실과 전설을 슬며시 분화시킴으로써 문명의 운명적인 방향에 대한 반성적 기제로서 생명을 설치한다. 그 생명은 문명의 숨가쁨에 숨쉬기를 요청하는 것이다. 그래서 그는 말하는 것이다.


헤게모니는 무엇보다도
우리들의 편한 숨결이 잡아야 하는 거 아니에요?

무엇보다도 숨을 좀 편히 쉬어야 하는 거 아니에요? (p.77)

숨 편히 쉬기, 그 숨쉬기는 단순히 호흡이 아니다. 그것은 숨-쉬기이다. 휴식과 이완, 꿈과 명상의 구멍과 틈새를 긴장의 꽉 막힌 벽 안에, 실리의 촘촘한 그물 사이에 뚫는 절차인 것이다. 그물이 잘 뚫리면 그때 그것은 "그 길 크나큰 거미줄"(p.31)로 변모할 수 있을 것이다. 그물과 거미줄은 같은 형상이나 하나는 꽉 막혔고 다른 하나는 시원하다(그것은 성기고, 투명하고, 이슬이 맺힌다). 마찬가지로 숨가쁨과 숨쉬기는 같은 숨이나, 하나는 몸을 지치게 하고, 다른 하나는 기운을 북돋는다. 바로 그런 의미에서 숨가쁨과 숨쉬기는 대체 개념 쌍이 아니라, 대위 개념쌍이다. 정현종의 생명은 대체 개념이 아니라 조절 개념이다.

마지막으로 정현종의 생명은 그가 그것의 기쁨을 노래할 때조차 비애와 애수를 동반하고 있다는 것이다. "가을 저 맑은 날과/숨을 섞어/가없이 투명하여/퍼지고 퍼져/천리만리 퍼져나가는 쓸쓸함은 무엇인가"(p.21)라고 시인은 묻고 있다. 가없이 퍼지는 투명함은 "쓸쓸하다." 또한, 앞에서 인용된 시구에 이어지는 시행은 이렇다: "검은 피, 초라한 영혼들이여/무엇보다도 헤게모니는/저 덧없음이 잡아야 하는 거 아니에요?" 편한 숨쉬기는 덧없는 것이라는 것이다. 이어서 시인은 그 덧없음은 "찬란한 덧없음"이라고 덧붙이고 있다. 편한 숨쉬기는 찬란하고 덧없다. 왜일까? 생명의 무한 순환이라는 큰 명제가 그것을 찬란히 빛나게 해주는 것이라면, 그러나 하나하나의 생명이 그 전체를 다 살아볼 수는 없다. 만끽할 수는 더욱 없다. 그렇다.

그 불타는 무한
불타는 그 한숨 〔……〕

저 한없이 열린 공간을
감당할 생물은 없다 (p.60)

그의 생명 인식에는 개별자의 숙명적인 유한함이 배어 있다. 이 몸의 한계, 예전에 어떤 시인이 "이 어이 거친 몸"이라고 비명 질렀던 그 몸의 어쩔 수 없는 한계. 실로 한국 지식인들의 일반적인 생명 인식에 결정적으로 결핍되어 있는 것이 바로 생명의 개체성과 유한성(죽음)에 대한 이해이다. 우주의 광대함에 비하면 한 점 티끌과도 같고, 생명들의 무한 변신의 능력에 비추면 저 하나 추수르지도 못하는 허약한 단수 생명의 몸. 그 몸을 잊은 채로 생명들의 장엄한 연결에 찬미를 보내는 것은 헛된 신비주의에 불과하다.

지금은 어디쯤 가고 있나, 어디만큼
그야 유사 이래 가네 세상 끝날 때까지―
가네 지평선과 외로움 두 날개로 (p.35)

생명의 움직임은 왜?라는 물음 이전의 것이다. 그에게 미리 주어진 대답은 없다. 대답들이 있다면 그것은 대답의 암시, 대답의 흔적일 뿐이다. 그를 움직이게 하는 것은 어떤 확실함도 주지 않는, 다시 말해 확신을 끝까지 유보시키는 지평선과(그러니 그것은 "태어나기만 하는/만물의 길"〔p.65〕인 것이다), 그 확신의 부재 때문에 가질 수밖에 없는, 그러나 기대가 없으면 존재하지도 않을 그런 외로움, 두 날개뿐이다.

　서러운 것이다, 생명이란. 그 서러움의 실존적 양태는 외로움과 지평선이다. 정현종의 생명이 '작다'는 최종적 의미가 이것에 있다. 그러나 독자는 동시에 생명의 작음으로부터 생명의 기쁨이 흘러나왔음을 기억한다. "생명의 기쁨은 [……] 이렇게 작은 것들 속에 있다"고 그는 말하지 않았던가? 큰 것은 괜히 근엄하지만 작은 것은 저절로 싱싱하다. 그렇다면 생명은 애수와 환희의 복합체다. 어떻게 그럴 수 있을까? 생명이 서럽다면 그것은 그가 기쁨 주는 힘을 잃지 않았기 때문이며, 거꾸로 그가 싱싱하다면 그것은 그가 서러움을 이기기 위해 애써 파닥이기 때문이 아닐까? 왜 아니겠는가? 이미 보았듯이, 화석화된 비상의 꿈은 화석화되었음에도 불구하고 선명한 게 아니라, 화석화되었기 때문에 선명하다. 그래서 시의 화자는 화석 속으로 "법열이었는지" 빠져들었다. 생명의 두 측면은 상충하는 모순이 아니라, 서로 북돋는 모순이다. 그런데 그것이 어떻게 가능할 수 있는가?

　독자는 드디어 정현종 후기 시의 핵심으로 접근한다. 이 서로를 부추기는 모순이 어떻게 생성될 수 있는가?

　한 가지 특이한 단서가 있다. 가령 이런 시구:

　　가는 데가 어디이든 그곳은 다만
　　한없이 가고 싶은 마음의 그림자—
　　떠나고 사라지는 그림자의 우주이니. (p.63)

두번째 행은 의미론적으로는 "한없이 가고 싶은 마음"에서 끝나도
된다. 그런데 시인은 그것을 군이 "마음의 그림자"라고 적었다. 그러
고 보니 그는 도처에서 같은 표현을 쓰고 있다. "어리이는 지평선 半
暗 멀리/한 물건 우리 그림자 가네"(p.35)의 '그림자'가 그렇고, "나
는 2솔을 주고 꽃다발을 받아 들었습니다./허공의 심장이 팽창하고
있었습니다"(p.69)의 '허공'이 또한 그렇다. 그것들은 의미론적으로
는 불필요한 것들이다. 그런데 그것들이 끼어 있다면, 그것은 그것들
이 변별적 지시어의 역할을 한다는 것을 가리킨다. 즉 시인은 실물에
대해 그림자를, 몸에 대해 마음을, 사실에 대해 전설을, 지상에 대해
허공을 분화시켜 각각 현실의 다른 이름들인 전자들에 대한 대비어로
서 제시하고 있는 것이다. 그 대비어, 즉, 그림자, 마음, 전설, 허공
은 실존적이면서 동시에 방법적이다. 그것이 실존적이라는 것은 현실
의 부정성을 단번에 뒤엎을 만큼 기세등등한 게 아니라, 그 조도(照
度)는 "반암"이고 그 수명은 "떠나고 사라지는" 것인, 그렇게 쓸쓸한
것임을 의미한다. "그래, 마음은 한없이 다른 곳을 헤매니"(p.87)에
서 말하는 '다른 곳'의 거리만큼 그것은 현실로부터 멀어져 있는 것
이다. 그것이 방법적이라는 것은, 그것에 기대어서 시인은 현실에서
숨 편히 쉴 기운을 차리기 때문이다.

　　그 두꺼비 등에 올라 나는
　　오늘 기운을 차리이느니 (p.18)

　이 두꺼비를 가리켜 시인은 "자연만큼 깊고 두툼한 등어리"를 가졌
다고 말한다. 다시 말해, 지금까지 '그것'이라는 이름으로 지칭된 변

별적 지시물의 일반적 개념어는 바로 '생명'이다. 그러니까, 실존적이고 방법적인 것이 바로 정현종의 생명이다.

지금 이 순간 독자는 정현종 후기 시의 문턱을 마악 넘어가고 있다. 문지방을 넘으면 전혀 다른 풍경이 펼쳐지는 법이니, 바로 이 자리는 어떤 꺾임, 결정적인 곡선, 질적인 도약이 발생하는 자리이기도 하다. 그가 "생명의 모습/그 곡선"(p.66)이라고 말했을 때의 곡선을 따라 독자는 어느새 놀라운 비밀의 사랑방 속으로 들어간다.

무슨 도약을 말하는가? 그의 생명이 실존적이고도 방법적이라면 정현종의 시적 주제는 생명에 바로 있지 않고, 그로부터 슬그머니 비켜선 다른 것에 있다는 것을 암시한다. 정현종의 생명은 실존적으로는 쓸쓸한 무한이고 방법적으로는 따뜻한, 깊고 그윽한 무한이다. 그것은 현실과 대립되는 것이 아니라, 현실과 대위를 이루는 조절 개념이다. 그러면 현실, 정확히 말해 시적 현실에서는 무슨 일이 벌어지는가? "날아가는 새의 커다란/그림자"(p.88), 현실로부터 무한히 멀어지는 저 생명은 시적 현실의 가두리를 이루는 것이지 속을 채우는 것이 아니다. 그것은 "무한 바깥"(p.74)이다. 그렇다면 그 안은 현실과 꿈 사이, 문명과 생명 사이의 그 거리가 아니겠는가? 생명들의 운명적인 움직임이 무한 바깥을 향해 멀어지는 만큼 드넓은 사이, 바로 그것이 아니겠는가? 문제의 두 항을 함께 공존케 하고 어울리게 하는 것,

　　너울너울 몸이냐 마음이냐
　　너울너울 세상의 심장이냐 (p.42)

라는 시구가 정확히 가리키듯이, 몸과 마음 사이를 너울대며 왕복하는

것, 바로 그것이 세상의 심장이라고 시인은 말하고 있지 아니한가?

사이가 심장이다. 그렇다, 그 사이를 중추로 만드는 힘, 시인이 "스스로의 내적 깊이"라고 부른 것, 문명과 생명 사이에 속 깊은 이야기의 공간을 구성하는 것, 그것이 그의 후기 시의 두드러진 특징인 것이다. 과연,


> 해골 썰렁한 암자를 지나
> 조선 소나무 서 있는 정상에 오른다
> 밤바람은 차고, 먼 외로운 불빛들.
> 우주를 한마당 노래방으로 만들고
> (이런 노래방을 두고 왜 그
> 컴컴한 구석에서 소리들을 지르는지)
> 다시 길을 더듬어 내려온다.
> 이 밤에 산을 내려오니
> 막무가내로 나는 소리친다
> "그놈의 호랑이 묵직하구나!"
>
> 즉시 익어버리는 시간도 있느니
>
> 나는 호랑이 한 마리를 잡아
> 짊어지고 내려왔던 것이다.
> 익은 시간 속의 전설이여
> 전설 속에 회복되는 시간이여
> 오, 내 어깨 위의 호랑이여 (p.53)

라고 시인은 말하는 것이다. 외로운 불빛들은 그 자체로서 아름다운 것이 아니다. 그것들이 반짝이는 것은 "우주를 한마당 노래방으로 만"들고, 그리하여 한바탕 마음속의 노래방이 무르익었을 즈음이면, 호랑이 한 마리를 짊어지고 내려오게 해주는 데 기여하는 것이다. 다시 말해 썰렁한 현실 위에, 듣기만 하면 "모두가 상기되"(p.15)는 포근한 옛 전설을 드리워주고, 그 전설은 다시 오늘의 죽은 시간을 회복시켜주는 것이다.

　그러니, 시인은 시방 시로써 무엇을 표현하고 있는 것이 아니다. 그의 시는 이제 표현도 묘사도 아니다. 그것은 꾸밈이고 구성이다. 언어 공간의 조경이다. 그런 의미에서 나는 정현종의 후기 시는 환경을 만드는 시, 죽어가는 환경에 대해, 더 나아가 삶의 터전과 그 내력에 대해 이야기 나눌 따뜻한 사랑방을 만든다는 의미에서 환경을 살리는 시라고 감히 말할 수 있다.

　실로 독자가 정현종의 오늘의 시에서 신기하게 발견하는 특징이 무엇이겠는가? 생명의 예찬도 아니고 문명 비판도 아니다. 그것은 진부한 주제에 불과한 것이다. 또한 여전히 절묘한 모순 어법들은 초기 시로부터 계속 이어져온 것이지 새삼스러운 것이 아니다. 독자가 아주 새롭게 읽는 것은 그 모순 어법들을 다루는 방법이다. 가령 앞에서 인용했던


　　너 반짝이냐
　　나도 반짝인다, 우리
　　칼슘과 철분의 형제여 (p.58)

라든가,

　　다하지 않는 에너지
　　하늘의 火輪이여
　　너는 나무들과 꽃들과
　　씨앗과 피톨의,
　　그 둥근 불꽃들의 和唱에 또한
　　싸이거니와,
　　너를 휩싸는 내 노래의 소용돌이도
　　인공위성은 찍어야 하리 (p.22)

같은 시구에서 칼슘과 철분의 매개로 한 나와 너의 절묘한 하나 됨이
나 이질적인 물상들이 피워내는 "둥근 불꽃들의 화창"은 정현종 시의
항구적인 주제이고 매력이지만, 독자는 그 주제, 그 매력 너머로 피
어나는 신선한 기운을 쐬고 신기해하는 것이니, 그 신선함은 바로 어
투의 새로움으로부터 오는 것이다. 예전에 그의 "율동의 방법만을 생
각하"던 때의 시에서 돋보인 것은 무엇보다도 시적 율동의 집약된 조
형미였지만, 지금의 시에서는 그 집약된 아름다움 자체보다는 그것에
참여하는 주체들의 너울거리는 마음의 움직임들이 도드라진 것이며,
주체들이 서로를 부르는 그 공간은 친근한 일상어들, 대화 구문, "세
상의 나무들은/무슨 일을 하지?"(p.34)와 같은 천진한 동심의 스스
럼없는 노출, 그리고 서두에서 보았던 것처럼 은유적이고도 동시에
환유적인 시어의 쓰임새에 의해 속으로 드넓어지는, 그러니까 내적으

로 깊어지는 것이다. 그러한 어법 변화의 한 측면을 예리하게 간파한 유종호는 "시인의 어휘가 우리들의 기층 어휘로 현저하게 경사하고 있"음을 지적하면서, "그것은 우리들 유년의 언어이며 고향의 언어이며 또 무의식의 언어이기도 하다. 무의식의 구조도 언어의 구조에 의존하고 있다지만 한국인의 무의식 세목은 기층 언어로 형성되어 있을 것이다. 정서적 충전력이 강한 기층 언어는 그대로 무의식의 언어이다"[6]라고 해설하고 있거니와, 기층 언어로의 경사를 무의식으로의 침잠으로 풀어내는 대목은 이해의 폭을 성큼 확장시키는 발군의 대목이라고 할 만하다. 그런데 무의식이란 바로 의식의 터가 아닌가? 무의식을 실체로 이해하려는 대부분의 노력들이 헛된 환상과 도로에 그치고 만 것은, 무의식이란 결코 밝혀지지도 완결되지도 않은 채로 끊임없이 속을 갈아대면서 의식의 변모를 추동하는 마음의 자원이라는 것을 간과했기 때문이다. 무의식은 의식의 터, 의식의 고향이다. 그 고향은 개인사의 한 지점에 붙박여 있는 그런 고향이 아니라, 현재의 삶을 계속 되새기도록 해주는 거울로서 기능하는 생의 기원이고, 생의 순수 가능성이다. 바로 그 점에서 정현종의 후기 시의 언어는 삶의 최대한의 가능성을 계속 사람들에게 일깨우고 이야깃거리를 만들 장소를 제공하는 언어의 터이다.

정현종의 시가 궁극적으로 환경을 가꾸는 시인 사연이 대충 밝혀진 셈이다. 시집 제목이 지시하듯이, 시인은 그런 환경을 '나무'라는 한 상징으로 압축시킨다. 나무야말로 환경의 가장 맞춤한 상징이기 때문

---

6) 유종호, 「해학적 친화력」, 『한 꽃송이』 해설, 문학과지성사, 1992, p.110.

이다. 나무는 실존적이고도 방법적으로 환경과 닮았다. 가장 간단하게 환경이 나빠지면 나무부터 탈이 난다. 다음, 나무는 그 생긴 모습으로 생명의 전체성을 환기시킨다. 그것은 하늘을 향해 높게 솟아 있고, 땅 밑으로 드넓게 뿌리내리고 있다. 그러나 시인에 의하면 무엇보다도 나무가 환경과 닮은 까닭은, 그것이 다른 생명들을 살리는 데 기여하기 때문이다. 다시 말해 나무의 실체가 아니라 나무의 존재태가 생명들에 대한 방법적 터전이기 때문이다. 세상의 나무들이 하는 일은,

> 그걸 바라보기 좋아하는 사람,
> 허구헌 날 봐도 나날이 좋아
> 가슴이 고만 푸르게 푸르게 두근거리는
>
> 그런 사람 땅에 뿌리내려 마지않게 하고
> 몸에 온몸에 수액 오르게 하고
> 하늘로 높은 데로 오르게 하고
> 둥글고 둥글어 탄력의 샘!"(p.34)

인 것이다. 나무는 저의 푸르름으로 사람의 가슴을 푸르게 하며, 저의 뿌리로 사람을 땅에 뿌리내리게 하고, 저의 수액으로 사람의 온몸에 수액 오르게 하고, 저의 솟은 높이로 사람을 하늘 높은 데로 오르게 하는 둥근 탄력의 샘이다. 그래서 시인이 나무에서 특별히 보는 자리들은 나무의 몸체 자체가 아니라, 나무가 나무로부터 이탈하고 열리는 자리들, 이를테면, "바람은 저렇게/나뭇잎을/설렁설렁 살려

낸다"(p.54)의 나뭇잎, "돌아오는 길에 보니 사람은 없고/그 나무토막 자리만 환하고 고요하다"(p.83)의 나무토막, "꽃잎들, 땅 위에 깔린 하늘"에서의 꽃잎들, "유독한 공기 속을 헤엄쳐/간신히 헤엄쳐 날아/모든 마음에 떨어져/그 꽃씨"(p.93)에서의 꽃씨 등등이다. 그렇게 절멸에 처한 환경 속을 간신히 헤엄쳐 날아, "우리의 영혼이 샘 솟"(p.73)도록 해주고 "사랑하지 않으면/황폐하리"(p.70)니, 한없이 사랑하게 해주는 나무, 그것이 바로 그의 나무인 것이다. 그 나무야말로 시의 다른 이름이 아니겠는가? 그의 시란 곧 끝없는 이야기의 터전이고 환경이 되었으니. 그러니, 알겠다. 그의 시론이 왜 소용돌이의 고요한 중심에 시를 뿌리내리고 싶어 하는가를.

　나는 시를 쓰려고 한다기보다는 시라는 것을 태어나게 하는 그 힘들과 신호들의 소용돌이 속에 항상 있고 싶을 따름이며, 만일 내 속에서 시가 움튼다면 그 發芽는 마땅히 예의 그 소용돌이의 고요한 중심으로부터 피어나는 것이기를…… (p.41)

[1997]

# 까닭 모를 은유는 "떨어지면 튀는 공"이다

## —정현종 시의 원초적 장면을 찾아가기

정현종의 시가 한국 현대시가 이룬 가장 중요한 성취의 하나라는 점을 부인할 사람은 아마 없을 것이다. 그러나 이 말을 하는 순간 우리는 순간적으로 무언가가 미진하다는 희미한 감정과 함께 횡격막이 얼핏 결리는 신체의 반응을 만나게 되는데, 가만히 생각해보면 그것은 그 성취의 연결선이 잘 보이지 않기 때문이다. 요컨대 정현종 시에 대해서 독자가 가지는 첫번째 의혹은 그의 '태생'을 모르겠다는 것이다. 더 나아가 그의 시가 내뿜는 강렬한 매력이 더할수록 그것의 근원에 대한 궁금증은 더욱 커질 수밖에 없다는 것이다. 이러한 감정은 그가 시작 활동을 시작하던 초기부터 독자들의 무의식 속에 침전되고 있었다. 가령, 김현은 「바람의 현상학」에서 정현종을 처음 만났을 때의 인상을 이렇게 기술하고 있다.

내가 정현종을 아스팔트도 채 깔리지 않은 신촌의 한 구석방에서 처음 만났을 때, 그는 그의 추천 작품인 「독무(獨舞)」「화음(和音)」의 시적 공간 속에 완전히 함몰하여 살고 있었다. 함몰하여 살 수밖에 없었던 것이, 그는 그때 혼자 집을 뛰쳐나와 냄비밥에다 마가린을 버무려 먹으면서 내내 시만을 생각하고 있었고, 그리고 그의 시가 그 당시 유행되던 김춘수류의 시와 너무 달라서 그의 시의 필연성을 그 자신에게 확인시키기 바빴기 때문이다.[1]

김현의 진술은 정현종의 시가 당시의 중심적인 시의 경향들과는 유다르다는 것을 확인하는 한편으로 그의 시를 어떤 '계보' 속에 가둘 수 없는 데서 오는 독자의 난처함을 동시에 전달하고 있다. 잡담처럼 들어간 "구석방" "혼자 집을 뛰쳐나와" "냄비밥에다 마가린" 등으로 이루어진 삽화는 사실 그 난처함을 달래기 위한 무의식적 배려로 보인다. 그것은 정현종 시의 독특함을 개인의 외로움으로 연장시킴으로써 운명의 분위기를 부여한다. 운명에는 까닭이 없는 것, 아니 없어도 되는 것이다. 게다가 "그의 시의 필연성을 그 자신에게 확인시키기 바빴"다는 진술은 시인조차도 자신의 고독한 운명의 주인이 아니라는 암시까지 담는다. 정현종의 '인간'이 한국인의 사회 · 역사적 경험의 맥락 속에 위치하고 있는 데 비해 그의 '시'는 인간 정현종도 미처 인식하지 못한 채로 한국시의 시 · 공간적 맥락과는 무관하게 돌출한 것으로 비친 것이다. 그리하여 정현종의 시는 완벽하고도 순수한 의미에서의 개인idiosyncratic 미학, 즉 '그만의 시학'으로 나타난다. 김현은 곧이어 정현종의 시가 등장하기 직전의 한국 시의 맥락을 요약한 후에, "그러나 그는 그 어느 것에도 기웃거리지 않고 그 특유의

---

1) 김현, 「바람의 현상학—방법적 사랑의 의미」, 김현문학전집 3 『상상력과 인간/시인을 찾아서』, 문학과지성사, 1991, p.269.

시 세계를 형성한다. [……] 그의 시의 당돌함은 치밀한 계산과, 그의 시적 감수성에 합당한 영역 안에서 행해지기 때문에 모더니스트들의 실험과 무관하다"고 쐐기를 지름으로써, 정현종 시의 특이성을 '확정confirm'하는 '수행perform'을 마무리한다.

이러한 반응은 사실 김현뿐만 아니라 동세대 비평가들을 넘어서 오늘날까지도 이어지는 보편적 반응을 이룬다. 최근에 있었던 시인과의 대담에서도 이광호는 "서정주·박재삼으로 내려오는 토착적이고 단정한 어법도 아니고, 김수영적인 거친 산문성 그런 것도 아닌" "독특함"[2]에 대해 시인에게 질문을 던지고 있다.

그런데 이 질문 자체가 특이한 것이다. 왜냐하면 동세대 그리고 직전 세대의 다른 시인들에게는 제기되지 않은 이 문제가 유독 정현종에게로만 집중되었기 때문이다. 그러나 우리는 이에 대해서 까닭을 물을 필요가 있다. 아마도 상당수 다른 시인들의 시에서는 그 태생적 맥락이 가시적으로 비쳤기 때문일 것이다. 가령 신경림과 김지하의 시가 농민 혹은 남도민의 정서에 근거하고 있는 것은 명백한 사실처럼 보인다. 서정주·박목월·박재삼 등의 이른바 '전통적 서정시' 계열의 시들이 거기에 붙은 관형사가 그대로 지시하는 것처럼 한국 서정시의 연장선 상에서 파악되었던 것에 대해서는 더 말할 것도 없다(그러나 실제로 그런 전통이 존재했느냐는 질문은 따로 던져져야 할 것이다). 박인환·김수영·조향 등 5, 60년대 모더니스트들의 시 역시 그 지칭 그대로 특정한 이념에 기대어져서 읽힌다. 또한 최하림에 의해 정현종과 함께 "문법주의자"의 성채 안에 소속된 오규원 역시 김

---

2) 「시, 새로운 시작을 위하여」, 이광호 편, 『정현종 깊이 읽기』, 문학과지성사, 1999, p.27.

까닭 모를 은유는 "떨어지면 튀는 공"이다  99

춘수와의 연관성이 분명하게 보인다. 이 연결은, 김현이 김춘수에 대해서 규정한 '내면 탐구'의 측면에서가 아니라, 절대 관념 추구라는 측면에서 나타난다.[3] 하지만 김종삼 그리고 또 하나의 문법주의자인 황동규의 시는 어떠한가? 김종삼이야말로 한국 시 안에서 어떤 맥락도 찾기 어려운 시인이다. 그의 시는 마치 한국인의 낙관이 찍힌 샤갈의 그림처럼 보인다. 하지만 그 점에 대해서 질문이 던져진 적은 없다. 그것은 단순히 김종삼이 폭넓게 읽히지 않은 소수자인 때문만은 아닐 것이다. 그보다는 그의 시가 말 그대로 한국 시의 맥락과 '무관'한 것으로 비쳤기 때문일 것이다. 그래서 그 맥락을 찾는 일이 '미리' 포기되었기 때문일 것이다. 그리고 그렇다는 것은 정현종의 시를 '특이'하다고 바라보는 우리의 시선이, 김종삼의 경우와는 달리, 실은 그 맥락을 찾으려는 열망으로 불타오르고 있다는 것을 역설적으로 알려준다 (물론 김종삼의 시가 정말 그렇게 외톨이인가라는 질문도 언젠가는 던져져야 할 것이다).[4] 김종삼에 대해서는 부인(否認)이 침

---

3) 이 점에 대해서는 아직 깊은 탐구가 이루어지지 않았다. 나는 「목선 나무의 노래」(함성호 시집, 『너무 아름다운 병』, 문학과지성사, 2001)에서 김춘수-오규원-함성호의 시사적 맥락을 간단히 언급한 적이 있다. 덧붙이자면, 오규원은 시사적 맥락에 대한 감각이 체질화되어 있는 시인이라는 게 나의 판단이다. 그가 이광호와의 대담, 「언어 탐구의 궤적」에서 문학 수업 시절, 『미국문학사』를 읽은 이색적인 경험과 그것을 '한국문학사'와 비교해보았던 경험을 토로하고 있는 것은 그 점에서 시사적이다. 이광호 편, 『오규원 깊이 읽기』, 문학과지성사, 2002, pp.26~27 참조.

4) 사람들은 정현종 시의 태생에 궁금해하면서도 그를 한국시사 속에 위치시키기 위한 시도를 포기하지 않았다. 최하림의 다음과 같은 발언은 대표적이다: "결론으로서, 우리들은 세 사람의 시인(황동규·오규원·정현종 —인용자)이 우리들의 시대를 매우 예민하게 느끼고 있고, 시사적 위치에서는 김수영의 영향을 받고 있다고 말할 수 있을 것 같다. 그들은 지적 포즈에서도 그러하지만 동어 반복, 괄호의 사용, 관념어의 기묘한 전용, 그리고 사물 또는 세계에 대한 지적 조작 등에서 더욱 그러하다. 한국 시는 전통적으로 사물을 정조화함으로써 대상 감정을 내면화하고자 한다. 대상 감정을 표출하여 그와 싸우려

묵으로써 긍정되는 데 비해 정현종에 대해서는 부인이 단언으로써 부정되는 것이다. 우리의 통제되지 않는 혀는 부정하고 싶어서 긍정하기, 혹은 그 거꾸로이기 일쑤이다.

한편 황동규의 시에 대해서는 좀더 복잡한 생각을 해야 될 듯하다. 왜냐하면 실상 그의 시 역시 특정한 준거 담론을 발견할 수 없기 때

___

하지 않고 그것을 수용하여 해소하려 한다. 그런 면에서 황동규, 정현종, 오규원은 한국 시의 오랜 전통보다도 그것을 부정하고 역동적으로 현실에 대응하였던 김수영의 시정신과 방법을 『창작과비평』 그룹의 시인들과는 다른 면에서 이어받고 있다고 말할 수 있을 것이다"(최하림, 「문법주의자들의 성채」, 『시와 부정의 정신』, 문학과지성사, 1984, p.80). 이러한 발언 역시 일반적인 동의를 얻고 있는 견해이다. 그러나 이러한 견해가 앞의 궁금증을 완전히 해소할 수는 없다. 우선 이러한 견해는 정현종의 시에 대해서라기 보다는 소위 '문학과지성' 그룹의 시인들이라고 알려져 있는 시인 집단에 대한 것이다. 최하림이 같은 글에서 "정현종은 황동규나 오규원과는 상당히 다른 방법론을 가지고 있는 시인이다"(p.71)라고 적었을 때 그는 무의식적으로 세 시인의 변별성을 인정한다. 그러나 곧바로 그들을 하나로 묶어서 집단적으로 풀어야 할 충동, 당시로서는 당연하다고 여겨진 특정한 분류학에 의존하고 싶은 충동에 굴복한다. 이와는 약간 어긋난 각도에서 김현이 "토속적 서정주의를 받아들이지 않은 점에서, 정현종은 유치환·박두진·김수영 등의 시적 전통에 그 맥이 닿아 있다. 그는 유치환·박두진·김수영 등의 현대주의·남성주의를 받아들이되, 유치환의 유교적 지사주의, 박두진의 기독교적 메시아주의, 김수영의 첨단적 비판주의를 받아들이지 않는다"(김현, 「술 취한 거지의 시학」, 『정현종 깊이 읽기』, p.204)라고 말했을 때, 집단적 맥락에서는 그의 시를 시사적 맥락 속에 위치시키면서도 곧바로 그로부터 정현종을 이탈시키고 있다는 게 주목할 점이다. 그것은 그가 "정현종은 그 두 유파(김춘수류의 내면 탐구의 시와 김수영류의 현실 비판적 시 ─ 인용자)의 어느 것도 선택하지 않고서 독자적인 길을 걸으려고 애를 쓴 시인이다. 그는 김춘수류의 시에서 사물과 자아 사이의 긴장이 내부 감정의 외부 정경화보다 훨씬 값있다는 것을 배우며, 김수영류의 시에서 방법적 충격이 이미 알려진 내용의 저항보다 값있다는 것을 배운다"(「전반적 검토」, 김병익·김현 편, 『우리 시대의 작가 연구 총서 ─ 정현종 편』, 은애, 1979, p.4)고 진술한 데서도 똑같이 확인된다. 정현종의 태생에 대한 궁금증은 바로 그가 간 '독자적인 길'의 원천에 대한 궁금증이다. 다음, 같은 맥락에서, 최하림이 정현종 시의 특성이라고 지적한 "지적 포즈" "동어 반복, 괄호의 사용, 관념어의 기묘한 전용" "지적 조작" 등은 현대 시의 일반적인 특징이지 정현종만의 것이라고 할 수 없다.

문이다. 서양으로부터 직수입된 근대 문화와 서양 문학 등의 막연한 준거 공간을 배제한다면 말이다. 우리가 앞의 시인들에게 막연히 '한국적'이라는 관형사를 붙이지 않았다면, 황동규·정현종에 대해서도 그렇게 하는 것이 합당하다. 기실 '서양적'이라는 것은 무수히 이질적인 경향들을 포괄하고 있는 것이다. 초기의 황동규·정현종이 그 이질적으로 흩어져 있는 외국 시들을 원어로 직접 읽은 흔적이 발견된다고 말할 수 있을지 모르겠으나 그것을 직접적인 영향이라든가 하물며 '모방'의 개념으로 말하기는 힘들다. 두 시인이 서양의 문학 아니 차라리 서양의 책들로부터 폭넓게 영향을 받은 것은 사실이겠지만(정현종의 시에 기독교적 의식 혹은 기독교적 모티프가 짙게 배어 있다는 것은 김현과 이상섭에 의해서 지적된 바 있다.[5]), 그 영향을 준 서적 혹은 문학들은 시인들의 시적 실천 속에서 다양하게 해체되고 반죽되고 변화되어 황동규적인 것, 정현종적인 것의 특정한 성분으로 섞여 있게 되었다고 말하는 것이 타당할 것이다. 적어도 그들의 시에는 잘 알려져 있지 않은 외국의 어떤 시를 순진하게 차용한 경우는 발견할 수 없다. 그것은 그들이 서양의 문학에 영향을 받았다 하더라도 수용의 폭이 매우 넓었고 선택과 취사와 변용이 주체적이었다는 것을 짐작하게 한다.[6] 또한 그것은 그들이 서양의 시를 '전범'으로서 받아들

---

5) 김현, 「정현종을 찾아서」; 이상섭, 「정현종의 '방법적 시'의 시적 방법」, 『정현종 깊이 읽기』. 그러나 이상섭은 정현종의 시가 기독교적 모티프뿐 아니라 '민속적' 모티프를 교묘히 변용하고 있다는 것도 아울러 지적하고 있다.

6) 황동규는 『황동규 깊이 읽기』(하응백 편, 문학과지성사, 1989)에 실린 두 편의 '자전적 에세이'에서 자신이 얼마나 잡학의 대식가인가를 실감나게 보여주고 있다. 치환하자면 이것은 자신이 '독립적 의식'을 가진 존재임을 '스스로 밝히는' 행위이다. 황동규의 이러한 태도는 정현종과 좋은 대조를 이룬다. 정현종 역시 『정현종 깊이 읽기』에서 '자전적 에세이' 한 편을 싣고 있는데, 그 글에서 그가 말하는 방식은 가령, "어떻든 모든 사람의

이기보다 참조할 '타자'로서 받아들였다는 것을 가리키는 것이기도
하다. 그들에게 서양 문학은 말의 바른 의미에서의 '바깥으로부터의
사유'였던 것이다.

여하튼 이것은 황동규가 정현종의 시와 마찬가지로 출발부터 독립
적이었음을 암시한다. 김현이 『평균율』의 세 시인을 풀이하면서, "황
동규는 마종기나 김영태와 다르게 개인적인 세목에서 시작하지 않는
다. 그의 사소한 생활은 보다 큰 것 속에 항상 함몰되어, 독자들은 그
의 생활을 읽는 것이 아니라 그의 생활에 그가 부여한 의미를 읽을
수밖에 없게 되어 있다"[7]라고 말한 것도 정현종과 다른 각도에서 황
동규 시의 독립성을 지적하는 것이라 할 수 있다. 그는 개인적 체험
에 밀착해서 혹은 거기에 긴박되어 자신의 시 세계를 드러내지 않는
다는 것이다. 그의 시에서 중요한 것은 체험 자체가 아니라 그 체험
에 그가 "부여한 의미"라는 것이다. 한데 '각도가 다르다'는 것이야말
로 이 글에서 주목할 현상이다. 황동규의 독립은 '현실'로부터의 독
립인 데 비해, 정현종의 그것은 기존의 다른 시들로부터의 독립, 즉
간-텍스트적 차원에서의 독립이라는 것이다.

황동규의 현실로부터의 독립은 동년배의 다른 시인들과의 비교를
통해서 나타난 것이다. 따라서 엄밀하게 말하자면 김현의 황동규 평
에 간-텍스트적 조망이 없었던 것이 아니다. 다만 그 간-텍스트적
관계는 통시적 맥락이 아니라 공시적 연관이다. 동시대 시인들로부터

---

어린 시절은 그 사람의 전설이지만 특히 시골에서 어린 시절을 산 사람이 더욱 그렇다고
할 수 있다. 어린 시절이 전설적인 이유는, 가령 내가 다닌 초등학교 운동장보다 [……]"
와 같은 구절이 보여주듯 자신의 경험을 보편적 경험 속에 슬그머니 끼워 넣는 것이다.
7) 김현, 「한국 현대시에 대한 세 가지 질문」, 김현문학전집3 『상상력과 인간/시인을 찾아
서』, 문학과지성사, 1991, p.242

의 독립은 궁극적으로 동시대인들이 공유하고 있는 물질적 토대로부터의 독립으로 이어지고 그것이 현실로부터의 독립 혹은 현실의 주체적 통어라는 시적 태도에 대한 해석을 낳은 것이라 할 수 있다. 이러한 이해의 각도는 통시태(通時態)적 맥락에 관계된 사안들도 통시대(統時代)적인 보편항으로 이해한다. 가령, "그[=황동규]는 한국시의 기본 선율은 한(恨)이라고 못 박고 그런 의미에서 한용운의 시는 극복의 대상이지 상찬의 대상은 아니라고 단언하듯 말했다"[8]는 진술은 역사적 맥락에서 이해되었음이 분명한 한국 시에 무의식적으로 불변의 성격을 부여한다. 이 진술은 평론가가 바라보는 눈의 각도의 결과이자 동시에 시인의 의견의 전달이다. 다시 말해 이것은 평론가와 시인의 합치된 견해, 좀더 정확하게 말해, 심리적 태도이다.

따라서 이렇게 말할 수 있다: 황동규의 시에 대해서는 독자들도 시인도 계보를, 즉 '시대'를 묻지 않는다; 황동규 시의 기본 대타항은 '현실'이다. 반면 정현종의 시에 대해서는 그의 '시대'를 궁금히 여기는 독자의 초조감이 있다. 이 초조감 속에서 정현종의 독립은 '(시의) 역사'로부터의 독립이다.

이 차이는 의미심장한 것일까? 우선 되새겨야 할 상식이 있다. 누구라도 물질적 토대로서의 시공복합체chronotope로부터 무관할 수는 없다는 것. 만일 어떤 사람이나 이념 혹은 사건이 이 시공복합체로부터 무관한 것처럼 보인다면 그것은 실제로 그래서가 아니라 그 관련성을 다른 것으로 치환했기 때문이다. 즉 황동규의 시에 대해서 사람들이 시사적 맥락을 묻지 않는다면 그것은 사람들이 황동규의 시

---

8) 김현, 「황동규를 찾아서」, 『황동규 깊이 읽기』, p.66

에 관해서는 한국 시의 역사적 맥락을 한국 시 전체라는 보편항으로 대체했기 때문이다. 역사적 맥락과의 관계가 없는 것이 아니라 모종의 관계가 있는 것이다. 그 모종의 관계에 '대립성'이라는 이름을 붙일 수 있지 않을까? 역사 속의 대립이 곧 이어서 역사 자체에 대한 대립으로 이어졌다는 의미에서. 또한 시간성(역사)이 공간성(현실)으로 변환되어 그것의 변화 가능성이 삭제되었다는 의미에서. 한국 시는 오직 '극복'의 대상이라는 의미에서.

그러나 대립은 반대항의 확정이 있을 때 가능하다. 다시 말해 '통째의 역사'에 통째로 대립할 수 있는 무엇이 있어야 한다. 그것이 '이념'이라고 김현은 이어서 말하고 있다.

"그는 그가 옳다고 생각하는 이념을 갖고 있다. 이것은 그가 그의 생활에 그의 의미를 부여해가는 노력의 과정에서 얻게 된 것인데, 그 이념을 그는 법 또는 사랑이라고 부르고 있다. 그 이념 때문에 그는 〔……〕 센티멘틀하게 추억하지도 않으며 〔……〕 자신을 축소시키지도 않는다."

한데 김현의 진술은 특이하며, 그것이 특이한 데에는 이유가 있다. 왜냐하면 이념이야말로 '억지로'의 방식이 아니라면 결코 현실을 이길 수 없기 때문이다. 게다가 현실의 넓이를 머릿수로 이기려는 집단의 이념도 아니고 한 개인의 이념이라면 그건 더욱 가당치 않은 것이다. 김현은 때문에 '이념'의 내용을 특이하게 채우게 되는데, 그것은 두 가지 층위에서 이루어진다. 그 '이념'의 다른 이름은 "법 또는 사랑"이라는 것이 그 하나이며, 그 이념은 "그가 그의 생활에 그의 의미를 부여해가는 노력의 과정에서 얻"은 것이라는 해명이 그 둘이다. 우선 첫번째 층위에서 그는 황동규의 '이념'의 구체적인 내용을 밝힌다. 황동규의 이념은 "법 또는 사랑"이다. 그런데 '법'이나 '사랑'은 이념일 수 있으나 '법 또는 사랑'은 이념일 수가 없다. '법'은 '법대로 한다'는 법치주의의 다른 말일 수 있으며, '사랑' 또한 박애주의의 제유일 수 있다. 그러나 법과 사랑이 합집합을 이루는 개념체는 이념일 수 없다. 법치주의에서는 사랑을 단호히 쳐낼 수밖에 없으며 박애주의는 법을 뛰어넘어야 한다. 물론 법과 사랑을 동시에 내세우는 이념이 있을 수 있다. 그러나 그때 법과 사랑은 실제 그것들과는 무관한 특정한 이념의 구실로 쓰이는 도구로서 기능한다. 그리고 거의 모든 이념들이 그렇게 법과 사랑을 빙자한다. 구실로서가 아니라 그 자체로서 이념인 '법 또는 사랑'은 없다. 그럼에도 불구하고 그것을 이념이라고 부른다면 그것은 부재하는 이념, 아니 차라리 부재할 수밖에 없는 이념을 가능케 하려는 태도의 다른 말일 수밖에 없다. 왜 부재할 수밖에 없는가 하면, 그것이 목적으로서의 이념이 되기는 불가능하기 때문이다. '법 또는 사랑'이라는 합집합(모순되는 것들의 공존)은 가능해도 그것이 그대로 '법과 사랑'이라는 공통집합을 이룰 수는 없다는 것이다. 모순되는 것들이 한 집합 속에 놓일 때 그것들의 공존은 긴장을 발생시켜 모순되는 항목들, 즉 법과 사랑에 대한 주장, 논증, 검증, 사례의 절차들을 계속 변화시켜나간다. 그러나 그것들이 통일되는 사태, 즉 도식적인 논리에서 흔히 주장되는 것처럼, 변증법적 종합은 사실상 없다. 변증법은 통일의 계기에서 작동하는 것이 아니라 분열의 계기에서 작동한다. 변증법이라는 짐승은 통일에 대한 희망을 불태우는 통일되지 못하는 것들의 끝없는 긴장 속에서만 사는 짐승이다. '법 또는 사랑'을 부재하는 이념을 향한 태도라고 말하는 까닭이다. 그렇기 때문에 김현은 '의미를 부여해가는 노력'을 언급한 것이다. 그는 '법 또는 사랑'이 이념이라는 것을 가리키기 위해 마치 그 노력의 결과로써 그것이 획득된 것처럼 진술하고 있으나 실은 그것이 노력 그 자체라고 이해하는 것이 타당하다. "생활에 의미를 부여해가는 노력"이 곧바로 '법 또는 사랑'의 실천적 양태라는 것이다. 그리고 그럴 때만이 법과 사랑은 순간적으로 하나로 합치된다. 왜냐하면 노력으로서의 사랑이란 사랑하는 (방)법이며 또한 노력으로서의 법 역시 이해의 법 즉 사랑법이기 때문이다. 실로 황동규가 초기 시에서

나무들이 요란히 흔들리는 가운데 겨운 햇빛은 떨어지며 너를 이끌어 들인다, 얼은 들판을 바라보고 앉아 있는 나에게로. 잘 왔다 친구여, 내 알려줄 것이 있다. 저 캄캄해오는 들판을 바라보라. 들판을 바라보는 그대로 너를 나에게 오게 하는 법을 배웠느니라. (「이것은 괴로움인가 기쁨인가」)

라고 말했을 때 그의 법은 '너를 나에게 오게 하는 법'이며,

우리 헤어질 땐
서로 가는 곳을 말하지 말자.
너에게는 나를 떠나버릴 힘만을
나에게는 그걸 노래 부를 힘만을. (「한밤으로」)

이라든가,

막막히 한겨울을
바라보는 자여,
무모한 사랑이 섞여 있는
그런 노래를 우린 부르자. (「불」)

혹은

내 당신은 미워한다 하여도 그것은 내가 당신을 사랑하는 것과 마찬
가지였습니다. (「기도」)

같은 시구들에서 '사랑'은 '사랑했습니다'와 같은 과거형 추억동사가
아니라 '사랑하자' 혹은 '사랑해야겠다'는 미래지향적 의지동사들이
다. 우리가 주목할 것은 그뿐만이 아니다. 인용된 시구들은 그 이상
을 보여준다. 왜 그런 '의지'가 도출되었을까? 그것은 무엇보다도 의
지만이 그를 지탱해주기 때문이다. 다시 말해 현실에 어떤 의지(依
支)도 할 수 없어서 오직 자기의 '의지(意志)'만으로 살 수밖에 없기
때문이다. "얼은 들판" 헤어질 때" "막막히 한겨울을 바라보는 자
여," 그리고 '당신을 미워하는 정황'은 모두 그러한 현실에 대한 전반
적인 부정적 인식을 잘 표현하고 있다. 우리는 여기에서 왜 그가 역
사적 사안들마저 보편항으로 만드는지 이유를 알게 된다. 요컨대 그
는 '현실'로부터 얻을 게 아무것도 없었던 것이다(어떻게 해서 그가
그런 태도를 가지게 되었는가는 중요한 질문이지만 별도의 지면에서 다
루어져야 하리라).

이로써 황동규의 '이념'이, 부재하는 이념을 가능케 하기 위한 노

108

력이고 방법이며 의지이자 동시에 호소임이 어느 정도 밝혀진 셈인데, 이것은 황동규 특유의 시 세계에서 드러나는 근본적인 태도에 대한 암시를 제공한다. 지금까지의 논의를 되짚어보자면 그것은 다음과 같은 언어의 사슬로 이루어져 있다.

(1) 황동규의 시는 한국의 현재적 상황에 대한 부정에서 출발한다;

(2) 그 부정의 주권은 '나'에게 주어진다;

(3) 그러나 '나'는 부정을 행사하기 위해 기댈 어떤 '준거점'도 확보하고 있지 못하다;

(4) '나'는 오직 '나'의 의지로서만 그 부정을 수행하고 전망을 구축한다;

(5) '나'는 이 의지에 이념적 명령성을 부여하고 그것에 '법 또는 사랑'이라는 내용을 부여한다.

덧붙이자면, 사랑은 의지의 원소들을 보태려는 노력이며 법은 그 의지에 방향을 부여하는 절차라는 것이다. 그 방향은 일차적으로 사랑의 방향이며 그 양 역시 일차적으로는 벡터화되는 양이다. 아마도 『말과 사물』(푸코)을 읽은 사람이라면 이것이 신으로부터 독립한 인간의 자기 구성 작업에 해당하는 것으로 '사랑'은 '유사성'에 '법'은 '분류학'에 해당한다고 유추할 수 있을 것이며, 이 유추 위에서 황동규의 시에서는 유사성과 분류학이 동시에 작동한다는 것을, 아니 차라리 유사성이 분류학마저도 대신한다는 것을 추론할 수 있을 것이다. 다만 여기에는 '역사'가 없다. 19세기의 서양인들이 발명하여 세계의 시간을 '제것화'했던 작업이 없다. 그리고 그것은 어쩌면 당연한 것이다. 한국인의 역사는 아직 타인들의 역사였으니까.

어쨌든 이 언어의 사슬을 통해 황동규는 엄밀한 논리를 구축한 것이라고 할 수 있다. 이것을 통해 그는 어떤 근거와 힘도 가지지 못한 채로 현재를 '극복'할 수 있는 방법을 획득한다. 한데 엄밀한 논리를 삶의 방법으로서 구했다는 것, 그것은 여기에서 시의 방법을 구했다는 것과 동의어이다. 시는 삶을 극복하는 행위이기 때문이다. 그리고 바로 여기에서 황동규의 시에 대해서 사람들이 '계보'를 묻지 않는 보다 심층적인 이유가 드러난다. 그는 현실을 부정하지만 동시에 현실 바깥의 어떤 다른 이념에도 기대지 않기 때문에, 오직 부정하는 힘과 행위에서만 삶의 전망을 끌어낼 수 있다는 것, 현실에 대한 공격과 이탈이 그 자체로서 온전히 현실에 대한 포용과 가담이 되도록 할 수밖에 없다는 것이다. 그것이 '사랑 또는 법'의 궁극적인 함의이다. 이러한 초기 황동규 시의 윤리적 태도는 "나는 요새 눕기보단 쓰러지는 법을 배웠다"(「어떤 개인 날」)라는 진술에 명료히 압축되어 있다. 어디에도 누울 수 없는 자, 그래서 분투하다가 쓰러질 수밖에 없는 자, 그렇게 쓰러지는 것이 하나의 '법'이 되는 자, 그것이 황동규적 존재이다. 그리고 그런 존재에겐 그의 계보는 오직 그 자신뿐인 것이다. 누구의 품도 안식할 자리가 아니고 누구의 등도 기댈 처소가 아니며 누구의 팔도 베개가 될 수 없는 것이다.

우리는 방금 이런 삶의 방법은 또한 시의 방법이라고 말했다. 황동규에게 있어서 시가 현실을 극복하는 작업이라면, 그 말은 시적 언어가 일상적 언어를 극복하는 작업이라는 뜻도 함의한다. 그리고 통상적으로 그리하듯이 일상적 언어를 직설에, 시적 언어를 은유에 놓는다면 황동규의 은유는 직설을 건너뛰는 방식으로는 태어날 수 없다.

현실을 부정하는 행위에서만 현실 극복 행위가 생성되기 때문에 은유 역시 직설과의 싸움에서만 태어나는 것이지 직설을 '무시'하는 방식으로 태어날 수가 없다. 때문에 그의 은유는 직설과의 싸움을 통한 논리적 생성 과정을 가진다. 나는 언젠가 황동규론(「여행/유배와 망명」)을 쓰면서 특별히 깊게 뇌리 속에 새긴 구절이 있으니 그것은,

> 나는 나무들이 꽃을 잔뜩 피워놓고
> 열매가 생기기를
> 우두커니 서서 기다린다고 생각할 수가 없다 (「꽃 2」)

이다. 이 구절은 바로 '은유에는 이유가 있다'는 명제의 은유로서 읽을 수 있다.

긴 우회로를 거쳐 우리는 마침내 정신적 태도가 시적 실천으로 이행한 지점에까지 다다랐다. 황동규 시의 은유에는 이유가 있다. 아니, 있어야 한다. 그건 법이다. 이 명제는 은유에 관한 근본적 입장 하나를 가리킨다. 은유에는 이유가 있는가,라는 질문은 오래도록 수사학자들과 정신분석학자들 사이에서 조용하지만 끈질긴 분쟁의 장소로 있었으며 지금도 그러하다. 지금 이 자리는 그 문제에 대한 결정적인 답을 구하는 자리가 아니다.[9] 여기의 관심사는 거의 동일한 출발선에서 뛰쳐나간 두 개의 상이한 시적 태도이다. 상이하다고? 그

---

9) 한국의 시 연구의 장에서 이 문제는 김준오에 의해 '치환은유'와 '병치은유'라는 구별을 통해 소개되었다(『시론』, 삼지원, 2000〔초판: 1982〕, 제3장 '비유'). 그런데 이 용어들의 모형을 제공한 휠라이트Wheelwright의 구별 자체가 재론의 여지가 많다고 생각한다. 언제 이에 대해 상론할 기회가 닿기를 바란다.

렇다. 황동규와 달리 정현종의 은유에는 '이유가 없다'고 말해야 할 것 같기 때문이다. 그러나 그 말을 제대로 발음하려면 더욱 먼 우회로를 지나야 하리라.

최초로 발견된 특이성은 정현종의 시가 '역사'로부터 독립해 있다는 점이다. 그런 의미에서 그의 시의 세계와의 관련 양태는 황동규의 경우처럼 대립성이 아니라 '돌출성'이다. 초기의 해석자들에서부터 오늘날의 비평가들에 이르기까지 한결같이 물음표를 세운 문제가 그것이다. 그것은 영구회귀적으로 궁금한 것이다. '영구회귀적'이라는 단어는 장난으로 쓰인 것이 아니다. 그것이 영구회귀가 되는 중요한 까닭이 있는데, 그것은 해석자들이 그 문제에서 바닥을 볼 수 없었고 그러자 그 물음 자체를 최초의 단언으로 삼아 정현종 시에 대한 해석을 개진해나갈 수밖에 없었다는 것이다. 심연을 향하던 눈길을 돌려 정현종 시의 지평을 바라보기 시작했고 그로부터 그 물음은 어두컴컴한 우물이기를 그치고 해석이라는 말의 덩어리들이 온갖 기교를 위하여 다채롭게 활용하는 사각 링의 로프로 둔갑한 것이다. 역동적인 돌진을 위해서는 반동 로프로, 해석의 궁지에 몰려서는 의지처로, 작렬하는 해석의 난투 속에서는 전진한 거리를 측정케 해주는 기준선으로.

그 최초의 단언으로부터 정현종의 시에 대한 관습화된 대답이 도출된다. 정현종의 시는, 시집 제목이 그대로 말해주듯이 '고통의 축제'라는 것, 다시 말해 그의 시는 "한국의 고통스러운 상황 속에서 피어났으나 고통을 고통스럽게 드러내는 대신에 행복을 노래함으로써 고통을 뛰어넘는 꽃"이라는 것이다. 김주연의 "사물의 독립,"[10] 김우창의 "도취에의 의지에서 사물에의 의지에로의 변용,"[11] 김현의 "변증법적 상상력" 등 초기 해석자들의 일치된 노력에 힘입어서 그러한 해석은 정현종 시에 대한 '정리(定理)'가 되었다. 그 후에 씌어진 무수한 정현종론은 사실상 태초에 건립된 해석의 건축물에 다채롭게 장식을 바꾸는 일만을 담당하였다고 해도 과언이 아니다. 물론 그 해석이 타당했고, 그만큼 지속적인 권위를 가졌기 때문이다. 그리고 그것의 타당성은 시인 스스로의 발언들을 통해서도 입증된다. 가령, 그는 김수영의 시를 통독하고 그의 시가 한국의 "결핍과 패배"를 "노래"하는 데서 "보기 드물게 성공"하고 있다는 점을 인정하고는, 곧이어 "우리는 언제까지 설사의 성공 또는 성공적인 설사에서 위안을 받아야 하는 것일까(!) 예컨대 김수영의 시가 결핍이나 패배를 시적 성공과 더불어 드러낸 것이고 그것이 그의 작품의 미덕임에 틀림없지만, 우리의 시적 미덕은 어찌하여 그때나 이때나 이렇게 가난해야 하는 것일까"라고 물으면서, "김수영의 시뿐만 아니라 많은 현대 시가 결핍과 패배를 잘 드러내고 있지만(그리고 이것은 대단한 미덕이지만) 그것을 충족시키기에는 모자라는 면이 있다는 느낌을 지울 수 없다"[12]는 이의를 제기한다. 그에 의하면 "시의 혁명성"은 "결핍과 패배를 보상하고 충족시킨다는 점"에 있다. 결론의 다음 진술은 비평의 해석과 시의 의도 사이의 일치를 확인하기 위해서 빈번히 인용되었다.

시가 비록 결핍과 패배—즉 역사의 고통 속에 뿌리를 내리고 있다 하더라도 (그리고 그렇기 때문에) 그것이 피워내는 꽃은 그것과 다른

---

10) 김주연, 「정현종의 진화론」, 『정현종 깊이 읽기』, p.95.
11) 김우창, 「사물의 꿈」, 『정현종 깊이 읽기』, p.134.
12) 정현종, 「시와 행동, 추억과 역사」, 『숨과 꿈』, 문학과지성사, 1982, p.112.

어떤 것이어야 한다. 아니 오히려 역사의 고통이 크면 클수록 거기서 양분을 얻는 꽃의 아름다움과 위대성은 그만큼 더할 것이고 그리하여 시는 역사 속에 역사할 것이다.[13]

정현종 시의 고유한 특성이 여기에 집약되어 있다. 뿌리와 꽃은 다르다는 것. 삶이 고통일수록 시는 행복을 노래해야 한다는 것. 그것이 "역사 속에 역사"하는 일이다. 앞의 역사는 '歷史'이지만 뒤의 역사는 '役事'일 것이다. 정현종 시의 고유한 입장이 명료하게 표현된 이 구절은 또한 우리의 궁금증이 자신의 실체와 직면하는 자리이기도 하다. 그 실체는 바로 이런 물음이다: 그 '행복'은 어디에서 근거를 찾을 수 있는가? 그 꽃을 '역사'하실 시의 하나님은 어디에 있는가?

플라톤의 해석자였던 플로티누스Plotinus는 미의 근거를 '조화'에서 찾는 당시의 지배적인 의견에 반대하여 그것은 원인과 효과를 혼동한 것임을 지적한다. 즉 '조화'는 '효과'이지 원인이 아니라는 것이다.[14] 자연에서의 미는 가령 '번개'처럼 어둠을 "찢는" 데서 아름다움을 드러낸다. "나무와 산들은 제각각의 형상에 근거한 고유한 아름다움을 가지고 있다." 인공적인 미가 '조화'를 드러내는 것은 미의 원천이 그것이어서가 아니라 미를 그렇게 구성하는 '참여' 때문이다. 그의 결론은 플라톤주의자답게 이데아에 대한 '의지' 혹은 이데아에 근거하는 태도에 대한 강조로 나아간다. 그의 플라톤주의, 즉 이데아 실체주의에 대해 어떤 입장을 취하든, '조화'가 효과이지 원인이 아니라는 지적만은 보편타당해 보인다. 정현종의 시에 대해서도 같은

---

13) 정현종, 같은 글, p.117.
14) cf. Plotin, 「미에 대하여 Sur le beau」, 『논문집 Traités』, Flammarion, 2002.

말을 할 수가 있다. 정현종의 시가 피워내는 '꽃'은 효과이지 원인이 아니라는 것이다. 그것을 "사물의 독립"(김주연)이라고 표현하든, "바람의 현상학"(김현)이라고 말하든, "풀잎/보석의 상상구조"(남진우)라고 표현하든, 그것들은 효과이지 원인이 아닌 것이다. 사실 해석자들은 그걸 모르지 않았다. 그들은 그런 꽃을 피워내는 것은 시를 쓰는 행위의 '구성적 참여'임을 알고 있었다. 그래서 김우창은 그의 시를 '의지'의 변용으로 보았던 것이고, 김현은 정현종의 시에서 변증법적 '상상력'을 느꼈던 것이다. 바슐라르에 의하면 그것이 '역동적 상상력'이다. 상상은 상상하는 의지이다. 상상하는 의지로서의 상상은 따라서 "이미지를 형성(former)하는 것이 아니라 이미지를 변형(déformer)한다."[15] 바슐라르의 이 진술에서 '변형'은 곧 상식적인 의미에서의 '창조'와 동의어이고 플로티누스의 관점에서 그것은 곧 외관을 넘어 이데아를 구현하는 것이 될 것이다. 그러나 이 관점을 끝까지 밀고 나가면 우리는 그 원인조차도 실은 하나의 효과임을 인정해야 한다. 도대체 그 '의지,' 그 '상상력'은 어디에서 오는가? 세상이 결핍과 패배로 미만해 있는데 어디에서 상상의 소재들을 취하고 어떻게 상상의 에너지를 충전한단 말인가? 시인 자신이 상상력의 의의를 자주 강조한 바 있음을 우리는 또한 알고 있다. 그가 시의 혁명성을 '충족'에 두었음을 방금 말한 바 있는데, 그 충족은 "시를 낳고자 하는 요소와 모태 — 특히 상상력 — 에 의한 충족"이다. "시를 낳고자 하는 요소와 모태"는 약간 어색한 진술이다. "시를 낳고자 하는 의지"라든가 "시를 낳는 요소와 모태"가 무난하다. 이 어색한 진술은

15) Gaston Bachelard, *L'air et les songes — Essai sur l'imagination du mouvement*, José Corti, 1948, p.7; 가스통 바슐라르, 『공기와 꿈』, 정영란 옮김, 이학사, 2000, p.19.

의지와 실체substance[16]를 동의어로 보고자 하는 무의식적 충동을 보여준다. 그런데 '의지＝실체'라는 등식의 의미는 이중적으로 열려 있다. 의지를 그대로 실체와 동일시하는 방향은 주의주의(主意主義)로 나아간다. 다른 한편, 실체가 그 스스로 의지로 운동하고 있음을 보는 방향은 현상학으로 열린다. 현상학은 주체의 의식을 사태의 역동성에 맡기는 관점 혹은 행위이지만 주의주의는 주체의 의식으로 사태를 상상적으로 전유하는 행위 혹은 충동이다. 이러한 모호성은 구도 자체의 불완전성에서 기인한다. 무언가가 빠져 있는 것이다. 의지와 실체를 하나로 연결하는 매개자는 무엇인가? 이 질문을 우리는 정현종의 시에 대해서도 던질 수 있어야 한다.

　지금까지의 논의를 통해 세 가지 대답이 주어진 듯하다.
　첫째, 정현종 시의 태생에 대한 궁금증은 궁극적으로 그의 시적 실천의 원천에 대한 궁금증이라는 것이다. 해석자들이 그의 계보(없음)에 대해 특별히 관심을 가진 까닭은 그의 시가 한국 시의 일반적인 흐름에 반할 뿐만 아니라 한국 시의 원천이 되는 한국인의 세계관(골드만이 정의했듯이 인식·감정·동경의 복합체로서의)에도 반하기 때문이다. 한국의 역사적 경험에 비추어 에피큐리언의 기쁨의 노래는 용납되기가 어려웠던 것이다. 장석주는 그래서 그의 시에 대해 '초월'이라는 어사를 붙였던 것인데,[17] 바로 그 초월이 이해되기가 어려웠던 것이다. 그의 시는 느닷없는 것이었던 거다. 그의 은유가 신기

---

16) "요소와 모태"를 곧바로 '실체'로 바꾸어도 무방할 것이다. substance의 어원은 '하부에 놓여 있다se tenir dessous'를 뜻하는 동사 substare이다.
17) 장석주, 「존재와 초월」, 『우리 시대의 작가연구 총서4——정현종 편』, 은애, 1979.

하듯이. 그것이 찬탄과 의혹(혐의)을 동시에 불러일으켰던 것이다.

둘째, 해석자들은 정현종 시의 낯섦을, 고통을 행복으로 변용하는 상상 운동의 결과로 이해함으로써 그의 시를 한국사의 안쪽으로 끌어당기는 데 성공했다는 것이다. 그리고 그것은 시인 자신의 분명한 입장과 행복하게 일치함으로써 해석에 권위를 더하게 되었고 그리하여 정현종 시에 대한 단단한 상식을 만드는 데 기여했다는 것이다.

셋째, 그럼에도 불구하고 그 실천의 근원은 여전히 은폐된 채로 있다는 것이다. 좀더 정확하게 말하자면, 정현종 시에 대한 일반화된 상식은 그 은폐된 것을 해석의 출발점으로 삼은 덕분에 가능했다는 것이다. 따라서 그 은폐된 것을 물어야 할 때가 되었다는 것이다. 우리가 정현종 시의 모든 것을 오직 시인의 특별한 의지와 상상의 권능에만 내맡긴다면 그것이 당대의 표어였고 오늘날 한국인의 가슴속에도 깊이 새겨져 있는 '하면 된다'류의 국가 이데올로기와 어떻게 다른가를 밝힐 수가 없다. 왜 어떤 상상은 집단 동원의 수사학으로 기능하고 또 어떤 상상은 자유의 확대에 기여하는가? 아마 이에 대한 즉각적인 논증이 제시될 수 있을 것이다. 앞의 상상은 특정한 목적에 집착하는 데 비해 뒤의 상상은 모든 목적으로부터 자유로우며, 그 점에서 그것은 "목적 없는 합목적성"(칸트)의 세계를 표출한다는 것 말이다. 물론 그렇다. 그것은 쌍생아로 태어난 근대 사회와 근대 미학을 가르는 기준선이기도 하다. 그러나 그럴 경우에 그 '목적 없음'을 가능케 하는 근거는 무엇인가를 우리는 물어야 한다. 도대체 목적 없이 사는 삶이라는 게 무엇이란 말인가? 실제 생활에서 가능하기라도 한 것인가? '가치'를 창출해야만 삶을 재생산할 수 있다. 어쩌면 오늘날의 인구에 퍼져나가고 있는 '즐김'의 문화를 들어 그 목적 없이 사는 삶의 실제를 증명해 보일 수도 있을 것이다. 그러나 '시트콤'류의 그런 삶은 목적 없이 사는 삶이라기보다 큰 목적을 사소한 목적들로 대체함으로써 발생할 수 있었던 현상이다. 그것은 문화 상품과 문화가 동일시되는 시대에서 나타나는 자유의 잡식적 소비, 혹은 문화의 '반찬화'일 뿐이다. 그리고 그런 사소한 자유들의 범람은 큰 구속에 대한 체념을 대가로 얻어지는 것일 뿐이다. 큰 자유에 대한 물음의 부재와 그것은 동의어니까 말이다.

앞의 두 대답은 그 자체로서 충족되지만 세번째 대답은 질문의 형태로 열린 대답이다. 그것은 근대 미학의 보편적 심연에 대한 질문이면서 동시에 정현종 시의 특이한 비밀에 대한 질문이다. 이제 그에 대한 해(解)를 구할 때가 되었다. 물론 우리의 질문은 정현종의 특이성에 관한 것이다. 근대 미학의 보편적 심연에 대해서는 우리는 아주 일반적인 사항밖에는 아직 할 말이 없다. 그것의 구체성은 정현종뿐만 아니라 근대에서의 미학의 존재 의의를 나름으로 감지한 시인·예술가들의 구성적 참여에 의해서 구축될 수 있을 뿐이다.

두 개의 단서에서 출발하자. 우선, 첫번째. 우리는 한국의 역사가 "결핍과 패배"의 역사임을 그가 인정하고 있음에도 불구하고, 그의 개인사적 체험은 그런 흔적을 거의 내비치지 않으며 오히려 그의 젊은 시절이 신비한 행복감에 젖어 있었다는 진술을 발견한다는 것이다. 가령, 이런 구절이 그렇다.


어떻든 지금보다 조금 더 젊었던 시절의 나는, 말하자면 감동과 신비감이라는 공간 속에서 살았다고 할 수 있다. 그것이 어느 나라의 신화이든, 여자이든, 아니면 한 폭의 풍경이든, 내가 마주치는 것들에 대해 대체로 감동과 신비감을 느꼈던 것이다. 이런 버릇은 지금도 제법 갖고 있는 것으로 짐작되고 [……][18]

그런 경험을 '버릇'이라고 말하는 시인은 타인들의 삶에서도 빈번히 자신과 같은 느낌을 발견한다.

그러니까 그(파스테르나크―인용자)가 느끼고 본 것들―그가 그것들을 통해서, 즉 그것들에 대한 기억을 통해서 거듭거듭 살고 있는―은 모두 아름다운 것뿐이었으며 그는 그 아름다운 것들을 통해서 자기의 삶을 거듭 살고 있다는 이야기이다.[19]

그(박경리―인용자)의 집 정원 마당에는 그가 그동안 정릉 골짜기에서 하나하나 주워다 심은 하얀 돌들이 깔려 있다. 그동안 심은 꽃들도 피어 있다. 그런데 놀랍다? 그가 마당에 심은 하얀 꽃들이 지금 꽃피고 있다.[20]

이러한 진술들은 패배와 결핍의 역사를 '충족'시키려는 의지의 실천으로 이해될 수 있다. 그런데 주목할 점은 그 의지가 어렸을 때부터 몸에 익힌 '버릇'으로 간주되고 있다는 점이다. 세상에 대한 객관적인 이해와 그것을 가능케 하는 알맞은 지식을 갖춘 성인의 태도라면 거기에 시인의 '먹물'이 개입해 있다고 할 수가 있다. 그러나 그런

18) 정현종, 「5분짜리 추억 두 커트」, 『숨과 꿈』, p.15.
19) 정현종, 「현재를 기다린다」, 같은 책, p.37.
20) 정현종, 「꽃피는 돌, 朴景利」, 같은 책, p.47.

지식, 즉 자신을 변별화하는 한편으로 동시에 자신을 정당화하는 그런 정보의 덩어리와 논리의 체계를 갖추지 못한 연령 때부터 그런 의지가 실천되고 있었다면 얘기가 달라진다. 그것은 의지라기보다 무의식적 기도라고 보아야 한다. 의식화된—의지와 무의식적—기도가 다른 것은, 전자는 자신을 보호하면서 동시에 표 내는 방식으로 가공될 수 있는 데 비해 후자는 그런 가공의 고난도 기술을 갖추지 못하고 있기 때문에 주체의 생존 전략을 순진하게 드러낸다는 점에 있다. 물론 무의식도 가공을 한다. 정신분석은 무의식의 연쇄가 은폐와 드러냄의 모순된 충동의 합류를 통해 전개된다는 점을 보여주었다. 무의식 역시 자신을 보호하면서 동시에 표 내는 방식으로 삶을 재구성한다. 그러나 무게 중심이 다르다. 프로이트는 무의식을 '1차 과정 processus primaire'과 '2차 과정 processus secondaire'으로 구별하고, 그 각각의 단계에서 주체가 정체성을 형성하는 방식으로 전자에 '지각의 동일성 identité de perception'을, 후자에 '사유의 동일성 identité de pensée'을 놓은 바 있다.[21] 리비도의 직접적 투자가 발생하는 '1차 과정'은 "만족을 주는 재현물에 전적인 관심"을 가지는 데 비해, '2차 과정'은 하나의 재현물에 집착함이 없이 그 재현물들 사이의 '연결'에 관심을 갖는다. 그것이 사유이며, 사유는 만족을 지연시키고 불쾌를 경험하지 않을 수 있는 방식으로 쾌락을 추구할 수 있는 길을 찾아간다. 이 두 개의 과정을 방금 말한 '의식화된—의지'와 '무의식적—기도'에 그대로 적용시킬 수는 없다. 프로이트가

---

21) cf. Singmund Freud, "Le processus primaire et le processus secondaire. Le refoule: ent," *L'interprétation du rêve, Oeuvres complètes* Vol. 4, PUF, 2003: 프로이트, 『꿈의 해석』, 김인순 옮김, 하권, 제7장, 「꿈 과정의 심리학」, 열린책들, 1997.

상정한 연령대는 아주 어린 시절이다. 그리고 양태는 비슷하지만 그 양태가 작용하는 방식도 다르다. 그러나 유추해 응용할 수는 있다. 유년 시절 혹은 성인 이전의 주체에게 '자아'가 이미 형성되어 있다 하더라도 그 자아는 자신의 사유를 지각의 관리 기구로 활용하지 못한다. 그럴 자원(지식)과 능력(오성)을 갖추지 못했기 때문이다. 그렇기 때문에 오히려 지각이 사유를 형성하는 기관이 되며, 그로부터 순전한 내면성의 요구로서의 세계 인식 혹은 입장이라는 최초의 사유가 발생한다. 그때의 사유에서 주체는 순전히 세계를 사유하기만 하거나 혹은 세계 자체이다(흔히 사춘기라고 불리는 시기가 이 단계에 해당한다고 할 수 있다). 반면, 지식과 논리로 무장한 의식적인 의지에서는 외부 세계 내에서의 주체의 위치를 고려하면서 동시에 외부 세계 안에서의 주체의 가능성을 고려한다. 주체는 세계 그 자체가 아니라 세계 안의 한 존재이다. 그로부터 내면성의 요구가 아니라 외관에의 배려가 발생하며, 거기에서의 주체의 욕망은 생존에 대한 욕망에서 위치statut에 대한 욕망으로 바뀐다. 그 두 욕망 중 어떤 것이 더 윤리적인가 하는 질문은 공허한 것이다. 다만 우리는 한편으로 의지역시 무의식적 충동의 이차적 형식이지 그것과 완전히 다른 정신적구조가 아니라는 것을, 다른 한편으로, 의식적인–의지는 무의식적–기도에 비해 사유 자체의 관리 기능을 구성적으로 갖추고 있다는 것을 말할 수 있을 것이다. 이런 응용이 합당성을 갖는다면, 저 어린 시절의 '버릇'과도 같은 세계에 대한 신비감은 세계를 향한 시인의 최초의 선택(사유)을 순수한 형태로 보여주는 것이라고 할 수 있을 것이다. 그것을 '선택'이라고 말하는 것은, 그것이 자연 발생적인 것이 아니라 주체가 생존을 위해서 나름의 방향과 구조를 취했다는 것을 가리킨다. 어린이에게 세상은 그냥 신비한 게 아니다. 무언가 그에게 '유익'하기 때문에 신비한 것이다. 그렇다면 정현종의 유년에서 그 신비감이란 무엇인가? 다른 사람들이 모두 고통과 결핍을 말하고 있을 때(더 정확하게 말하면, 그렇게 기억하고 있을 때), 그는 어떻게 해서 '이미' 세상을 즐겁게 받아들이고 있었던가?

또 하나의 단서는 저 충족의 윤리학 자체로부터 줍는다. 앞에서 읽었던 시인의 발언을 자세히 들여다보자.

> 시인이 꿈을 꾸고 우리가 시를 통해서 꿈꾼다고 할 때, 그리고 그것이 우리의 현실적인 결핍과 패배를 보상해주며 충족시킨다고 할 때, 바로 그 점이 시의 혁명성이라고 할 수 있다. 결핍 또는 패배가 꿈을 꾼다—즉 인간의 꿈을 꾼다—그 꿈=시가 결핍과 패배를 보상하고 충족시킨다—여기에 시의 혁명성이 있다.[22]

이 혁명성은 같은 글에서 세 번이나 되풀이 강조되었다. 그런데 어딘가 어색한 데가 있다. 무엇으로 충족시키는가? 즉 충족의 자원이 빠져 있기 때문이다. 얼핏 보아서는 그 점이 눈에 띄지 않는다. 우선 이 명제가 통사론적으로 불완전하다는 것을 지적해두자. '패배와 결핍'을 '충족'시키는 게 아니라 패배하고 결핍된 장소에(혹은 패배하고 결핍된 사람들을 위하여) '무엇'을 충족시키는 것이기 때문이다. 따라서 명료한 문장은 이렇게 씌어질 수 있다.

---

22) 정현종, 「시와 행동, 추억과 역사」, 『숨과 꿈』, p.110.

주체 S는 '패배와 결핍'의 자리에 X를 충족시킨다.

이렇게 다시 썼을 때 두 가지 모호성이 드러난다. 하나는 S의 모호성이다. 인용문에 의하면 주어는 시인이기도 하고 시이기도 한다. 시인과 시를 사실상 동의어로 썼기 때문이다. 그런데 그 둘이 동의어임을 인정하면 문장은 일종의 순환 회로를 맴돌거나 문법적으로 완성되지 못한 채로 있게 된다(두번째 모호성이다). 전자의 경우는 '시인'을 주어로 했을 때인데 이때 목적어는 '시'이다. 후자의 경우는 '시'를 주어로 했을 때인데 이때 목적어는 없다.

(1) 시인은 패배와 결핍의 자리에 시를 충족시킨다.
(2) 시는 결핍과 패배의 자리에 Ø를 충족시킨다.

시인과 시를 동의어로 놓는다면 (1)의 문장은 재귀적이다. (2)는 불완전한 문장이므로 다르게 씌어져야 한다. 목적어가 부재하므로 목적어가 필요 없는 문장이 되어야 하는 것이다. 즉 타동사 '충족시키다'가 아니라 자동사 '충족하다'를 넣어야 한다. 다시 쓰면 이렇다.

(2-1) 시는 결핍과 패배의 자리에서 충족한다.

재귀적이거나 자동사적인 것. 실은 이것이 문학임을 우리는 어느 정도 알고 있다. 근대의 이론가들은 그것이 근대의 미학임을 다양한 방식으로 주장하였다. 좀 전에 언급한 "목적 없는 합목적성" 혹은 롤랑 바르트가 '자동사'라고 규정한 문학적 글쓰기, 혹은 문학의 '자기

지시성self-referentiality'에 관한 이런저런 담론들, 그리고 김현이 규정한 문학의 "써먹을 수 없음." 아주 다른 용어들이 유사한 사태를 지시해왔다. 그리고 이것은 정현종 자신에 의해서도 확인되는 것이다. 그 자신도 실은 미진했던 것이다. 그래서 보충한다(다시 말해 충족시킨다).

그런데, 덧붙일 필요도 없겠지만, 여기서 말하는 충족이란 무슨 이데올로기나 신념 같은 것에 의한 충족이 아니라는 점이다. 시의 공간이 열어 보이는 충족은 그러한 충족 상태로부터도 완전히 자유로울 때 생기는 충족이라고 할 만한 것이다. 〔……〕 그래서 문학의 길은 하나밖에 없다고 할 때 그것이 바로 폭력이며 막다른 골목으로 가자는 이야기에 다름 아니게 된다.[23]

보충, 즉 충족의 내용이 야릇하다. 이 진술은 우선 충족의 자원에 대한 궁극적인 부정으로 읽힌다. "충족 상태로부터도 완전히 자유로울 때 생기는 충족"이라는 정의는 빈 것에 대한 충족 행위에만 의미를 부여한다. 그 빈자리에 일단 충족이 이루어지면 그때 시는 그것으로부터 자유로워져야 하며, 따라서 충족된 자리는 다시 비워져야 하고, 그렇게 해서 충족 행위가 거듭 발동할 수 있다는 것이다. 이 진술은 결국 목적어에 대한 부정이고, 주체와 동사의 행위에서만 충족을 구하는 것이다. 근대 미학이 이러한 자기 충족성, 혹은 자동사성을 자신의 이론으로 갖게 된 이유는, 굳이 덧붙일 필요도 없겠지만, 근

---

23) 정현종, 앞의 글, p.116.

대라는 소유 중심의 세계, 즉 자신을 위해 타자(그 타자는 자연일 수도, 이웃일 수도, 하위 계급일 수도, 다른 인종일 수도, 더 나아가 다른 성일 수도 있다)를 개발하고 이용하고 수탈하는 세계에 대한 반성으로 작용하기 위해서이다. 그러나 이러한 태도는 소진(消盡)적이다. 아무런 자원도 갖고 있지 못한 상태에서 '충족'하려면 자기 자신을 충족의 자원으로 연소시키는 수밖에 없다. 그리고 아무런 힘도 갖고 있지 못한 주체가 스스로를 자원으로 충족 행위를 하게 되면, 그 주체 자신이 결핍이 된다. 그 문장은 이렇게 된다.

(2-2) Ø는 결핍과 패배의 자리에서 충족한다.

이 진술은 의미론적으로 성립할 수 없다. 결핍된 존재는 외부의 도움을 받지 않는 한 결핍되기만 할 뿐이다. 이 자기 소진성에 대한 무의식적인 방어는 곧 진술의 방향을 선회시키지 않을 수 없다. 마저 읽으면 이 진술은 충족 자체에 대한 궁극적인 부정으로 이해되기보다는 그 대극적인 방향에서 충족의 한계에 대한 부정, 즉 모든 충족물들을 수용하겠다는 태도로 이해될 수 있다. 문제는 충족 자체가 아니라, 어떤 고정된 무엇만이 충족의 권리를 주장하는 것이다. 그래서 "이데올로기나 신념"이라는 명사구가 쓰인 것이다. 특정한 것을 고집하고 집단적인 차원에서 강요하는 것, 그것이 이데올로기나 신념이다. 그런데 이렇게 방향을 선회하게 되자, 이제 이 충족의 명제는 자동사 구문에서 타동사 구문으로 바뀌게 된다. 저 X에 어떤 실체가 도입되어야 하는 것이다. 그 X는 무엇인가? 시인의 진술만으로는 그 X의 후보자는 무한하다. 그러나 불행하게도 그 후보자들에게 더 강력한 권한이 있다. 그것들은 시의 자원이 되기를 거부하고 거꾸로 시를, 그 알량한 시를 자신의 자원으로 써먹기 위해서 '폭력'을 행사할 것이다. 이미 충족한 자들은 그 충족 상태의 힘을 행사하여 더욱 충족하려고 한다. 그것이 사회의 법칙이다. 그러니까 그 한계 없음에는 불가피한 한계가 있다. 시는(그가 지금 충족의 존재이든 결핍의 존재이든) 충족의 자원을 가지고 있는 것들로부터 그 자원을 빌려 '결핍과 패배'의 자리를 충족시킬 수가 없다. 충족당할 수는 있다. 이건 빠져나가기 어려운 궁지이다. 결핍과 패배의 편에 서는 한.

이 궁지가 그럼에도 불구하고 신비감을 제공한다면 그것은 지금까지 '결핍과 패배'의 이름으로 논의한 것이 실은 다른 양태를 갖고 있기 때문이 아닐까? 이 의문은 시의 혁명성에 관한 앞의 인용문에 특이하게 박혀 있는 한 문장을 눈여겨보게 한다.

결핍 또는 패배가 꿈을 꾼다.

이 문장은 시적으로는 그럴듯하게 들리지만 논리적으로는 모순이다. 방금까지만 해도 '결핍 또는 패배,' 즉 결핍되고 패배한 자리, 혹은 패배하고 결핍된 사람들은 '여격(與格)'이었다. 주어는 따로 있었다. 그런데 여격이 문득 주어로 돌변한 것이다. 이 모순을 해소하려면 원래의 주체(시인)와 '결핍 또는 패배'를 동일화시키는 수밖에 없다. 이 진술이 시적으로 그럴듯하게 들린 것은 그 때문이다. 그것은 시인이 스스로 결핍하고 패배한 자리에 놓이고자, 즉 결핍되고 패배한 사람들과 하나가 되고자 하는 의지를 보여주기 때문이다. 이것은 그러나 '시적 정의(正義)poetic justice'일 뿐 아니라 동시에 시의 생존 전략이기도 하다. 이 유사성의 이행만이 결핍되고 패배한 존재들에게 충족의 양을 늘려줄 수 있기 때문이다. 그러나 결핍과 패배는 아무리 늘려도 여전히 결핍이고 패배이지 않을까?

또한 그러나 그것이 여전히 결핍이고 패배라면, 지속적인 결핍이고 패배라면, 그것은 충족하고 승리하는 자가 거기에서 무언가 빼앗을 게 있기 때문에 그런 게 아닌가? 그러니까 그 '결핍 또는 패배'는 실은 문자 그대로 결핍되고 패배한 존재라는 뜻이 아니라, 결핍과 패배의 양상으로 삶을 살아내는 존재라는 뜻이 아닌가? 그렇다면 그들은 무언가를 가지고 있는 것이다. 결핍과 패배가 아니라 다른 이름으로 불려야 할 무엇이.

우리가 첫번째 단서를 주운 글은 '신비감'에 관한 글이다. 시인은 자신이 어린 시절부터 "감동과 신비감이라는 공간 속에서 살았다고" 말하고는 두 개의 기묘한 삽화를 소개한다.

(1) 나는 대학에 막 들어가서 문과대학 복도를 얼떨떨하게 왔다 갔다 하고 있었다. 그러다가 문이 열려 있는 교수 휴게실 앞을 지나가게 되었는데, 그때 교수 한 분이 하품을 하고 계신 걸 보았다. 내 기억이 정확하다면—그리고 돌아가신 분에게 무슨 누를 끼치는 일이 아니라고 생각되므로—그분은 한국사학자이신 故홍이섭 선생이었다. 그리고 나는 그 하품에 감동했던 것이다(이 하품에 대한 감동을 분석하고 해석하는 일은 독자의 몫으로 남겨두려고 하는데, 다만 나로서 한 가지만 덧붙인다면, 나 자신도 하품을 잘하기 때문에 감동한 것이 아닌가 한다).

(2) 또 하나의 커트는 6·25가 준 선물인데, 전화가 전국을 휩쓸고 난 뒤인 소위 9·28 수복 때이다. 국민학교 5학년이었던 나는 봉일천에서 북진하는 국군 부대의 군인들과 지낼 기회가 있었는데, 어느 여름날 밤이었다. 우리는 비교적 큰 냇가로 목욕을 하러 나갔다. 달이 아주 밝았다. 모래사장에는 시체들이 묻힌 모래 무덤들이 즐비했고, 살은 이미 썩어서 뼈가 여기저기 뒹굴고 있다. 우리는 모두 벌거벗는다. 그리고는 각자 뼈들을 하나씩 주워 들고, 아프리카 인디언의 그것과도 같은 괴상한 소리를 지르며 춤을 춘다. 어떤 사람은 팔뚝뼈를, 또 어떤 사람은 해골을 나뭇가지에 꿰어 들고 춘다. 나도 막대기에 해골을 꿰어 들고 그들과 더불어 소리 지르고 춤췄다./아주 선명하다. 때는 여름밤. 아주 밝고 물기 있는 달빛. 벌거숭이 남자들. 손에는 사람의 뼈와 해골. 奇聲과 춤. 다시 천하 달빛의 조명! 이 달빛 때문이겠지만, 그 기괴한 굿 장면은 지금도 아주 선명하다. 거의 낭만적으로(!) 느껴질 정도로."[24)]

 그러고는 "1965년 이후 나는 시라는 것을 쓰고 있는데, 아마 내 육체 속에는 저 감동적인 하품이 들어 있을 뿐 아니라 그 냇가의 달빛과 그것이 그 물기 있고 고요하고 환하고 흐릿한 빛 속에 빨아들이고 있었던 기성과, 사람과 세상의 일에 대한 오리무중의 신비감이 만든 그리움(혹은 그리움이 만든 신비감) 따위들이, 다른 여러 가지 것들과 더불어 뒤범벅이 되어 들어 있을 것이다"라는 말로 글을 메지내고 있다. 그러니까 이 두 삽화는 "오리무중의 신비감"의 예로서 제시

24) 정현종, 「5분짜리 추억 두 커트」, 앞의 책, pp.16~17.

된 것으로 짐작할 수 있다. 그런데 이 신비감은 정말 오리무중이다. 두 삽화가 어떻게 신비하단 말인가? 그리고 그것이 그가 "1965년 이후" 시를 쓰게 된 것과 무슨 관련이 있단 말인가? 게다가 두 삽화 사이에 어떤 연관성이 있는가? 하품과 광란이 그의 시의 원천이었다는 말인가?

얼핏 보아 아무런 유사성이 없어 보이는 두 삽화는, 그러나 동일한 의도하에 씌어진 것이다. 그 의도는 썩 은밀한 것인데 왜냐하면 신비감에 대한 근본적인 반전 혹은 대상 치환이라는 의도이기 때문이다. 시인에게 '감동과 신비감'이 '버릇'이었음은 이미 말했다. 그런데 그 버릇 때문에 시인은 "선생님들은 소변도 안 보시고, 가령 하품 같은 것도 안 하시는 걸로 믿어 의심치 않았다." 첫번째 삽화는 바로 이 구절로부터 튕겨져 나온 것이 틀림없다. 교수 휴게실을 지나가다 보니 선생님이, 그것도 '홍이섭 선생님'이, 하품을 하고 계셨던 것이다. 그리고 시인은 그 하품에서 감동을 하고 만 것이다. 그렇다면 여기에서 감동의 원천에 대한 근본적인 전환이 이루어진 것이다. 그 이전에 신비감과 감동은 현실 바깥에서 주어진다고 생각되었다. 그러나 이제 보니 가장 일상적이고 가장 지저분한 것 그것이 곧 신비한 것이다. 그것이 어째서 신비했는가에 대해서는 시인은 풀이하지 않고 능청스럽게도 독자에게 떠넘기고 있다. 그러나 두번째 삽화에서 우리는 그 신비의 실상을 만나게 된다. 첫번째 삽화를 그렇게 이해한 후에 두번째 삽화를 읽으면, 이 또한 가장 비참한 삶이 그 자체로서 신비함이라는 명제의 증례임을 알 수가 있다. 그리고 여기에는 신비함의 실상이 '묘사'되어 있다. 이 삽화는 '결핍과 패배'라는 한국 현실을 응축적으로 보여주고 있다. 시체들이 묻힌 모래 무덤들, 제대로 묻히지도 못해 썩은 살과 뼈들이 모래사장에 그대로 노출되어 있다. 그런데 이 처절한 잔해들이 그대로 축제의 자원으로 변신하고 있는 것이다. 이 밤의 무도에 신비감을 부여하는 것은 무엇인가? 어쩌면 달빛이? 기억건대 "대지 위에 달이 떠 있는 한 〔······〕 밤은 대낮처럼 일어선다"[25]고 말한 시인이 있었다. 그러나 이 삽화에서 신비감의 주체는 어쨌든 시체의 뼈들을 들고 '발광(發光)'한 군인들과 어린 소년이었다. 달빛은 그 신비감을 증폭시키는 배경일 뿐인 것이다. 물론 그 배경이 없었으면 이 장면은 매우 "기괴한" 것이었을 터이니, 매우 강력한 배경이긴 틀림없지만. 하지만 배경이 주체를 대신할 수는 없는 법이다.

이 신비한 장면에 결핍과 패배가 있는가? 한국 현대사의 지식을 쬐면 물론 그것들이 거기에 적나라하게 있다. 그러나 이 장면 자체는 그 지식에 반동(反動)한다. 이 장면에 있는 것은 패배한 것들이 아니라 어쨌든 남아서 "철면피하게" 존재를 드러내는 것들이다. 징그럽게도, '징허게도.' 참으로 해석이 곤란한 이 시는 그런 '징헌' 삶의 은유로 읽을 수 있지 않을까?


끝없는 물질이 능청스럽게 드러내고 있는
물질이 치열하고 철면피하게 기억하고 있는
죽음.
내 귀에 밝게 와서 닿는
눈에 들어와서 어지럽게 흐르는

25) Michel Deguy, 『절망의 에너지 L'énergie du désespoir』, PUF, 1998, p.9.

저 물질의 꼬불꼬불한 끝없는 미로들,
아무것도 그리워하지 않으려고 애쓰는
능청스런 치열한 철면피한 물질! (「철면피한 물질」)

그리고 참으로 능청스럽게도! 또한 치열하게. 그것도 끝없이. 철면
피하게 죽음을 기억하면서. 그것은 과거에 대한 어떤 애상에도 젖지
않으려고 애쓰면서 능청스럽게, 치열하게, 끝없이 자기 존재를 여전
한 생으로 보여주고 있지 않은가? 밝게, 어지럽게. 다시 말해 현란한
눈부심으로. 세상의 개벽을 알리는 듯 멍멍한 천둥소리로. 그렇다면
더 이상 여기에 남은 것은 패배와 결핍이 아니다. 정반대로 불가해하
게 넘쳐나는 기운들이다. 다시 말해 결핍이 아니라 잉여이며, 패배가
아니라 기승(氣勝)이다. 죽음이 미만한 게 아니라 불가해한 생이 들
끓고 있는 것이다.
  그렇다면 이렇게 말할 수 있을 것이다. 저 충족은 결핍과 패배의
자리에 어떤 외부의 '무엇'을 채우는 것이 아니라, 결핍과 패배 자체
를 잉여와 기승으로 바꾸는 데서 오는 것이라고. 그것이 어떻게 가능
하냐고? 그것을 결핍과 패배로 인식하는 사람에게는 불가능하겠지만
처음부터 그것을 잉여와 기승으로 인식하기로 '작정'한 사람에게는
그것이 가능한 것이다. 이것은 그냥 원효와 만해 때문에 유명해진
'일체유심조(一切唯心造)'의 지혜를 말하는 것이 아니다. 실제로 무
언가가 남아 있기 때문이다. 그것이 시체든 뼈다귀든 하품이든 어쨌
든 무언가가 덤으로 남은 것이다. 자기의 불가해한, 그러나 어쩔 수
없는 현신에 의미를 부여해달라고 보채면서. 어르고 달래면서. 로캉
탱Roquantin(사르트르, 『구토 La nausèe』)이 구토를 일으켰던 그 잉

여에서 정현종은 신비를 느꼈던 것이다. 로캉탱이 거기에서 무, 즉 의미의 부재를 보았던 데 비해, 정현종은 의미의 가능성을 읽었던 것이다.

성인이 된 정현종은 그러한 인식과 태도를 '현재를 기다리기'라고 명명한다.[26] 과거에도 미래에도 기대지 않고, 즉 기원에도 목적에도 집착하지 않고, 오직 현재의 삶을 그대로 무르익게 하는 작업, 그것이 현재를 기다리는 일, 현재를 기다릴 줄 아는 자의 노동이다. 그 노동에 단순히 인식의 전환만이 있는 게 아니다. 질료matières가 거기에 있음을 이미 말했다. 그러나 그뿐만이 아니다. 인식과 질료가 만나는 순간에 운동이 태어난다. 그 운동의 포즈와 법도 함께. 왜냐하면 질료들은 그 자체의 불가해성에 의해서 주체에게 의미를 정립해달라고 못살게 굴기 때문이며 또한 주체는 질료들의 불가해성 때문에 그것을 결핍과 패배로 규정하려는 움직임에 맞서야만 하는데, 그것만이 그가 선택한 '살길'이기 때문이다.[27] 그 질료들의 애초의 형식은 결핍과 패배이다. 그것들은 그러니까 이 빠진 입에 남은 잇몸이고, 위장을 잘라낸 사람의 소장이다. 바로 그 잇몸으로 이를 대신하게 해야 하며, 그 소장으로 위장의 기능을 수행케 해야 하는 것이다. 그것은 "눈물겨운 욕정"(「교감」)이다. 그러려면 특별한 자세와 특별한 방법이 요구될 수밖에 없다.

---

26) 「現在를 기다린다」는 『숨과 꿈』에 실린 글 한 편이기도 하면서, 그 책의 첫 장 제목이기도 하다.
27) 다음의 시구는 그 사정을 일목요연하게 보여준다: "노래하리 나는/〔……〕//거리에서도 열렬히 筋骨 속에 잠입하여/내 영육은 급해 어둠이 혹은 번뜩인다는 사실을./홍벽에 한없이 끈적거리며/불붙는 너는/달려 달려라고 소리치며/무서운 성실을 彈奏한다"(「주검에게」).

정현종 시를 오래 읽어온 독자들은 그 특별한 자세가 '능청스러움' 임을 금세 짐작할 수 있을 것이다. 능청의 사전적 정의는 "엉큼한 속마음을 감추고 겉으로는 시치미를 떼는 태도"[28]이다. 말을 바꾸면, 능청이란 일반의 의미 규정을 그대로 수용하면서(시치미를 떼기) 동시에 그 의미 규정과 정반대되는 이면적 의의(속마음을 넌지시 암시하는 방식으로 생산significance하는 능력)를 드러내는 것이다. 이를테면, 그의 절창인 「독무」에서의

알겠지 그대
꿈속의 아씨를 좇는 제 바람에 걸려 넘어져
踵骨뼈가 부은 발뿐인 사람아, 왜
내가 바오로 서원의 문 유리 속을 휘청대며 걸어가는지를
한동안 일어서면서 기리 눕는
그대들의 화환과 장식의 계획에도
틈틈이 마주 잡는 내
항상 별미인 대접을.

같은 시구는 꽤 노골적으로 능청을 떨고 있다. 이 시구의 심층 구조는,

(1) 그대는 꿈속의 아씨를 좇는다;
(2) 그건 멋있는 일인 것 같지만, 실은 제 바람에 걸려 넘어질 뿐이다(그대는 가슴이 풍요로운 사람인 듯 뽐내지만, 실은 발밖에 없는 사람

---

28) 조재수, 『한국어 사전』(CD-ROM 버전), The Korean Monolingual Dictionary (c) 1996, Microsoft Corporation. Licensed from Mr. Jae Soo Cho.

이다);

(3) 그게 멋있는 일이라는 그대의 생각을 나는 받아들여 그대들의 "화환과 장식의 계획"에도 틈틈이 마주 잡는다;

(4) 그러나 그대들의 계획은 한동안 일어서는 것 같다가 마침내 영원히 눕게 될 뿐이다;

(5) 나는 그대와 달리 "바오로 서원의 문 유리 속을 휘청대며 걸어" 간다;

(6) 내가 그대와 마주 잡으니 그대는 (내 마음을) 알겠지?;

(7) 그러나 그대는 모르고 있다. 그대는 내가 정말 어떤 속셈으로 그대에게 "별미인 대접"을 하는지 알아야 한다

라는 대위법적 진술들의 사슬로 이루어진다. 또한 다음의 절창도 자기를 조롱하는 방식으로 자기를 위안하는, 더 나아가 자신의 위엄을 넌지시 드러내는 능청이다(굳이 풀이할 필요는 없을 것이다).

詩를 썼으면
그걸 그냥 땅에 묻어두거나
하늘에 묻어둘 일이거늘
부랴부랴 발표라고 하고 있으니
불쌍하도다 나여
숨어도 가난한 옷자락 보이도다 (「불쌍하도다」)

능청은 현실에 대해 내부로부터 반란을 꾀하는 하나의 태도이다. 하지만 그것은 내부를 헤아려 따지는 태도가 아니다. 그런 태도는 알

게 모르게 따지는 존재, 즉 '자기'를 현실 외부에 위치시킨다. 아무
것도 가진 것이 없을 때조차도. 사르트르의 저 막강한 의식적 주체는
그런 충동의 극단적 소산이다. 능청은 오히려 내부로부터 내부의 자
원과 내부의 힘을 써서 외부로 뛰쳐나간다. 그리고 거기에서 정현종
식 운동이 태어난다. 그 운동은 한마디로 '반동'이고 '탄주'이며, '약
동'이다. 시인의 표현을 빌리자면 그것은 '용약(踊躍)'이다.

> 화염은 타올라 踊躍의 발끝은 당당히
> 내려오는 별빛의 서늘한 勝戰 속으로 달려간다 (「和音」)

용약(勇躍)이 아니다. 용감히 뛰는 것이 아니라 "좋아서 뛰는 것"
이다. 그것이 생존의 길이기 때문이다. 정현종은 프로이트와 동일하
게 삶의 근본적인 지향은 '쾌락'이라고 생각하고 있었다.

> 사람은 본능적으로 고통을 싫어하고 쾌락을 좋아하게 마련이어서 고
> 통의 중압이 일정한 한계에 이르면 그것으로부터 도망치려고 하는 것
> 이지만, 그러나 또 그 도피의 상태를 못 견디는 영혼들에게는 단순히
> 고통스러운 상태를 외면하고 보다 즐거운 것 같은 일을 해본다고 해서
> 전적으로 행복해지는 것도 아니므로 사정은 더욱 어렵게 된다.[29]

이 진술은 고통 그 자체를 쾌락으로 변용시킬 수밖에 없는 이유를
분명하게 암시하고 있다. 고통이 쾌락이 되는 것, 거기에 길이 있는

---

29) 정현종, 「마비에 대하여」, 『숨과 꿈』, p.39.

것이라면 그 고통의 자원을 그대로 쾌락의 질료들로 '연금(鍊金)'하는 것밖에는 다른 수가 없는 것이고, 그렇게 하려면 고통의 자원들의 위치 에너지를 통째로 운동 에너지로 변환시키는 수밖에 없다. 그것이 용약이다. 실로 그의 돌올하면서도 아름다운 시구들은 그런 용약의 운동을 여실히 보여준다. 초기 시의 가장 수일한 이미지의 하나인,

그대가 끊임없이 마룻장에서 새들을 꺼내듯이 (「화음」)

을 보라. 발레리나의 도약을 그리고 있는 이 장면은 현실이 도약판이 되면서 동시에 그 자체로서 날아오르는 광경을 선사한다. 마룻장 밑에 새가 있을 리 없으니, 마룻장 그 자신이 발레리나와 함께 날아오르는 것으로 느껴지는 것이다.

이제 마지막 물음에 대답할 때가 되었다. "결핍과 패배를 충족"할 수 있는 근거는 어디에 있는가? 그것의 자원은 결핍과 패배의 현실 자체이고, 그것의 방법은 결핍과 패배의 현실이 그 자신의 생존에서의 욕망이 지시한 방향으로 반동하고 용약하는 것이다. 정현종의 시는 그 점에서 '떨어지면 튀는 공'이다. 『떨어져도 튀는 공』은 정현종 시집 제목 중의 하나이다. 거기에서 '져도'는 의식이 개입한 결과이다. 그가 산 현실은 떨어질 수밖에 없는 현실이었으니까. 그것을 시인의 의식은 시의 본원적 높이를 가리키기 위해 은근슬쩍 바꾼다. 시가 그러나 현실로부터 튀어나온 것이 분명하다면 그의 공은 '떨어지면 튀는 공'이다. 그 공은 현재의 다른 이름이며(별이거나 달이거나 그런 바깥에 놓인 어떤 초월적 실체의 은유가 아니라), 그 현재의 움직

임은 현재의 도약 혹은 비상이다. 그 자신에 의한, 그 자신으로부터의, 그 자신의 도약인 것이다.

그러한 시의 존재론을 가능케 한 자원과 자세와 방법에 대해 지금까지 비교적 자세히 풀이하였다. 따라서 그것을 요약하는 것으로 결론을 삼을 필요는 없으리라. 다만, 이렇게 해를 구한 순간, 남는 문제 두 개가 발생한다. 실은 어떤 대답이든 질문을 포함하지 않는 것은 없는 법이다.

첫째, 이러한 시적 태도 및 양태가 한국시사에 어떻게 개입하고 있는가? 우리는 이제 정현종의 시가 한국 시의 일반적 맥락과 무관한 것이라고 말할 수가 없다. 그의 시의 돌출성은 오히려 한국 시로부터의 한국 시의 도약이 표면에 나타난 현상이라고 보아야 할 것이다. 그러나 그에 대한 풀이를 우리는 아직 진행하지 않았다. 도약에 관한 한 지금까지의 논의는 한국의 역사적 현실을 준거점으로 해서 전개한 것이다. 우리는 이것을 한국 시의 맥락에 대해서도 유추적으로 적용할 수 있다. 그가 김수영론에서 진술했던 대로, 그가 본 한국 시는 한국사의 정직한 되풀이에서, 좀더 정확하게 말해, 한국사를 말하기 위한 수단으로 시를 쓰지 않고 "시가 곧 행동"[30]이었던 데서, 즉 한국사를 체험적으로 다시 사는 행동에서 성공을 거두었기 때문이다. 그러나 유추가 입증의 근거가 될 수는 없다. 우리는 한국사를 준거점으로 전개했던 논리를 한국시사 내부로 끌어와 검토해야 할 것이다. 다만, 짐작건대 이때의 한국 시는 특정한 어떤 시인이나 시인 집단이 될 수는 없을 것이다. 이상섭이 정현종 시에서 '민속적 모티브'를 찾아냈

---

30) 정현종, 「시와 행동, 추억과 역사」, 앞의 책, p.113.

까닭 모를 은유는 "떨어지면 튀는 공"이다  137

다는 것은 이미 말한 바 있지만, 그가 자원으로 삼아 도약한 것은 한국 시 일반의 질료들이 될 공산이 크다.

둘째, 이러한 태도가 한국인들에게 왜 돌출한 것으로 비쳤던 것일까? 당연하게도 패배와 결핍의 현실에서 충족을 노래하는 것이 용납될 수 없었기 때문일 것이다. 그의 시에 대해 '선민의식'(최하림)을 지칭한다든가, 초기 시의 후속적 진행을 보면서, "정현종의 철학이 최근에 내면으로부터 인간의 공공 광장으로 나온 것은 크게 다행한 일이다"[31](김우창)라고 말하는 것은, 처음에 그의 시가 개인의 자기 충족적 운동으로만 비쳤기 때문일 것이다. 게다가 그의 시를 개인의 자기 충족적 운동으로 보는 시선 속에는 어떤 양상에 대한 윤리적 판단이 개입되어 있다. 바로 충족을 노래하고 있다는 것. 그것이 현실을 외면하는 것처럼 비친 것이리라. 모두가 괴로워하는데 감히 즐거워하다니!라는 노여움이 있는 것이다. 그러나 우리의 검토에 의하면 그의 시는 결코 '자기만의' 시가 아니다. 그리고 적어도 정현종이 볼 때 그 즐거움을 현실 자체에서 찾는 것이 아니라면 현실을 극복할 수 있는 길은 없다. 아무리 처절하고 너절한 역사라도 그것을 있는 그대로 살아낼 줄 알아야 한다는 것, 그것이 현실의 고통을 이기면서도 동시에 도피하지 않는 길이다. 그 도피에 단순히 초월적 세계로의 도피만이 있을까? 어떤 '이데올로기'나 '신념'에 의지하는 것도 도피의 다른 양상들이다. 스스로 책임져야 할 사유를 어떤 일반적 관념에 떠넘기는 것이기 때문이다. 만일 삶에 대한 자신의 책임을(그리고 권한을) 우리가 거론한다면, 그것은 그가 현실을 기꺼이 받아들여야 할

31) 김우창, 앞의 글, p.146.

준비가 되어 있어야 하며, 그 준비 속에 수용과 체화의 방법을 개발해야 한다는 것을 가리킨다. 더럽고 데데한 현실을 기꺼이 자기 현실로 받아들일 때 그것이 더럽고 데데한 것이 아니라 복잡하고 신명나는 현실임을 보여주는 노력이 있어야 하는 것이다. 다만, 이러한 태도가 의미를 갖는다면 그것은 종전 이후 한국인의 역사에 비추어져 검토될 필요가 있다. 다시 말해 한국인이 결핍과 패배의 역사만을 살지 않고 충족의 역사를 스스로 살지 않았는가,라는 질문을 던질 필요가 있다는 것이다. 참혹의 현장들과 전쟁의 폐허에서 사람들은 고통하고 슬퍼하기만 한 것일까? 오히려 그것에서 즐거움을 구한 적은 없던가? 무언가에 들려서든, 아니면 생존의 요구에 의해서든. 어느 쪽이냐에 따라 그 양태는 사뭇 다르겠지만 어쨌든 한국인들이 삶을 살아냈다면, 그리하여 타자의 역사가 아니라 자기의 역사를 발명해가면서 지금까지 스스로를 변화시켜왔다면, 현실에 대한 전폭적인 수락이 전제되지 않고는 불가능한 일이다. 만일 그 물음에서 긍정적인 답을 얻을 수 있다면 정현종의 시적 태도는 돌출한 것이라기보다는 억압되고 은폐된 것이라고 말해야 할 것이다. 반대편의 입장이 일종의 장기지속적인 이데올로기가 됨으로써, 그리하여 충족을 노래하는 것이, 고통을 사랑하는 것이, 타자에 의해 저질러진 삶을 수락하는 것이, 나아가 타자를 자기의 몸 안에서 소화하는 것이 비도덕적인 태도로 타기되고 질타됨으로써 침묵과 눌변 속에 갇히고 말았다고 할 수 있는 것이다. 실로 동시대의 다른 작가·시인들도 다시 읽어볼 필요가 있지 않을까? 가령 김승옥의 「건」에서 화자 '나'가 시체를 처리하면서, 이웃집 누나의 윤간에 공모하면서 느꼈던 저 묘한 흥분감은 어떻게 설명할 수 있을까? 그 점을 주목하여 그것이 한국인의 또 다른 일반적 감정 체계였음을 논한 비평은 아직 없는 것 같다. 강력한 거리 낌의 감정이 그것을 방해했을 것이다. 그러나 그것이 없다면 삶도, 하물며 삶의 변화(역사)는 더욱더 없는 것이다. 아무리 괴로워도 삶 은 살 만한 것이다. 그래야만 살 수 있기 때문이다.　　　　〔2005〕

제4부 어느새/다시

# '어느새'와 '다시' 사이,
## 존재의 원환적 이행을 향해서
### ──오규원의 『새와 나무와 새똥 그리고 돌멩이』[1]


1

  2002년『오규원 시 전집』(전2권, 문학과지성사)을 상자할 즈음,
오규원 시의 전체가 명료한 윤곽을 보인다. 이 시절은 시인 자신이
'날이미지'라고 통칭한 새로운 시적 탐구를 개시한 지 10년 정도가
된 때이다. 그 기간 동안에 오규원에 대해 씌어진 평론 및 논문들은
거개가 그의 시적 변모에 초점을 맞추고 있으며, 그러한 관심은 곧
오규원 시 전체의 맥락을 통합적으로 구성하는 작업으로 이어졌다.[2]

---

1) 이 글은 오규원 시인 생전의 마지막 시집, 『새와 나무와 새똥 그리고 돌멩이』(문학과지
성사, 2005)에 대한 해설로 씌어진 것이다. 이 글이 발표된 지 1년 반여 후 나는 프랑스
에서 오규원 시인이 영면하셨다는 소식을 들었다. 문상도 못한 채로 시인과 이별을 하게
된 마음이 내 딴에는 무척 아렸으니, 내게 그이와의 인연이 전혀 없다고 할 수 없기 때문
이었다. 1979년 신춘문예로 등단한 직후, 김현 선생님이 쓰고 싶은 작가나 시인이 누구
있느냐고 물으셨고 나는 주저 없이 오규원이라고 대답하였다. 그렇게 해서「오규원, 또
는 관념 해체의 비극성」이 씌어졌고『문학과지성』1979년 여름호에 발표되었다. 시론으
로서는 그 글이 처음이었다. 그 후 나는 오규원론을 한 번 더 쓸 기회가 있었지만 늘 나

간단히 요약하면 오규원의 시적 변모는 "은유적 사고로부터 환유적 사고로의 이행"이라는 명제로 표현되었다. 이러한 변모가 특별히 주목을 받은 데에는 그만한 까닭들이 있었다. 무엇보다도 그 변모가 대상을 보살피는 시 쓰기의 '절차'에서의 근본적인 전환을 포함하고 있었고, 또한 그 절차의 전환이 곧바로 세계관의 변화로서 이해되었기 때문이다. 다시 말해 시적 태도와 삶에 대한 태도 사이의 긴밀한 맞물림 속에서 일어난 역동적인 '개벽'의 사태를 독자들은 보았던 것이고, 따라서 그의 변모는 시의 존재론적 궤적에 가장 어울리는 것으로 비칠 수 있었던 것이다. 다른 시인들의 경우, 변모가 명확히 눈에 띄는 경우도 드물지만 그러한 변모가 감지되거나 공시된 경우에도 관심사의 변화로 이해되거나 혹은 세계관의 변모와 시적 절차의 변화 사이의 연관이 분명하게 파악되지 않고 있었다는 점을 감안하면, 오규원의 변모가 특별한 주목을 받았던 것은 지극히 당연한 일로 보인

---

의 이해가 미진함을 느꼈다. 그러던 차에 시인이 마지막이 되고야 말 시집에 해설을 의뢰하셨고 나는 당신의 의뢰를 나에게 거는 내기로 받아들였다. 혼신의 힘을 기울였다 하면 과장이겠지만, 어쨌든 나는 이 글에 애를 많이 태웠고 물건이 완성되었을 적엔 나름으로 할 만큼 했다는 기분을 얻었다. 시집이 출간된 이후, 이 글에 대한 이런저런 말들이 있었다. 나는 시인에게 상처를 주었을지도 모를 그 말들의 대부분이 이 글을 거의 읽지 않은 상태에서 (혹은 읽을 수 없는 상태에서) 발성되었다는 사실이 가장 마음에 걸렸고, 그 기분이 이제 이 자리에서 예감으로 바뀔까 봐 두렵다. 모쪼록 시인께서는 이승의 양철지붕 너머로 언뜻 보셨던 것을 구천 너머에서 마침내 보시고 좋으셨기를 바라마지않으며, 성의가 있는 독자께서는, 모든 선입견을 덮고, 이 글의 처음부터 끝까지, 이 글의 주제이기도 한 '현상학적 환원'을 몸으로 겪으시면서, 본연의 전언과 마주쳐주셨으면 참으로 좋겠다.

2) 이원, 「'분명한 사건'으로서의 '날이미지'를 얻기까지」와 김진희, 「출발과 경계로서의 모더니즘」(이광호 편, 『오규원 깊이 읽기』, 문학과지성사, 2002)이 그런 종합적 구성을 직접 보여주는 글이다. 이후 글 이름만 표시되고 책 이름이 명시되지 않은 글들은 모두 『오규원 깊이 읽기』에 수록된 것들이다.

다. 게다가 이러한 중심 원인은 두 가지 보완적인 이유들에 의해서 강력한 조명을 받는다. 하나는 그의 시적 변모에 대한 담론을 시인 자신이 개시했다는 것이며, 다른 하나는 그러한 시적 변모가 20세기 후반기에 일어난 세계 사상의 인식의 전환과 상통했다는 것이다. 전자의 사실, 즉 시인의 이론적 표명은 그의 시의 실천적 변모를 "분명한 사건"으로 받아들이는 데에 강력한 증거로 작용하였다. 후자의 사건에서 준거 틀로 작용한 세계 사상의 추이는 프랑스 철학자와 정신분석가들의 다양하고도 동질적인 지적 작업이 미국의 '시장'을 경유함으로써 세계에 널리 퍼지게 된 인식론적 전환을 가리키는 것인데, 세계의 철학을 주도해온 서양 사상의 내부에서 진행된 자기반성과 자기갱신의 실제적인 결실로 비쳤다는 점에서, 즉 근대의 점령 이후 세계를 지배해온 사유 체계의 전복으로 비쳤다는 점에서 한국의 식자들에게도 매우 군침 도는 '육회와 구운 고기〔膾炙〕'로 돌았다. 그런데 그 이론의 요리는, 놓일 상을 찾기가 어려워서 옛날의 상을 개조하는 방편을 구하기가 일쑤였는데 오규원의 후기 시에서 해석자들은 그에 맞춤한 온전한 상이 마침내 제작된 것을 보았던 것이다.

그러나 이러한 거의 공식화된 해석은 몇 가지 미심쩍은 구석들을 남겨놓고 있었다. 그것들을 나열하면 다음과 같다.

첫째, 은유와 환유라는 지칭의 모호성;
둘째, 오규원의 후기 시에 대한 이해의 세부적 불투명성;
셋째, 초기 시와 후기 시의 연속성에 대한 의문.

첫번째 문제가 수사법이 시를 대변할 수 있는가, 라는 의혹을 포함하고 있지는 않지만 그 의혹도 검토할 필요는 있다. 거칠게 말해 시는 명제와 리듬과 비유의 종합으로 이루어져 있는 것이고, 거기에서 비유에만 초점을 맞춘다 하더라도 한 시 안에는 여러 다른 수사법들이 동시에 쓰일 수 있다. 게다가 똑같은 수사법이라 하더라도 시 전체의 문맥 속에서 아주 다르게 쓰일 수 있다. 그 점에서 수사로써 시를 대체하는 진술들은 시의 이해를 왜곡할 수 있다. 그러나 비유 자체가 비유적으로 쓰여서 특정한 시적 태도를 '은유'할 수 있다. 즉 한 비유가 내포하고 있는 세계에 대한 태도 및 관점이 시적 태도에 적용되는 것이다. 그때 실제의 비유는 '우세성'의 방식으로 시에 참여하게 된다. 은유가 우세한 시는 은유적 사고가 시를 지배하는 것이 되고 그때 은유가 내포하고 있는 태도가 시의 태도를 결정짓는 것으로 이해할 수 있다는 것이다. 그리고 이러한 이해는 시인 자신의 진술에 의해 뒷받침된다. 자주 인용된 그의 진술은 "정(定)하는 것이 세계를 끊임없이 개념화시키는 것이라면 명명하는 사고의 근본인 은유적 사고의 축을 버리고, 그 언어도 이차적으로 두고 세계를 '그 세계의 현상'으로서 파악"하겠다는 것이다. 독자의 진짜 질문은 은유/환유의 개념 구성이 아니라 그 개념 틀 내의 세목에 대해 제기된다. 즉 "세계를 '그 세계의 현상'으로 파악"하는 것을 '환유적 태도'라고 지칭할 수 있는 것인가, 라는 궁금증이다. 왜냐하면 시인의 진술 자체는 문자 그대로는 비유에 대한 거부로 읽힐 수 있기 때문이다. 본래 비유의 사소한 한 영역에 불과했던 환유에 새로운 의의를 부여하여 은유와 맞먹는, 아니 오히려 가치론적으로 은유를 능가하는 핵심 비유로 탈바꿈시킨 것은 라캉의 정신분석이었다(이것은 '알레고리'에 대한 벤야민의 재정의와 더불어, 통념적 수사학을 전복시킨 20세기의 두 가지 대

사건이라고 부를 만한 것이다). 정신분석을 통해 조명된 환유는 은유의 유예, 즉 '의미의 구성적인 실패'였다. 그것은 어쨌든 새 의미의 획득, 즉 언어로 사실을 '대체'하는 방향 속에 놓인 것이었다. 물론 환유는 그 대체가 내포하고 있는 욕망, 즉 언어의 감옥 속에 사실을 감금하고자 하는 욕망을 의도적으로 지연시켜 그 욕망을 반성케 하는 작용을 하는 것이지만 그렇다고 해서 그 대체 자체를 부정하는 것은 아니다. "세계를 '그 세계의 현상'으로서 파악"하겠다는 오규원의 태도와 환유적 태도는 같은 것인가? 이 물음에 분명한 대답을 내리기는 극히 어렵다. 왜냐하면 오규원의 태도를 비유의 거부로 읽는다는 것 역시 난점을 가지고 있기 때문이다. 무엇보다도 비유의 거부는 시의 포기로 비칠 수도 있는 것이다. 그러나 이에 대해서는 오늘날 세계 시의 첨단에 놓이는 시인들, 혹은 그들에 대한 비평적 담론들이 그 반증을 제공하고 있는데, 포르투갈의 페소아Fernando Pessoa, 알제리의 세낙Jean Sénac, 그리스의 카바피스Constantinos Cavafys 그리고 이탈리아의 파졸리니Piere Paolo Pasolini와 산드로 페냐 Sandro Penna 등 20세기의 말엽부터 집중적인 재조명을 받고 있는 시인들은 두루 비유를 거부한 시인들, 다시 말해 자신의 언어로 대상을 살해하기를 거절한 시인들로 이해되고 있기 때문이다. 이러한 담론들에 비추어 보면, '환유적 태도'는 시에 관한 한 차라리 낡은 것이다. 그러나 그렇다면 비유를 거부한 언어 구성체에서 어떻게 시를 느낄 수 있을 것인가? 세계 시에 관한 담론들은 거의 엇비슷하게 예외성과 궁극성, 다시 말해 저 플라톤이 정의한 그대로의 순수 진술 diegèsis 혹은 괴테의 시Dichtung에 초점을 맞춘다. 다시 말해 어떤 것과도 닮지 않았으며 타자의 사건을 '재현'하는 것도, 혹은 외부의 진리를 현시하는 것도 아닌 주체의 유일무이한 경험으로서의 언어, 즉 그 언어가 그런 경험인 것이 방금 거론한 시인들의 세계라는 것이다.

오규원의 시적 태도는 차라리 이에 가깝지 않을까? 그러나 짐작이 대답을 대신할 수는 없는 것이다. 그리고 설핏 보아서도 어긋나는 면을 짐작할 수 있다. 저 순수 진술이 오직 주체만의 것이라면 오규원의 시는 겉으로는 어쨌든 주체 바깥의 사물의 현상을 '묘사'하고 있는 것이다. 실상 유일성의 세계는 말 그대로 어떤 것으로부터도 유추될 수 없는 것이기에 모든 시에 대해서마다 분석과 해석이 다를 수밖에 없다. 위에 거론된 시인들의 시 세계에서도 태도를 제외한 어떤 유사점을 찾기란 거의 불가능하다. 따라서 우리는 오규원의 시라는 '세계의 현상'으로 되돌아가야만 하는데, 그것은 바로 앞에서 적은 두번째 문제와 만난다.

'환유적 태도'라는 거의 공식화된 명명에도 불구하고 사실 많은 해석자들은 환유적 작용을 분석하기보다는 '그 세계의 현상' 그 자체, 즉 세계를 있는 그대로 제시하는 방식의 이해에 몰두하였다. 그런데 그 이해의 양상은 얼핏 보아서는 상당한 불일치를 보인다. 그것은 그 이해들이 불완전하다는 것을 가리킨다. 물론 불완전함이야말로 살아 있음의 징표이다. 다만 살아 있는 것들은 언제나 갱신의 과정 속에서만 자신의 살아 있음을 체험할 수 있다는 것을 덧붙여야 할 것이다.

처음 오규원의 후기 시는 현상을 주관의 개입 없이 순수 객관으로 드러내는 것으로 이해될 뻔하였다. '사진'과의 유추를 통해 제시된 이런저런 해석들 혹은 그런 해석으로부터 나온 비판적 언급들 속에 그런 관점은 산재해 있는데, 그러나 그러한 시 쓰기는 사실상 불가능하다. 그에 대해서는 이남호가 이미 날카롭게 지적한 바가 있다(「날 이미지의 의미와 무의미」). 그에 의하면 "대상은 그것을 바라보는 인식 주체의 프리즘에 의해서 일단 한 번 굴절"되며, "언어로 옮기는 과정"에서 두번째 굴절이 발생한다. 그러나 순수 객관의 드러냄이라는 해석이 일찌감치 차단된 것은 무엇보다도 시인 자신의 적극적인 설명 덕분이었다. 그는 롤랑 바르트를 빌려 순수 재현이 "기능적 법규"(오규원은 이것을 '기계적 기능'이라고 해석한다)에 불과함을 지적하면서, "사변성과 사진적(기록적) 사실성을 지워버린 사실reality"(「날이미지의 시 — 되돌아보기 또는 몇 개의 인용 2」)의 세계에 자신의 시적 추구가 놓여 있음을 밝힌다.

그러니까 오규원의 '사실'은 순수 객관 세계가 아니라 주관과 객관 사이에 모종의 관계가 설정되어 있는 세계임을 인정해야만 하는데, 그 관계의 어둠 앞에서 아직 해석들은 머뭇거리고 있는 듯이 보인다. 특이한 것은 시인의 설명과 해석자들의 이해가 방향을 완벽히 달리하고 있다는 것이다. 시인의 설명은 무엇보다도 대상의 살아 있음에 집중한다. 다시 말해 묘사된 대상은 주체가 눈그물 안에 감금한 대상이 아니라 "존재의 현상으로 스스로 말하"고 있다는 것이다. 그렇기 때문에 주관이 보고 듣는 것은 "풍경의 의식으로 가득 찬 풍경화, 정물의 의식으로 가득 찬 정물화, 초상의 의식으로 가득 찬 초상화"이다. 그것이 "존재 그 자체!"이다. 오규원의 '사실reality'은 주관에 의해 '파악된' 사실이 아니다. 그것은 주관에 의해 '포착된' 사실이기는 하지만 주관에 의해 통어되기는커녕 주관에게 온갖 호기심과 궁금증을 일으키면서 주관의 의식의 확장 혹은 갱신을 충동하는 사실이다. 그것을 다음과 같이 정리할 수 있다.

(1) 존재에는 의미가 부재한다: 따라서 주관은 이 존재를 미리 '판단'하지 못한다;[3]

(2) 그러나 살아 있다; 다시 말해, 이 존재는 어떤 의지 속에서 어떤 의식에 의해 무엇을 향해 움직이는 존재이다.

(3) 살아 있는 존재는 그러니까 의미의 가능성으로 가득 찬 존재이다: 의미 부재는 의미 가능성의 충만이다;

(4) 살아 있는 존재는 끊임없이 변화하고 있는 존재이다;

(5) 이 존재는 주관에게 이해의 욕망을 충동한다.


이러한 관점은 독자의 독서 경험으로 보자면 거의 현상학적인 관점이다(독자는 시인이 즐겨 인용하는 '조주'를 비롯한 선[禪]의 '무-이론적 이론'에 대해서는 거의 아는 바가 없다). 여기에는 '지향성' '현상

---

3) 사실 시인은 날이미지의 세계가 의미 부재의 세계라고 말하지는 않았다. 그는 "언어가 의미를 떠날 수 있다고 믿고 있지 않다(주변 축에 은유를 두는 까닭도 그 때문이다). 그러므로 분명히 나도 의미화를 지향하고 있다"고 말하면서, 그가 "표현하고 싶은 것은 사변화되거나 개념화되기 이전의 의미인 '날[生]이미지'"(「날이미지의 시 — 되돌아보기 또는 몇 개의 인용 2」)라고 주장한다. 그런데 독자가 생각하기에 의미가 주어지는 순간 존재는 이미 사변화되거나 개념화된 것이다. 시인은 어쩌면 사변화나 개념화된 의미에, 세속적이고 경험적이고 선입견적이며 독단적인 의미를 설정했는지 모른다. 하지만 사실 그렇지 않은 의미란 없다. 모든 의미는 역사적이고 사회적이며 경험적이고 상징적인 그리고 합리적인 의미이다. 사물에서 그 의미를 한 겹 한 겹 벗길 때마다 사물은 무의미로 추락하기 시작한다. 다만 사물에게 다른 의미를 부여하려는 노력은 있을 수 있다. 그것이 지금까지의 의미와 싸우는 과정 속에 있는 한, 의미 작용은 있다. 그런데 의미 작용과 의미는 다른 것이다. 붕어빵 틀이 돌아가는 동안에는 붕어빵이 없듯이, 의미 작용에는 아직 의미가 없다. 늘상 곧 부서지고야 마는 의미를 향한 존재의 작용만이 있을 뿐이다. 은유에 대해서도 마찬가지로 말할 수 있다. 날이미지에 관한 한 은유에 관한 꿈은 있어도 은유는 없다,라고 말해야 할지 모른다. 그래야만 날이미지이기 때문이다. 이에 대해서는 뒤에서 풀이할 것이다.

학적 환원' '지각의 현상학'의 핵심 요소들이 그대로 제시되어 있다. 그런데 현상학의 난점은 주관의 능동적 가담의 양태를 파악하기가 어렵다는 것이다. '지향성'이라는 원초적 가정을 제외한다면 말이다.

바로 그것이 해석의 머뭇거림을 야기한다. 많은 해석들은 시인의 설명을 적극적으로 수용하여 주관의 역할을 개방된 의식 혹은 의식의 개방으로 재정위(定位)한다. 다시 말해 주관은 우선 타자의 사건을 받아들이는 용기(容器)가 되는 것이다. 그다음 주관은 타자의 사건에 감염되어 호응하는 존재로 재탄생한다. 그럼으로써 주관은 수용적 용기로부터 능동적 존재로 복귀한다. 시가 보여주는 사건이 앞 단계이며 시가 실행하는 사건, 즉 시 쓰기 자체는 뒤 단계라고 할 수 있다.

그런데 이러한 구도에는 무언가 문제가 있다. 이 논리 안에서 주관의 활동은 대상의 활동 다음에 온다. 그러나 그것은 사실이 아니다. 어쨌든 대상을 선택하는 것이 아무리 개방되었더라도 여하튼 주관의 의식인 것은 분명하기 때문이다. 다시 말해 내가 일부러 본 것이 아니라 내게 보인 것이라 하더라도 그것은 내가 보는 만큼 보이는 것이다. 어려운 얘기가 아니지만 좀더 이해를 쉽게 하기 위해 예를 들어보자.

　　한 사내가 앞서가는 그림자를 발에 묶으며
　　호프집 앞을 무심하게 지나가고 있다
　　세 사내가 묵묵히 남의 그림자를 길로 밟으며
　　호프집 앞을 지나가고 있다
　　길 건너편의 플라타너스 잎 하나가
　　지나가고 있는 한 사내의 발 앞까지 와서 굴렀다

한 아이가 우와하하하 하며
앞만 보고 뛰어갔다 (「거리와 사내」)

일단 이 시는 시야에 들어오는 움직이는 풍경을 있는 그대로 그린
듯이 보인다. 그러나 두번째 행의 '무심하게'는 묘사자의 의식이 어
느새 개입되었음을 가리킨다. 세번째 행의 '묵묵히'도 마찬가지다.
이러한 사실을 확인한 다음에 다시 읽으면 모든 광경들이 묘사자의
주관에 의해 재구성되었음을 눈치 챌 수 있다. 첫 행의 '한 사내'가
"앞서가는 그림자를 발에 묶"는다는 '표현'은 "앞서가는 그림자를 밟
으며"라고 쓰는 것과 달라도 한참 다른 것이다. 제6행의 "발 앞까지
와서 굴렀다"도 정상적으로는 "발 앞까지 굴러왔다"라고 썼어야 했을
것이다. 마저 살펴보자. 첫 행의 '한 사내'가 걷고 있는 거리와 세번
째 행의 '세 사내'가 걷고 있는 거리 사이의 관계를 대조해보면 여기
그려져 있는 정황은 세 가지로 해석될 수 있다. 다양한 해석이 가능
한 이유는 '한 사내'가 제 그림자를 밟고 가고 있는 데 비해, '세 사
내'는 남의 그림자를 밟고 가고 있기 때문이다. 첫째, '한 사내'와
'세 사내'가 걸어가는 방향은 정반대다. 그 차이를 묘사자는 "호프집
앞을 지나가고 있다"라는 동일한 묘사를 통해 슬며시 은폐하고 있다.
그렇다면 제2행과 4행은 다분히 의도적인 진술이다. 둘째, '한 사내'
와 '세 사내'가 걷고 있는 거리는 다른 거리이다. 이것은 묘사자의 시
선이 어떤 의지 혹은 충동에 따라 방향을 이리저리 바꾸었다는 의미
를 포함한다. 셋째, '한 사내'가 걸어간 때와 '세 사내'가 걸어간 때는
아침과 저녁만큼 크게 벌어져 있다. 이것은 묘사자가 거의 하루종일
거리를 바라보았거나 아니면 긴 사이를 두고 두어 번 자신이 있는 장

소 건너편의 길을 건너다보았다는 뜻을 포함한다. 그것은 묘사자의 일상과 그 일상에서 오는 묘사자의 무의식적 근심에 대한 궁금증을 유발한다. '한 사내'와 '세 사내'는 방향이 다르거나 공간이 다르거나 시간이 다르다. 그 다름에서 독자는 묘사자의 모종의 기도(의식적이든 무의식적이든)를 느낀다.

그러니까 대상의 순수한 현존의 순간에도 이미 주관은 활동하고 있다. 그것이 없으면 대상의 현존도 불가능한 것이다. 때문에 해석자들은 이 주관의 활동에 대한 의심을 거둘 수가 없어서 다양한 주관적 개입의 방식을 찾아보려 했다. 그러나 그것은 오규원 시의 원래의 입장을 배반하는 것이 되고 말 위험이 있다. 왜냐하면 주관적 구성은 곧바로 주관에 의한 의미화, 다시 말해, 시의 애초의 논리를 따르면, 대상을 가두거나 대상을 살해하는 일이 되기 때문이다. 그 주관의 구성이 순전히 형식적 절차에 그치기만 해도 의미화는 피할 수가 없다. 가령 우리는 원근법이 세계를 균질화하고 구획화하는 근대적 사유의 원천에 놓인다고 생각하고 과거의 다른 시각들에서 근대 극복의 실마리를 찾는 작업들을 종종 볼 수 있다. 그러나 그 시각들이라고 해서 세계를 가두고 통어하는 활동이 아닌 것은 아니다. 가령 종교적 가치에 따라 대상을 도장 찍듯이 그린 중세적 도상학은 신의 형이상학에 의해 지배되고 있다. 민화적 시선 역시 그런 의미화로부터 해방된 시선이라고 말할 근거는 어디에도 없다.

그러니까 이 현상학적 논리는 모순된 두 가지 명제의 동시성에 의해 움직인다.

(1) 대상은 그 스스로(즉 대상의 의지와 실행에 의해서) 현존한다;

(2) 주관의 의지가 대상의 출현을 가능케 한다.

이 두 동시적 명제에서 모순을 피하는 관건은, 의미화가 아닌 주관
적 구성이 가능한가, 하는 것이다. 이남호가 "사물과 주체의 팽팽한
대결"을 보게 된 것은 주관의 활동을 인정하면서도 주관의 의미화라
는 함정을 피하려고 하는 모순된 두 태도를 끝까지 함께 끌고 가다가
본 사태였을 것이다. 하지만 그 해석은 거의 부지중에 사물과 주체를
별개로 존재하는 독립적 존재로 놓는다. 그러한 해석은 거의 사르트
르적이다. 사르트르는 주관이 주관의 입장에서는 대자존재이지만 타
자(다른 주관)의 입장에서 보면 즉자존재로 제시된다는 점에 끈덕지
게 매달렸었다(『상황』 2권 제2장). 그러한 태도는 막연한 지향성의
개념으로 사태를 얼버무리는 것에 비해 훨씬 철저한 태도였지만 그
원천은 개별적 존재들을 근본적으로 고립된 개체들로 인식하는 태도
였고 그 결과는 의식을 가진 '유한 존재'(인간)의 지위를 신과도 같
은 자리로 올려놓는 것이었다. 존재의 불투명성을 의식의 자명성으로
대체함으로써 해결하려 한 것이다. 그런데 주관과 대상은 그렇게 갈
라질 수가 없다. 대상의 현존은 주관으로부터의 현존, 다시 말해 주
관의 내부로부터 솟아나는 현존인 것이다. 그것은 후설이 말하듯 "자
기에게 현존하는 것"이다. 독자는 시인의 설명을 통해서가 아니라 시
분석을 통해서 그걸 방금 보았다. 그런데 주관이 스스로 의미를 미리
부여하지 않은 대상을 자신의 내부로부터 출현케 하여 주관에게 완전
히 새로운 충격을 줄 수 있는 일은 어떻게 가능한가?

후설의 초기 현상학이 '직관intuition'의 개념으로 이 문제를 해결한
데 대해서는 데리다의 비판이 있었다. 얼핏 생각하면 '직관'은 지금의

궁지를 해결하기 위한 좋은 단서인 것처럼 보인다. 직관은 번개처럼 닥친 앎이다. 그것은 "매개물이 없이, 어떤 기호나 실험적 절차에 의존하지 않고 대상과의 즉각적인 접촉을 통한"(Encyclopaedia Universalis, CD-ROM version, 1995, '직관' 항목) 인식이다. 그 점에서 직관은 풀이되지 않은 앎이다. 다시 말해 의미부여작용-signification이 일어나지 않은 채로 나타난 앎이다. 그렇다면 그것은 앎 그 자체가 아니라 앎의 투명한 느낌, 더 나아가 그것의 투명한 지각이다. 앎의 느낌은 앎이 아니다. 다시 말해 그것은 주관에게 닥친 것이지 주관이 본래 가지고 있던 것이 아니다. 그럼에도 불구하고 직관의 장소는 주관이다. 그러나 "그러한 지각 혹은 현재 순간에서의 자기에 의한 자기의 직관은 통상적으로 의미화가 발생하지 않는 계기일 뿐만 아니라, 동시에 원초적 지각 혹은 직관 일반의 가능성을 보장해주는 것, 다시 말해 '원리 중의 원리'로서의 비-의미화를 보장해주는 것이 될 것이다."[4] 다시 말해 주관을 직관의 장소로 여기는 것은 곧바로 주관과 대상을 초월한 자리에 보편적 행위(원초적 지각)를 놓는 태도를 포함한다. 순수히 보는 자(다시 말해 개방된 의식)의 침묵을 지탱하고 있는 것은 어떤 보편적 '목소리'인 것이다. 데리다의 말을 이어 들어보자:

"현상학적 '침묵'은 따라서 이중의 떼어놓기 혹은 이중의 환원을 통해서만 구성될 수 있다: 첫째, 자기 안에서 타자와의 관계를 배제해 지시적 소통 체계 속으로 떼어놓는 것; 둘째, 표현을 의미의 성층보다 우월하고 그 바깥에 놓여 있는 궁극적 성층으로서 떼어놓는 것. 바로 이 두 가지 배제의 연관 속에서 목소리의 심급이 (출현해) 자신

---

4) 자크 데리다, 『목소리와 현상 *La voix et le phénomène*』, PUF, 1967, p.67.

의 기이한 권위를 귀 기울여 듣게끔 하는 것이다"(같은 책, p.78). 첫
번째 환원을 통해 존재의 사건은 순수 주관의 내면의 사건으로 결정
화되고 다시 이 순수 주관의 사건은 '현존하다'라는 원형 동사(다시
말해 이상적·보편적 사건)의 표지로 나타난다. 그리고 두번째 환원
속에서 이 존재함이라는 "전격적인 표현의 목적은 현존의 형식 아래
현재 직관에 주어진 의미의 총체성을 복원하는 것"(p.83)이 된다. 결
국 이것은 후설 현상학의 자가당착을 보여준다. 의미로부터의 환원,
즉 순수 존재의 드러냄은 이미 있는 궁극적 의미의 복원으로 귀착하
기 때문이다.

　직관이 할 수 있는 것은 그것뿐이다. 그것은 의미의 충만을 미리
실현된 것으로 만든다. '존재, 즉 의미로부터의 환원'이 순식간에
'현존, 즉 의미의 충만'으로 둔갑하는 것이다. 현상학의 시초에 놓인
지향성, 다시 말해 주관과 대상의 상호성은 어느새 사라지고 없다.

　만일 오규원의 후기 시가 그런 직관의 세계를 보여준다고 가정한다
면 그것은 독자를 무척 실망시키는 일이 될 것이다. 왜냐하면 실제
그의 시들은 그런 가정을 수긍할 수 있게 만드는 눈부신 사건을 좀처
럼 보여주지 않기 때문이다. 물론 황현산이 멋지게 분석해낸 「저기
푸른 하늘 안쪽 어딘가~」 같은 시들도 물론 눈을 태우지만 실은 그
것은 비평가의 분석(다시 말해 독자의 오랜 음미) 다음에 독자가 느낄
수 있게 된 것이다. 실제로 전반적으로 그리고 얼핏 보아 시들은 아
주 개별적이고 사소한 풍경들 혹은 사건들을 보여주고 있을 뿐이다.
다시 말해 그것들은 의미의 충만으로서가 아니라 의미의 공백으로서
출현하는 것이다. 이남호가 "긴장과 지각 갱신이라는 날이미지의 독
서 체험이 우리의 삶에 남기는 것이 무엇인가라는 회의"를 품게 된

것은 그 때문일 것이다. 과연 오규원의 시는 무엇을 남기는가?


2


오규원의 새 시집으로 들어가기 위해 지금껏 아주 먼 길을 돌아왔다. 왜 이런 에돌음이 필요했던가? 무엇보다도 그의 '날이미지'라는 용어가 불러일으킬 의혹 혹은 오해를 이제는 정돈할 때가 되었음을 느꼈기 때문이다. 그 오해는 두 단계에 걸쳐 있다.

(1) 용어로부터의 오해: 날이미지는 시인이 그리는 세계가 순수 객관의 세계라는 착각을 불러일으킬 수 있다. 그때 날이미지의 시는 문자 그대로 무의미의 시가 될 것이다. 그러나 그런 무의미시는 없다. 그것은 김춘수에 대해서나 오규원에 대해서나 똑같이 적용될 수 있는 말이다. 날이미지는 순수 객관이 아니라 주관으로부터 솟아난 대상의 현전을 가리킨다.

(2) 시인의 설명으로부터의 오해: 그런데 대상의 현전은 의미(개인적·사회적·역사적·경험적·상식적)로부터의 환원을 통해 가능하다. 그런데 그 의미로부터의 환원은 무의미인가? 그것이 무의미라면 이 현전이 제공하는 새로운 각성 혹은 어떤 진리를 엿보았다는 느낌은 어떻게 된 것인가? 다시 말해 그 대상의 현전이 순수 주관의 내면의 사건처럼 나타나는 것은 무슨 까닭인가? 해석은 바로 이 자리에서 종종걸음 치다가, 저 환원된 의미들이 '세속적'이라는 데에 생각이 미치고 따라서 세속적 의미/성스러운 의미, 혹은 가짜 의미/진정한 의

미의 이분법을 통해 날이미지가 환원시키는 것은 세속적이거나 가짜 의미이고 그것이 회복시키는 것은 성스러운 진짜 의미이다, 라는 결론으로 나아간다. 그것은 '가정적으로' 진실일 수 있다. 그러나 그것을 '실제적으로' 진실이라고 착각하는 순간 애초에 존재하지도 않았던 거대한 의미의 압도적인 출현 앞에서 주관의 지위는 무로 환원된다. 그것이 주관의 내면 경험이라고 말할 수가 없게 된 것이다. 그런데도 어떻게 주관은 그 거대한 의미가 진짜 의미임을 알 수 있단 말인가?

독자가 마침내 확인한 것은 현존은 즉각적인 의미의 충만이 아니라는 것이다. 그것은 애초의 생각을, 아니 차라리 '발견'을 배반하는 것이 된다. 그 점을 황현산은 날카롭게 간파하고 있었다. 그는 자주 인용된 시,

> 누란으로 가는 길은 둘이다
> 陽關을 통해 가는 길과
> 玉門關을 통해 가는 길
>
> 모두 모래들이 모여들어 밤까지 반짝이는 길이다 (「길」)

를 다시 한 번 인용하면서, 이 시의 승리는 상징('陽關'과 '玉門關')의 것이 아니라 모래의 것임을 지적한다:

> 모래들은 그 두 길에 구분 없이 모여들어 빛을 줌으로써 그 상징의 영광을 긍정함과 동시에 길 위에 여전히 모래로 남음으로써 그것을 부

정한다. 길보다, 그 길의 상징 체계보다, 먼저 있었고 또 나중까지 있을 것들이다. 아니 체계가 벌써 그 이야기까지를 했다고 말함이 옳지 않을까. <u>최초의 혼돈에서 또 다른 혼돈에 이르기까지 변화와 생성이라는 말로 덮지 못할 것은 없기 때문이다. 이때 모래의 반짝임은 그 상징 체계의 진정한 실현에까지는 이르지 못한다 할지라도, 적어도 그 체계가 성립될 최초의 불안한 순간으로 그 길을 되돌려, 그 상징이 헛된 말이 아닐 것을 한순간 증명해줄 수는 있다.</u> 이 승리는 상징 체계의 그것이 아니라 모래의 그것이다. (「새는 새벽 하늘로 날아갔다」, 밑줄은 인용자)

내가 읽은 것이 올바르다면 밑줄 친 부분은 "최초의 혼돈에서 또 다른 혼돈에 이르기까지 변화와 생성이라는 말로 덮지 못할 것은 없으리라. 그러나 모래의 반짝임은 그 상징 체계의 진정한 실현에까지 이르지 못한다 할지라도, 그 체계가 성립될 최초의 불안한 순간으로 그 길을 되돌려, 그 상징이 헛된 말이 되어서는 안 될 것임을 꾸준히 명시한다"로 고쳐질 필요가 있다. 그래야 뜻이 분명해진다. 그렇다는 것은 비평가가 무의식적으로 자신의 진술을 흐렸다는 짐작을 하게 하는데 이 자리는 비평가를 논하는 자리가 아니므로 지나치기로 한다. 여하튼 이 진술의 전언은, 상징은 실현태로서 드러나지 않는다는 것이다. 그것이 실현태로 드러난다는 것은 존재의 현전이 이미 상징이 되었다는 것을 가리킨다. 그것은 의미화의 거부가 궁극적인 의미로 돌변했다는 것을 가리키는 것이다. 비평가의 진술은 그 착각 혹은 배반에 대한 경고이다. 이어서 비평가는 현존적 존재의 가리킴("사물이 거기 있다")이 "사물에 즉물적인 태도"가 아님을 말한다. 그것은 "어떤 내성의 긴 과정 끝에" 이루어진 것이라는 게다. 그것은 존재의 드러남이 주관의 작업에 속한다는 것을 가리킨다. 대상의 있음, 그것이 그것의 무의미한 존재성만을 가리키는 것도 아니고 동시에 충만한 의미의 상징으로서 있음을 가리키는 것도 아닐 때, 의미의 무한은 오직 '가정적으로만' 진실이다. 그리고 그렇다면 그 가정을 진실로 만들기 위해서는 무척 많은 주관의 일들이 남아 있다. 그 점을 유념할 때, 주관은 개방적 의식이 아니라 구성적 의식이다.

주관이 수용적 태도를 취하는 게 아니라 구성적 작업을 한다는 것은, 날이미지는 주관에 의해 구성된 사건이지 주관이라는 이름의 무인도에 몰려온 태풍이 아니라는 것을 뜻한다. 좀더 정확히 말하자. 날이미지는 주관에게 번개처럼 닥치는 방식으로 주관에 의해 구성된 사건이다.

독자는 이제 주관의 구성적 작업의 문턱에 들어섰다. 문을 열고 들어가기 전에 하나의 원칙을 새겨야 할 것이다. 주관의 구성적 작업이 궁극적으로 지향하는 것이 존재의 발견이 아니라 그것을 꿰뚫고 나타나는 의미의 발견이라는 '가정'을 세워야 한다면(다시 한 번 그 까닭을 말하자면, '물 자체Thing in itself'와 같은 뜻으로서의 '존재 그 자체'는 의미 가능성의 충만으로서만 '발견'될 수 있으며, 또한 그 발견에서 의미를 직관으로 대체하는 것은 역설적으로 선험적이고 최종적인 의미의 설정으로 귀착하기 때문이다), 그 의미는 결코 실현태로 드러나지 않는다는 것, 그렇게 드러날 수도 없고 드러나서도 안 된다는 것이다. 그런데 이 원칙, "실현태로 드러나지 않는다"는 진술은 "잠재적으로도 실현태로 가정되지 않는다"로까지 확대해야 할 것이다. 왜냐하면 잠재적으로 실현태로 가정된다면, 주관의 작업은 미리 설정된 그 의미의 구축 작업이 될 것이기 때문이다. 그러나 그것은 애초의 의도를 배반하는 것이다. 그러니까 주관의 작업에는 설계도나 청사진이 있을 수가 없다. 가정될 수 있는 것은 그 방향뿐이다. 다시 말해 도로에 그칠지도 모르는 '투기projet'만이 있을 뿐이다.

시집의 첫 페이지를 여는 순간, 독자는 시인 역시 비슷한 고민에 놓여 있음을 보고 놀란다. '서시'라는 부제를 단 첫 시, 「호수와 나무」의 전문은 이렇다.

> 잔물결 일으키는 고기를 낚아채 어망에 넣고
> 호수가 다시 호수가 되도록 기다리는
> 한 사내가 물가에 앉아 있다
> 그 옆에서 높이로 서 있던 나무가
> 어느새 물속에 와서 깊이로 다시 서 있다

이 시는 곧장 다음 시를 회상케 한다.

> 밤새 눈이 온 뒤 어제는 지워지고 쌓인 흰 눈만 남은 날입니다
> 쌓인 눈을 위에 얹고 物物이 허공의 깊이를
> 물물의 높이로 바꾸고
> 나뭇가지에서는 쌓인 눈이 눈으로 아직까지 그곳에 있는 날입니다
> (「물물과 높이」, 『토마토는 붉다 아니 달콤하다』)

날이미지가 '존재 그 자체'의 드러남이자 드러냄이라면, 그것은

"허공의 깊이를 물물의 높이로 바꾸"는 행위이다. 그런데 이제 시인은 높이를 다시 깊이로 보고자 한다. 왜? 그에 대한 짐작은 방금 한 것과 같다. 대상의 드러냄보다 대상 밑에 도사린 주관의 근심으로 시인의 시선이 이동했음을 가리킨다는 것이다.

더 나아가 이 시는 많은 것을 암시하고 있다. 우선 이 시가 '서시'라는 부제를 달고 있다는 것은 이 시가 전체 시편으로 들어가는 관문이거나 압축 상징도mise en abyme를 이루고 있다는 것을 가리킨다. 그것은 상징을 유보시키는 시인의 의도와 관계없이 서시의 존재론적 지위로부터 나오는 것이다. 독자는 그렇게 읽을 수밖에 없고 시인 역시 그 점을 염두에 두고 부제를 붙였을 것이다. 그런데 이 시는 문자 그대로 읽을 수도 있고 비유적으로도 읽을 수 있다는 점에서 특징적이다. 문자 그대로 읽는 것은 낚시하는 광경으로 읽는 것이다. 그렇게 읽을 때 이 시는 어떤 어색함도 없다. 비유적으로 읽는 것은 이 시를 시 쓰기에 대한 시인의 태도로 읽는 것이다. 그렇게 읽으면 이 시는 지금까지의 추론을 매우 충실히 뒷받침해준다. 우선, "잔물결을 일으키는 고기를 낚아"챈다는 것. 이제 독자는 이 묘사를 무심히 대할 수가 없다. 왜냐하면 '고기'가 시 쓰기를 통해 드러날 대상의 비유라면 그것은 자신이 어떤 근원적 존재임을 결코 현시하지 않는다는 것을 또한 보여주는 것으로 읽을 수가 있기 때문이다. 그것은 겨우 '잔물결'만을 일으키는 존재에 불과하다. 그럼에도 불구하고 그 고기가 시 쓰기가 지향하는 '존재 그 자체'의 시도의 한 결과인 것만은 분명하다. 그렇다면 여기에는 방향만 있고 상징은 없는 것이다. 그리고 이것이야말로 정직한 태도이다. 상징의 획득은 존재의 배반이기 때문이다. 다음, '한 사내'의 존재. 그것은 날이미지의 현상이라는 시 쓰기의 목표가 주관의 구성적 작업에 해당하는 것임을 그대로 가리킨다. 그리고 그 '사내'가 "호수가 다시 호수가 되도록 기다"린다는 것. 존재의 현상은 '존재 이전'의 준비가 있어야 한다는 것, 그리고 그 '존재 이전'은 또한 존재라는 것을 그것은 가리킨다. 존재의 드러남은 비존재로부터 존재로, 또는 존재로부터 의미로가 아니라 존재로부터 존재로의 이행 속에서 이루어진다는 것이다. 따라서 존재와 존재 사이에는 근접과 대립의 관계와는 다른 관계가 있으리라는 것이다. 왜냐하면 근접은 이상적인 상태를 가정할 때 성립하는 동사이고 대립은 반대의 상태를 가정할 때 성립하는 동사인데, 존재들 사이에는 그런 가정적 이상을 설정할 수 없고, 또한 의미를 거치지 않은 채 존재들 사이에 대립을 가정할 수도 없기 때문이다. 또한, '나무'의 출현. 제4,5행은 한편으로 제목에 반향해 나무가 호수와 마찬가지로 '존재 그 자체'임을 일깨운다. 다른 한편으로는 높이로부터 깊이로의 변화를 통해 '사내'와 연관된다. 그걸 '깊이'로 바라볼 존재는 '사내'이기 때문이다. 첫번째 정보는 독자로 하여금, 깊이로 선 나무를 보니 호수가 다시 호수가 되었음을 깨닫게 해준다. 이것은 존재의 변화를 알려주는 것은 존재라는 것, 혹은 더 과감하게 말해 존재를 변화시키는 것은 존재라는 것을 가리킨다. 그렇다면 존재는 존재의 통로거나 존재의 촉매거나 존재의 작용이라는 것을 암시한다. 이 분석의 연장선상에서 독자는 두번째 지표를 만나게 되는데, 그것은 '사내' 또한 하나의 존재, 다시 말해 이 광경의 목격자가 아니라 참여자임을 알려준다. 독자는 '사내'를 통해서 나무의 깊이를 알게 되었고 다시 나무의 깊이를 통해서 호수의 호수 됨을 알게 되었기 때문이다. 그렇다면 사내의 존재태와 기능은 시의 서술자의 그것들에도 유추적으로 적용될 수 있는 것이 아닐까? 다시 말해 서술자는 얼핏 보아서는 순수 관찰자이자 묘사자인 것처럼 보이지만 실은 시의 광경에의 참여자가 아닐까? '시인의 말'에서 "새와 나무와 새똥 그리고 돌멩이, 이런 물물과 나란히 앉고 또 나란히 서서 한 시절을 보낸 인간인 나의 기록이다"라고 시인이 적었을 때 '나란히'가 가리키는 것이 그것이 아닐까? 마지막으로 "어느새"와 "다시." 순간과 지속이라는 시간적 계기들. 이 시는 이 두 시간적 계기들의 대위법적 변주에 의해서 움직인다. 우선 이 시가 풍경 묘사임을 주목하면 이 시의 문턱에 '어느새'가 있음을 알 수 있을 것이다. 모든 풍경은 '발견'되는 것이니까 말이다. 그런데 이 풍경은 원 모습으로 돌아가는 데서 짧은 완성을 이룬다. 그리고 그 순간은 그 '다시'가 '어느새'의 각성으로 나타나는 순간이다.

'서시'와 시 쓰기 사이의 비유적 관계는 정황적 일치를 통해서가 아니라 세목 하나하나의 적확한 일치를 이룬다. 현상의 즉물적인 묘사로서도 완미한 묘사이고 시 쓰기의 비유로서도 완벽한 진술이다. 자연성과 의도성이, 순간과 지속이, 혹은 이런 말을 해도 좋다면, 정혜쌍수(定慧雙修)가 한 광경으로 압축된 것이다. 본래적인 의미에서의 알레고리, 즉 성 아우구스티누스 시대의 '알레고리'를 보게끔 하는 이 시가 두른 두 겹의 의미장의 원천을 독자는 방금 '서시'의 존재론적 지위에서 찾았다. 시인의 이론적 설명을 통해 표명된 '날이미지'의 의도는 이 시를 순수 묘사이게끔 하는데, 서시의 존재론적 지위는 이 시를 동시에 시 쓰기에 대한 비유적 진술로 받아들이게끔 한다. 일단 이것은 모순이다. 날이미지는 비유를 거부하고 진술은 날이미지에 의미의 떼를 입혀 흐려놓는다. 비유의 세목들의 적확한 일치는 아마도 그래서 나온 것이다. 왜냐하면 그것은 진술을 거의 묘사에 가깝게 만드는 작업이기 때문이다. 그 작업을 통해 앞으로 전개될 시편들에 대한 무궁한 암시를 얻을 수 있게 되었음은 이미 살펴보았지만, 우선은 이 작업 자체가 내포하고 있는 구성적 성질을 확인하는 것이 좋으리라. 그것의 구성적 성질이란 바로 언어가 시의 정황을 드러낸다기보다 시의 정황에 참여한다는 것을 가리킨다. 세부적 정밀성을 통해서 비유가 묘사로, 다시 말해 존재 그 자체로 변화해갔기 때문이다. 그리고 이 완미한 묘사로부터 독자는 '다시' 시 쓰기의 은유를 떠올렸기 때문이다. 이로써 독자는 묘사적 국면에서 꺼냈던 하나의 제안, 다시 말해, 시 내부의 '사내'의 존재태와 기능을 서술자의 그것들에게로 유추해 적용할 수 없을까,에 대한 궁금증을 마침내 덜게 된 것이다. 다만 그 참여의 양상은 방향이 다른 것 같다. '사내'의 참여의 방식은 '어느새'를 유발한다. 나무가 깊이로 선 것을 보니 호수가 '어느새' 호수로 되돌아왔음을 깨닫게 해주기 때문이다. 반면 서술자의 언어는, 다시 말해, 비유의 정밀성은 비유를 '다시' 존재로 복귀시키고 있는 것이다. '사내'와 서술자 사이에도 대위법이 작동하고 있는 것이다.

서시의 방법적 특성은 그것의 존재론적 지위로부터 필연적으로 배태된 것일까? 아니면, 그것은 실상 오규원 후기 시의 일반성에 속하는 것이기도 한 것일까? 이런 질문이 금세 떠오르는 까닭은 그것이 놀랍게도 날이미지의 본래의 의도를 충족시키기 때문인데, 만일 후자의 대답 쪽에 돌을 놓을 수 있다면 '환유적 태도'라는 종래의 판단은 철회되어야 할지도 모른다. 이에 대해서는 잠시 유보하기로 하자.

우선은 서시로부터 얻은 암시를 품에 안고 전체 시편의 존재 현상의 양상과 변주를 더듬어보아야 할 것이다. 다음의 시, 「나무와 돌」

은 후기 시의 특성이라고 알려진 것을 되풀이하고 있는 듯이 보인다.

> 나무가 몸 안으로 집어넣는 그림자가
> 아직도 한 자는 더 남은 겨울 대낮
> 나무의 가지는 가지만으로 환하고
> 잎으로 붙어 있던 곤줄박이가 다시
> 곤줄박이로 떠난 다음
> 한쪽 구석에서 몸이 마른 돌 하나를 굴려
> 뜰은 중심을 잡고 그 위에
> 햇볕은 흠 없이 깔린다 (「나무와 돌」 전문)

이것은 순수 묘사라 할 만하다. 여기에는 '서시'가 보여준 바와 같은 이중적 의미장이 느껴지지 않는다. 다만 첫 행, "나무가 몸 안으로 집어넣는 그림자가"에서 "몸 안으로 집어넣는"이 순수 묘사라기보다 오히려 주관적 비유에 해당한다고 보는 것이 타당하다면, 그것은 이 시 전체가 자기의 그림자를 몸 안으로 집어넣은 것이라서 보이지 않는 '시의 바깥'을 가정하고 있다는 사실에 대한 비유로서도 읽힐 수 있는 게 아닐까, 라는 호기심을 유발한다. 표면적으로는 순수 묘사처럼 보이지만 지각되지 않는 '진술'과 겹을 이루고 있는 게 아닐까, 하는 추측을 낳는다는 것이다.

그다음 시, 「양철지붕과 봄비」도 얼핏 보아서는 묘사의 시, 즉 존재 현상의 시에 해당한다. 그러나 여기에서부터 묘한 붕괴가, 그러니까, 존재의 해체가 멀리서 느껴지는 지진파의 작용처럼 진행되고 있다.

166

붉은 양철지붕의 반쯤 빠진 못과 반쯤 빠질 작정을 하고 있는 못 사이 이미 벌겋게 녹슨 자리와 벌써 벌겋게 녹슬 준비를 하고 있는 자리 사이 퍼질러진 새똥과 뭉개진 새똥 사이 아침부터 지금까지 또닥또닥 소리를 내고 있는 봄비와 또닥또닥 소리를 내지 않고 있는 봄비 사이

이 시가 왜 "붉은 양철지붕의 반쯤 빠진 못과 반쯤 빠질 작정을 하고 있는 못 사이" "아침부터 지금까지 또닥또닥 소리를 내고 있는 봄비와 또닥또닥 소리를 내지 않고 있는 봄비 사이" 같은 진부한 말장난 같은 묘사들을 늘어놓고 있는 것일까? 그러나 이것이 진부하다면 그 존재가 진부하기 때문이며, 그 존재가 진부하다면 독자가 한 번도 그 존재의 실상을 눈여겨보려고 하지 않았기 때문이다. 왜냐하면 실제로 독자가 그 존재를 머릿속에 그려보고자 하면, 그냥 그려지는 것과 그려질 때 감각적 전율을 일으키고야 말 것을 생생하게 느낄 수 있을 것이기 때문이다. 가령, "붉은 양철지붕의 반쯤 빠진 못"은 그냥 보일 수 있지만 그걸 그려본 다음에 "반쯤 빠질 작정을 하고 있는 못"을 그려본다면 독자는 자못 애처롭고도 감질나는 느낌에 사로잡힐 것이다. 그러나 지금 이 자리에서 독자가 주목하는 것은 조금 다른 문제다. 왜 저것이 진부한 말장난처럼 비쳤을까?

두 가지 원인이 있는 듯하다. 첫째, 이 사이의 양쪽에 놓일 존재태가 선명하질 않다는 것이다. 이전의 시들에서 '사이'는 명백한 공간적 개별성들을 양쪽의 표점으로 두고 존재했다. 가령, "좌우의 가로수 사이로 아래위의 집 사이로"(「길목」, 『사랑의 감옥』)나 "대방동 조흥은행과 주택은행 사이에는 플라타너스가 쉰일곱 그루, 빌딩의 창문이 칠백열아홉, 여관이 넷, 여인숙이 둘, 햇빛에는 모두 반짝입니다"

(「대방동 조흥은행과 주택은행 사이」, 『길, 골목, 호텔 그리고 강물 소리』)에서의 '사이'는 가시적인 두 개체 존재의 사이다. "시 외곽의 吳門이나 北塔을/더듬는 달빛도 백양나무 사이로 내려와"(「十全路의 밤」, 『사랑의 감옥』)에서의 '사이'도 "백양나무 가지들 사이"로 읽어야 하니까 마찬가지다. "뜰 앞의 잣나무는 멀리 있는 산보다/집에서는 훨씬 높다/그 높이의 층층 사이의 허공을/빈틈없이 하늘이 찾아들어 잎이며/가지의 푸른 배경이 되어 있다"(「조주의 집 3」)에서 "높이의 층층"은 비가시적인 공간이지만 그러나 관념의 작용에 의해 공간적으로 달리 배치되어 가시성이 부여된 지대들이다. 그런데 "붉은 양철지붕의 반쯤 빠진 못"과 "반쯤 빠질 작정을 하고 있는 못"에서는 그런 공간적 개별성을 찾기가 어렵다. 물론 할 수는 있다. 그러나 그렇게 한다고 해서 그 둘에 대해서 특별한 존재감을 느끼기는 힘들다. 가령 붉은 양철지붕 위의 서쪽 끝에 반쯤 빠진 못이 있고 동쪽 끝에 반쯤 빠질 작정을 하고 있는 못이 있는 풍경을 그려보자. 이때 그려보는 이의 느낌은 붉은 양철지붕의 낡음에 집중되지, 두 개의 못에 달라붙지 않는다. 그러나 그 두 개의 못에서 존재감을 느낄 수 있는 유일한 방법이 있다. 그것은 두 개의 못을 하나의 못으로 보고 그 사이에 시간이 놓여 있다고 가정하는 것이다. 그렇게 가정하면 독자의 시선은 못의 변화에 집중된다. 그리고 바로 앞에서 말한 것처럼 그 변화에 대한 아슬아슬한 느낌이 살아난다. 게다가 시간의 변화로 읽는 게 타당하다면 이 대목에서 그 시간은 거꾸로 배치되었다. 그것은 우선은 평범한 장면에 역동성을 부여하는 기능을 한다. 처음 본 장면은 밋밋하다. 그러나 그것이 반쯤 빠질 작정을 한 때부터 마침내 반쯤 빠진 상태에 이르기까지의 보이지 않는 진행을 다시 그려본다면 그 밋밋한

그림 속에 얼마나 절실한 실존의 몸놀림이 숨어 있는지를 체감할 수 있을 것이다. 그다음 그것은 거꾸로 배치됨으로써 못이 빠져나가는 시간을 연장한다. '작정'이라는 의지를 통해서 반쯤 빠질 작정을 한 못과 반쯤 빠진 못 사이 위로, 온전히 빠질 작정을 한 못과 온전히 빠져 달아난 못 사이의 과정이 한 겹 겹쳐지는 것이다.

이 시가 진부한 말장난처럼 비친 또 하나의 원인은 체언만 있고 용언이 없다는 데에서 기인한다. 이 시는 문법적으로는 주어만을 보여주거나 목적어만을 보여준다. 기본 문장은 다음 둘 중의 하나다.


(1) A와 A′ 사이 (는 …… 하다)
(2) (나는) A와 A′ 사이 (를 본다.)


이 기본 문장에 주어 혹은 목적어가 복수(네 개)로 붙은 게 이 시의 문법적 구조이다. 독자는 제시된 사물들만큼 그에 대한 기대를 갖지만, 그것들이 어떤 동작도 수반하고 있지 않아서 기대의 충족은 유예된다. 이런 유형의 시는 시인이 이미 여러 번 보여준 것이기도 하다. 최현식은 그 비슷하게 술부가 생략된 시, 「자작자작」을 두고, "이 시에 제시된 정황은 어떤 해석도 거부하며 또한 어떤 해석도 수용한다. 그 까닭은 무엇보다 시인이 고의적으로 서술어를 생략했기 때문이다. 그 텅 빈 의미의 공간은 시니피앙만 공유하는 개개의 '길'들이 어떻게 현상하느냐에 따라, 그리고 우리(독자) 개개인의 경험과 상상력의 수준에 따라 그 내용과 질감을 달리하게 될 것"(「시선의 조응과 그 깊이, 그리고 '몸'의 개방」)이라고 풀이하고 있는데, 제시된 체언들이 확보하고 있는 선명성과 탄력에 따라 그 풀이는 합당할 것이다. 다시 말해 날이미지의 존재태가 잠재적 의미 가능성의 폭과 크기를 결정하며 또한 그것이 독자가 시 위에 얹게 될 내용과 질감을 결정한다는 것이다. 한데 지금 읽고 있는 「양철지붕과 봄비」는 첫번째 원인 분석에서 본 것처럼 아주 오래 음미할 때에만 그 존재태를 느낄 수 있다. 그렇다는 것은 이 시의 '존재들'은 첫눈에는 밋밋한 사물들처럼 나타난다는 것을 뜻한다. 왜 밋밋한 존재일까?

분명, 이 밋밋한 양철지붕이며 봄비며 새똥들은 시간과 관계가 있고 또한 저 절단된 구문과도 관계가 있다. 독자는 이것을 두고 조금 전, 여기에서 존재의 해체가 일어나고 있다고 말했는데, 그것은 바로 이 존재의 미미함을 두고 한 말이다. 왜 미미한 존재이고, 왜 시간인가? 독자는 시인의 의도가 '존재 그 자체'의 현상임을 알고 있다. 그것은 의미화 혹은 비유의 거부를 통해 출발했다. 삶의 진면목에 다가가기 위해서다. 그런데 그 순간, 지금까지의 분석에 근거하면, 삶의 진면목과 만나는 순간 시는 자기 배반의 모순에 노출된다. 진면목＝진실＝진리＝신성함…… 이라는 가속화되는 비대화의 등식 때문이다. 그 등식으로 인해 존재 그 자체는 '어느새' 최고의 의미로 돌변하는 것이다. 그런 모순의 함정에서 벗어나려면 말 그대로 의미가 없는 존재 그 자체를 만나는 것이다. 그러나 동시에 순수한 무의미로서의 존재는 현상될 매력을 상실한다는 것 또한 분명한 진실이다.

실로 존재란 '무'에 불과한 것이다. 개념화되지 않은 사물, 형태가 부여되지 않은 질료는 그 자체로서는 아무것도 아니다. 이것이야말로 진실이다. 그리고 이 진실은 앞 항목을 비대화시키지 않는다. 존재의 진면목＝진실의 등식은 존재를 진실로 대체함으로써 존재를 과장한다. 반면, 존재의 진면목＝무＝진실의 등식은 과장을 발동시킬 수가 없다. 무가 충만이 될 수는 없기 때문이다. 그런데 이 아무것도 아닌 것을 현상해 어찌하겠다는 건가?

시간은 바로 여기에서 자신의 운행을 시작한다. "시간은 존재의 관계"(『지각의 현상학』, Gallimard, 1945; 류의근 옮김, 문학과지성사, 2002)라는 간명한 명제를 제시한 사람은 메를로-퐁티인데, 이 명제는 실로 많은 것을 함축하고 있다. 그것은 존재가 칸트적인 의미에서의 '물 자체'가 아니라 무라는 자각에서 태어난다. 그러나 현상학의 의미심장한 발견은 그 아무것도 아닌 것이 지향성의 존재라는 것, 무엇을 향한 의식이라는 것이다. 그것은 아무것도 아니기 때문에 변화하려고 한다. 이미 '무엇'인 것은 변화할 이유가 없다. 이미 충만인 존재는 존재를 변모시켜야 할 까닭이 없다(그것을 메를로-퐁티는 약간 다른 방향에서 "객관세계는 충만하여 시간이 들어설 자리가 없다"고 말한다). 그것은 지향성의 존재는 존재 결여를 존재 형식으로 갖는다는 것을 가리킨다. 아무것도 아닌 존재는 의미 결핍의 존재이다. 이 의미 결핍의 존재가 의미를 향해 나가려고 할 때 그리고 그 의미가 번쩍이는 상징으로 번개처럼 주어지는 것이 아니라고 생각할 때, 다시 말해 그것은 그의 팔자가 아님을 인정할 때, 그 장소도 실체도 알 수 없는 의미를 향해 가는 움직임은 의미에 대한 욕망을 자신의 존재에 투사하는 행위에서만 유일한 통로를 찾는다. 그 순간 존재는 존재 결여로서 존재의 이행에서만 의미를 구한다. 바로 그것이 시간성의 의미이다. 시간성은 누적 혹은 연속이 아니라 이행이다.

독자는 「양철지붕과 봄비」에서 처음으로 시간성이 작동하기 시작했다고 생각한다. 물론 존재의 시간성에 대해서 시인 자신의 언급이 이미 있었고 그에 근거해 그의 시에서 공간의 시간화를 보려고 한 시도들이 있었던 것도 사실이다. 또한 이전에도 시간을 다룬 시편들이 적지 않게 있었다는 것도 독자는 알고 있다. 그러나 그 시간들은 공간의 분절면 혹은 계기로서의 시간이라는 게 독자의 판단이다. 가령,

> 땅과 제일 먼저 태어난 채송화의 잎 사이 제일 먼저 태어난 잎과 그 다음 나온 잎 사이 제일 어린 잎과 안개 사이 그리고 한 자쯤 높이의 흐린 안개와 수국 사이 수국과 수국 곁에 엉긴 모란 사이 모란의 잎과 모란의 꽃 사이 모란의 꽃과 안개 사이 (「오늘과 아침」, 『토마토는 붉다 아니 달콤하다』)

에서 시간은 존재의 달라짐을 표지하는 계기들이다. 그것은 지금까지 시인이 존재의 현상에 집중해온 결과로 보인다. 그런데 「양철지붕과 봄비」에서 발동된 시간은 변화된 사물들 사이의 차이를 가리키는 표지가 아니라 변화의 과정 그 자체, 즉 '변화하다'라는 동사의 존재태이다. 빠져나가는 동작, 녹이 스는 동작에서 우리가 그것의 존재감을 느끼게 되니까 말이다. 계기가 아니라 동작이라는 것을 특별히 주목해야 할 까닭은 무엇인가? 그 문제를 좀더 명제적 방식으로 표현하고 있는 것은 그다음 시, 「허공과 구멍」이니 잠시 인용하기로 하자.

> 나무가 있으면 허공은 나무가 됩니다
> 나무에 새가 와 앉으면 허공은 새가 앉은 나무가 됩니다
> 새가 날아가면 새가 앉았던 가지만 흔들리는 나무가 됩니다
> 새가 혼자 날면 허공은 ①새가 됩니다 새의 속도가 됩니다
> ②새가 지붕에 앉으면 새의 속도의 끝이 됩니다 허공은 새가 앉은

지붕이 됩니다

지붕 밑의 거미가 됩니다 거미줄에 날개 한 쪽만 남은 잠자리가 됩니다

지붕 밑에 창이 있으면 허공은 창이 있는 집이 됩니다

방 안에 침대가 있으면 허공은 침대가 됩니다

침대 위에 남녀가 껴안고 있으면 껴안고 있는 남녀의 입술이 되고 가슴이 되고 사타구니가 됩니다

여자의 발가락이 되고 발톱이 되고 남자의 발바닥이 됩니다

삐걱이는 침대를 이탈한 나사못이 되고 침대 바퀴에 깔린 꼬불꼬불한 음모가 됩니다

침대 위의 벽에 시계가 있으면 시계가 되고 멈춘 시계의 시간이 ③<u>되기도 합니다</u>

사람이 죽으면 허공은 ④<u>사람이 되지 않고 시체가 됩니다</u>

시체가 되어 들어갈 관이 되고 뚜껑이 쾅 닫히는 소리가 되고 땅속이 되고 땅속에 묻혀서는 봉분이 됩니다

인부들이 일손을 털고 돌아가면 허공은 돌아가는 인부가 되어 뿔뿔이 흩어집니다

상주가 봉분을 떠나면 묘지를 떠나는 상주가 됩니다

흩어져 있는 담배꽁초와 페트병과 신문지와 누구의 주머니에서 잘못 나온 구겨진 천 원짜리와 ⑤<u>부서진 각목과 함께</u> ⑥<u>비로소 혼자만의 오롯한 봉분이 됩니다</u>

얼마 후 새로 생긴 봉분 앞에서 집으로 돌아가는 길이 달라져 잠시 놀라는 뱀이 됩니다

뱀이 두리번거리며 봉분을 돌아서 돌 틈의 어두운 구멍 속으로 사라지면 ⑦<u>허공은 어두운 구멍이 됩니다</u>

어두운 구멍 앞에서 ⑧<u>발을 멈춘</u> 빛이 됩니다

어두운 구멍을 가까운 ⑨나무 위에서 보고 있는 새가 됩니다

이 시의 기본 문법은

  P이면 Q이다

이다. 그러나 좀더 꼼꼼히 들여다보면, 약간의 수정을 가해야 함을 알 수 있다. 왜냐하면 여기에서 동사는 존재 동사, '이다'가 아니라 생성 동사 '되다'이기 때문이다. 그래서 수정을 한 구문은,

  P이면, Q가 된다

이다. 그러나 「허공과 심장」은 그 이상을 말하고 있다. 읽으면 바로 알 수 있듯이, 존재가 출현하면 허공이 그 존재가 된다는 명제를 기본 명제로 하고 있기 때문이다. 따라서 위 구문을 좀더 정확히 쓰면,

  P이면, Q는 P가 된다

가 된다. 이것은 명백히 환유적인 구문이다. 다시 말해, 즉각적인 동일시를 조건절로 억제하고 있다. 그러나 이것뿐만이 아니다. 밑줄 친 대목들은 동일시와는 다른 전환을 보여주는 것들이다. ①은 동일화의 다양성을 가리키고 있다. 그것은 P가 하나인데 동시에 하나가 아닐 수 있다는 것을 보여준다. 한편 ③은 동일화의 임의성을 가리키고

있다. 'Q는 P가 될 수도 있고 P₁이 될 수도 있다'는 것이다. 이 둘은 동일화의 범주 안에 놓여 있기는 하지만 동일화로부터 필연성을 빼앗는다. 본래 동일화의 밑바닥에 도사린 욕망은 상승, 더 나아가 절대성에 대한 욕망이다. 더 나은 존재 혹은 최상의 존재가 되고자 하는 것이 아니라면 다른 존재가 될 까닭이 없는 것이다. 그런데 ①은 존재로부터 존재의 지위를 박탈하며, ③은 허공을 기계적 수용체가 아닌 탄력적 수용체로 설정한다. ④는 사실 기본 구문의 변형이다. 'P이면'이 'P가 -P가 되면'으로 바뀌어 '-P면, Q는 -P가 된다'가 된 것이다. 그럼에도 불구하고 조건절의 변형은 ①의 경우와 마찬가지로 존재의 지위를 추락시키는 기능을 한다(인간은 언제나 살아 있는-인간인 것이 아니라 죽을 수도 있다. 그때 죽은 인간은 인간이 아니라 시체다). 이 셋은 그러니까 동일화의 범주의 자잘한 혼란을 유발한다. 그 혼란이 ②에서는 급격한 전복의 조짐을 보인다. "새의 속도의 끝이 됩니다"의 주어를 어떻게 두는가에 따라 논리가 달라질 수 있기 때문이다. 자연스럽게 읽자면 '허공'을 주어로 놓을 수 있을 것이다. 그럴 때 ②는 ③과 같은 구문이다. 그러나 시는 묘하게도 '허공'의 술부를 "새가 앉은 지붕이 됩니다"로 한정해놓았다. 이 때문에 독자는 "새의 속도의 끝이 됩니다"의 주어는 허공이 아니라 '새'가 아닐까, 라는 의혹을 품게 된다. 즉,

새는 새의 속도의 끝이 됩니다. 〔반면〕 허공은 새가 앉은 지붕이 됩니다

로 읽고 싶은 마음이 이는 것이다. 그렇게 읽을 때 구문의 형식은,

P이면, P는 Q가 된다

가 된다. 이 구문은 몇 개의 문장을 압축시켜놓은 것이다. 그 몇 개의
문장은,

(1) 새는 새의 속도이다;
(2) 지붕에 앉은 새는 속도를 멈추었다;
(3) 지붕에 앉은 새는 새의 끝이 된다;
(4) 새의 끝은 허공이다

이다. 그리고 논리의 직렬적 연쇄 속에서,

(5) 허공은 지붕이 된다

가 출현한다. 이 두번째 독법을 통해서 드러난 광경은 동일화가 아니
라 이질화이다. 이 이질화는 동일화를 위한 우회로서의 이질화, 즉
하이데거적 의미에서의 귀향을 위한 이향 혹은 '망각'이 아니라, 문
자 그대로의 이질화이다. 이 이질화는 일차적으로는 동일화의 실패이
지만 동일화의 성공(은유)에 대비된 실패, 즉 환유가 아니다. 이것은
존재들 사이의 유사성과 다름의 범주가 사라지고 오직 독립성만이 남
는다는 것만을 가리킨다. 그러나 독립성만이 남는다고 해서, 아니 차
라리 독립성만이 남은 덕분에, 지향성, '무언가가 되고자 하는 움직
임'은 더욱 강화된다. 과연 ⑤에서 시는 뜬금없이 이질적인 사물을

176

제시한 후(장지에 남겨진 "부서진 각목"은 무엇일까? 무엇을 태우는 데 쓰인 나무가 남은 것일까? 아니면? 이것은 정말 해석의 허공이다), ⑥에서 허공은 "혼자만의 오롯한" 존재가 된다. 여기에서는 조건절이 개입하지 않는다. 문자 그대로의 의미로서. 여기에서의 구문은, 'Q는 P가 된다'가 아니라,

      Q는 R이 된다

이다. 그리고 이어지는 시행들은 '허공'의 다양한 존재 됨을 보여주고 있는데, 이것은 ③과 같은 탄력적 동일화의 구문이 아니다. 이 시행들에서 허공(Q)은 '뱀'(S) '어두운 구멍'(T) '발을 멈춘 빛'(U) 그리고 '새'(P)가 된다. 이질화의 연쇄가 일어난 것이다. 그러나 이 이질화는 놀랍게도 지향성을 강화한다. 독자는 방금 제5행에서 최초의 균열이 일어난 이후, 제17행에서 유사성과 다름이라는 동일화의 범주가 무너진 문장이 출현했음을 보았다. 그 문장은 그런데 이질적인 사물과 더불어 이질적인 구문들을 동반한다. 그것들은 조건절이 아니라 '와'와 '함께'로 연결된 대등절이다. 이 대등 구문들이 무슨 기능을 하는지는 아직 알 수가 없다. 다만 이야기의 내용상 대등 구문에 포함된 존재들이 버려진 것들이라는 것만 알 뿐이다. 그렇다면 이 "혼자만의 오롯한 봉분"도 버려진 것인가? 그런 의문을 안은 채 독자는 이어지는 시행들에서 이질화의 연쇄를 본다. 그런데 이 이질적 존재들이 특이하다. '뱀'은 일단 중성적이다. 그러나 '어두운 구멍'은 원래의 구문 형식(P이면, Q가 된다)을 따라서 태어난 것이다. 그런데 이번에는 '사라진 뱀'이 되지 않고 '뱀이 사라진 장소'가 되었

다. 이 장소는 일단은 앞의 행들에서라면 동일화가 전제되어야 할 장소에서 동일화의 실패가 일어났음을 가리킨다. 조건절을 동반한 복합 구문들에서는 억제되는 방식으로 전개된 존재의 드러남(동일화)이, 대등 구문에서는 존재가 드러나는 방식으로 해체가 일어나는 것이다. 그런데 거기에 붙은 동작들은 이어지면서 또 다른 사건을 연출하고 있다. '어둠' → '어둠 앞에 발을 멈춘 빛' → '어두운 구멍을 가까운 나무 위에서 보고 있는 새'로 이동하는 과정은 '어둠 자체' → '어둠 앞에 빛이 쬐임' → '바라봄'이라는 하나의 실에 꿸 수 있는 연속적 동작으로 읽히는 것이다. 그것은 동일화의 실패에도 불구하고 그 타자가 되어버린 것에 대한 지향성은 강화되고 있는 사태를 보여준다. 그러니까, 대등 구문화는 이질화를 낳고 이질화는 어둠을 낳고 어둠은 어둠을 알고 싶어 하는 궁금증을 배가하는 것이다. 이 궁금증은 허공의 것이다. 즉 이 절차는 허공에 의지를 부여할 뿐만 아니라 그 의지를 강화한다.

이제 독자는 동사(시간)의 작용을 어느 정도 이해하였다. 그것을 다시 한 번 요약하면 다음과 같다.


(1) 시간의 이동은 존재의 작용이다. 즉, 시간은 존재 됨이다;

(2) 존재의 작용은 존재의 이행이다;

(3) 존재의 이행은 드러남의 방식으로('어느새') 해체가 일어나기 때문에 지속된다('다시');

(4) 그런데 이 지속적 존재 됨은 존재 결여인 존재의 의지의 지속이다.


이제 「양철지붕과 봄비」로 돌아가보자. 계기가 아니라 동작인 시간의 존재태에 대해 알아보기 위해 지금까지 우회하였다. 그 우회 속에서 마지막으로 얻은 정보는 존재 결여인 존재의 의지이다. 시간성은 의지의 실행이다. 시간이 존재의 이행이라면 존재의 이행은 주관의 구성이라는 애기가 된다. 그런데 이 주관은 시의 주관이기도 한가? 「양철지붕과 봄비」에서 독자는 시간성이 시의 존재를 이루는 광경을 처음 보았다고 했다. 그렇다면 이것은 주관의 구성인가? '빠진 못'과 '빠질 못,' '녹슨 자리'와 '녹슬 준비를 하고 있는 자리,' '퍼질러진 새똥'과 '뭉개진 새똥,' '또닥또닥 소리를 내고 있는 봄비'와 '소리를 내지 않고 있는 봄비'는 대상(존재)의 현상으로부터 대상의 의지를 보고 있는 듯하다. 그것들은 '발을 멈춘 빛' '보고 있는 새'와 동일하다. 그러나 좀더 자세히 들여다보면 약간의 문제가 있다. "퍼질러진 새똥"과 "뭉개진 새똥" 사이에는 현상으로부터 의지로의 이동이 느껴지지 않는다. 퍼질러진 것과 뭉개진 것 사이에서 어떤 변화를 읽을 수는 없기 때문이다. 또한 "아침부터 지금까지 또닥또닥 소리를 내고 있는 봄비"와 "또닥또닥 소리를 내지 않고 있는 봄비"는 어떻게 된 것일까? 이 마지막 대목은 머리에 떠올리기 힘들다. 물론 "또닥또닥 소리를 내고 있는 봄비"는 금세 짐작할 수 있다. 하지만 "소리를 내지 않고 있는 봄비"란 대관절 뭐란 말인가?

마지막 문장에 대해서는 두 가지 해석이 가능하다.

첫째, 저 두 봄비 사이에 시간을 넣는 것. 그것은 이 문장을 최초의 문장과 동일한 형식의 문장이 되게끔 한다. 그렇다면 이 시는 가장 보편적인 리듬 형식 aaba를 갖는 시가 된다. 리듬은 되풀이를 통해 발생하는 것이며 b("퍼질러진 새똥과 뭉개진 새똥 사이")의 이탈은 그 되풀이에 긴장을 부여하는 기능을 한다. 둘째, 두 봄비 사이에 공간적 거리를 넣는 것. 소리를 내는 봄비와 소리를 내지 않는 봄비는 공간적으로 다른 장소에 내리는 비라는 것이다. 그런데 이것은 느낌이 잘 오지 않는다. 왜냐하면 비는 편재적인 것이라서 모든 공간에 공평하게 내리는 것이고 그 공평성에 근거해서 소리 역시 편재적이라고 생각하기 십상이기 때문이다. 그러나 '또닥또닥' 소리를 내는 비는 양철지붕 위에 내리는 것만이 가능하다. 다른 곳에 내리는 것은 소리를 내더라도 다른 소리를 낼 것이다. 그런데 이 비는 '봄비'이다. 봄비에 대한 의성어는 사전에 나타나지 않는다. 봄비에 대한 한정어로는 '솔솔'이 유일한데 그것은 소리가 아니라 모양을 가리킨다. 실로 봄비는 소리 없이 내리는 비이다. 그렇다면 이 마지막 문장은 어색한 문장이 아니다. 그런데도 이 구절로부터 느낌이 오지 않는다면 그것은 이 구절에 개연성이 없어서가 아니라 실감할 수가 없기 때문이다. 이 "또닥또닥 소리를 내지 않고 있는 봄비"가 흙 마당에 내리는 비라고 생각해보자. 그것이 거기에 내린다고 해서 무슨 의미가 있단 말인가? 양철지붕 위에 내리는 봄비와 뜰 위로 내리는 봄비 사이에 무슨 특별한 사건이 있단 말인가? 그것은 "반쯤 빠진 못과 반쯤 빠질 작정을 하고 있는 못 사이"가 유발하는 아슬아슬한 느낌은커녕 어떤 느낌도 주지 않는 것이다. 그러나 만일 그 뜰에 시인이 있는 광경을 그려본다면?

그렇다. 보이지 않는데 살아 있는 무언가가 있는 것이다. 즉 풍경 속에서는 보이지 않는데 시 안에서는 보이는 무언가가 있다. 그것은 바로 언어이고 언어의 실행자인 시인이다. 풍경은 풍경을 바라보는 자를 통해서만 나타나는 것이다. 묘사를 실행하는 언어의 장소에는 묘사자의 존재가 어른거리고 있는 것이고 그 존재의 움직임이 느껴지지 않는다면 그 풍경은 한갓 장식에 지나지 않는 것이다. 양철지붕 위의 '못'과 '녹'과 '새똥'과 '봄비'를 한눈에 보는 자는 어디에 있는 것일까? 아마도 뜰에 있을 것이다. 아니면 지붕에 올랐거나. 낮은 양철지붕이라면 전자일 터이고 높은 양철지붕이라면 후자일 것이다. 그러나 한국의 시골집의 양철지붕은 대체로 낮은 양철지붕이다. 그것은 "또닥또닥 소리를 내지 않고 있는 봄비"의 자리에 풍경을 바라보는 자, 시인이 있다는 것을 가리키고 그리고 바로 이어서 시인이 시방 봄비에 젖고 있다는 것을 가리킨다(소리가 없는 것에 미루어 보면 시인은 우산을 쓰고 있지 않다). 그러니까 시인은 지금 풍경을 묘사하고 있는 것만이 아니다. 시인은 풍경 속에 참여하는 방식으로 풍경을 묘사한다. 양철지붕 위에서 빠지려는 못과 녹스려고 작정하고 있는 자리와 또닥또닥 소리를 내는 봄비는 시인이 봄비에 젖을 때에야 실감을 띠고 제 모습을 드러낸다. 주관의 구성적 참여가 없으면 풍경은 드러나지 않는다.

드디어 독자는 존재의 드러남에 주관이 가담하는 광경을 보고야 만 것이다. 풍경의 완성에 시선이 참여하는 광경을. 시의 무대에 언어가 구성적으로 개입하는 방식을. 여기까지 와서 독자는 이 시가 밋밋한 말장난이기는커녕 풍경의 이행 자체라는 것을 알아차린다. 또한 그 시가 처음에 밋밋한 모습으로 눈에 띈 것은 독자의 안목이 낮아서라기보다는 그것이 필연적이기 때문임도 알아차린다. 왜냐하면 지금까지의 분석을 통해서 독자는 오규원의 후기 시가 드러내는 존재가 광채 나는 존재가 아니라 아무것도 아닌 존재들임을 알았기 때문이다. 그 존재가 아무것도 아닌 존재라는 것은 「그림과 나 1」, 「사람과 집」, 「타일과 달빛」 같은 평범한 이름들 사이의 이행을 무차별적으로 열거하고 있는 시에서 더욱 분명하게 나타난다. 그런데 오규원의 시가 그 다음에 보여주는 것은 아무것도 아닌 존재들만이 존재의 이행이 가능하다는 놀라운 사실이다. 이 진술에 '놀랍다'는 관계절을 붙인 것은, 그 발견이 지금까지의 오규원 후기 시에 대한 통념을 뒤집고 있기 때문이다. 그리고 이어서 독자는 그 존재의 이행은 시간의 근본적 성질이고 그 시간성은 주관의 구성적 참여에 다름 아니라는 것을 알게 되었다.

그런데 한 가지 사실이 더 추가되어야 할 것 같다. 독자는 「양철지붕과 봄비」의 마지막 문장에서 두 가지 해석이 동시에 가능함을 보았다. 그런데 이 이중적 독서의 가능성은 오규원 시의 특별한 사실인 것처럼 보인다. 왜냐하면 독자는 서시, 「호수와 나무」에서도 그것을 보았기 때문이다. 「허공과 구멍」은 어떠한가? 이 시가 이질화를 향해 간 길은 이미 충분히 보았다. 그런데 이 이질화의 연쇄의 마지막 시행은 "어두운 구멍을 가까운 나무 위에서 보고 있는 새가 됩니다"이다. 문득 독자는 이 시가 첫머리에 이어지는 것을 본다. 「허공과 구멍」의 전체 윤곽은

　　……허공은 나무가 됩니다
　　……허공은 새가 앉은 나무가 됩니다
　　……………………………………………
　　………………………허공은……구멍이 됩니다
　　………………………나무에 앉은 새가 됩니다

이다. 약간 어긋나는 방식으로 수미쌍관의 틀을 이룬 것이다. 이 시

의 주체를 시간성 자체라고 본다면 이 시간성이 연출하는 것은 동일화의 유보적 전개로부터 이질화의 연쇄로의 이탈적 이행이다. 그런데 그 이행이 그린 전체적인 궤적은 원점으로의 귀환이다. 다만 두 가지 다른 특징이 있다. 하나는 약간 어긋나는 방식으로 귀환한다는 것이다. 그것의 기능을 알기란 어렵지 않다. 약간 어긋나는 것은 동적 긴장을 발동시키는 것이다. 이 시의 시간성에서 주체의 의지가 강화된 것과 마찬가지로 전체 윤곽의 귀환적 구조에도 동적 긴장이 일고 있다. 평범한 이름들의 나열 위로 "일렁이는 공기"(「그림과 나 1」)처럼.

여기까지 온 독자는 이 시집의 전체 시편이 두 개의 존재를 이어 붙인 대등 구문으로 이루어졌다는 사실을 깨닫는다. '하늘과 침묵' '골목과 아이' '사진과 나'…… 이것들은 얼핏 이질적인 두 요소의 결합처럼 보이지만 실은 약간 어긋나는 방식으로 상응하는 것이 아닐까? 어쨌든 이중 해석의 가능성은 이제 이중 구조로 바뀌어 이해된다. 그 이중 구조는 편재적이다. 그것은 시 전체에서도 작동하며 시의 특정한 부분에서도 작동한다. 아마 시집 전체에서도 작동할 것이다. 시집은 '나무와 돌' '강과 나' '뜰과 귀' '사람과 집'이라는 네 장으로 이루어져 있는데 순차적으로는 이질화의 연쇄가 일어나고 있다. 장의 제목들을 추상화시키면, '자연1과 자연2' → '자연과 인간' → '인간의 외적 장소와 인간의 내적 일부' → '인간과 인간의 내적 장소'라고 할 수 있기 때문이다. 이질화는 시편들의 배열에서도 보인다. 「호수와 나무」→「나무와 돌」, 혹은 「허공과 구멍」→「하늘과 침묵」, 이런 식이다. 그런데 전체적으로는 첫 장인 '나무와 돌'과 마지막 장 '사람과 집'은 자연과 인간으로 서로 대응하고 있다. 각 장에 속한 첫 시와 마지막 시도 대응하거나 귀일한다. 물론 약간 어긋나는 방식으로. 가령 첫 장의 「호수와 나무」와 「그림과 나」가 대응하고 있다면, 두번째 장의 「하늘과 두께」와 「도로와 하늘」은 상응한다. 세번째 장의 「유리창과 빗방울」과 「돌멩이와 편지」에서 대응과 귀일의 동시성을 느낄 수 있는 독자는 적지 않을 것이다. 마지막 장의 「편지지와 편지봉투」와 「집과 소식」은 어떠한가? (그러나 시집 전체, 즉 모든 시편들의 구성에 대한 정밀한 분석은 차후로 미루기로 하자.)

그렇다면 이 시집의 이중 구조는 우연한 것이 아니다. 그런데 이것은 문자 그대로 읽힐 필요가 있다. 이중 구조는 다중 구조가 아니라는 것이다. 그렇다는 것은 이 이중 구조가 확산의 방식이 아니라, 분명 상호 대응 및 상응의 방식으로 구축되었다는 것을 뜻한다. 이질화의 전개를 원환적 자장이 감싸고 있는 것이다. 다시 한 번 인용하자면, '일렁이는 공기'처럼. 그렇다면 얼핏 절단된 것처럼 보이는 시들도 실은 그 원형적 자장에 감싸여 있는 게 아닐까? 「양철지붕과 봄비」처럼 체언만 있고 용언은 없는 시를 두고 던지는 질문이다. 그런데 독자는 이미 이 시에서 보이지 않지만 살아 있는 존재가 겹을 대고 있음을 보았다. 마찬가지로 이 체언만 있는 시에 용언은 체언 안에 말려 있는 것이 아닌가? 체언이 문자 그대로 딱딱한 사물로 거기에 있는 것이 아니라, 이미 동작을 실행하는 양태로 거기에서 무언가가 되어가고 있는 것이다. 그러니 체언은 용언을 자신의 "몸 안으로 집어넣"(「나무와 돌」)고 있는 것이라고 할밖에.

이 원환적 자장을 곧바로 동일화라고 말할 수는 없다. 그러나 그것이 동일화를 향한 움직임이라고는 말할 수 있다. 그것은 결국 존재의 드러남이 의미의 생산을 꿈꾸고 있다는 것을 가리킨다. 비유의 거부는 은유의 꿈을 먹고 사는 것이다(아무래도 독자는 '환유적 태도'라는 용어 자체를 폐기하고 싶어 하는 것 같다). 그러나 이미 보았듯이 존재의 드러남이 즉각적인 의미의 현현이 될 수가 없다면, 다시 말해 비유의 거부가 상징의 달성이라는 자가당착에 빠져서는 안 되는 것이라면 거기에 뭔가 다른 일들이 또 있어야 할 것 같다. '약간 어긋나는 방식'으로는 동적 긴장일 뿐만 아니라 동일화의 궁극적인 유예로서 기능한다. 그것도 다른 일 중의 하나인데 그것은 아무것도 아닌 존재가 무엇이 되려고 할 때는 필연적인 현상이다. 그 유예가 동작에 계속 힘을 불어넣기 때문이다. 그런데 또 다른 일이 있다. 그것이 바로 저 이중 구조에 붙은 또 다른 두번째 특성인데, 원환적 자장 안에서 지위의 교대가 일어나고 있다는 것이다. "새가 앉은 나무가 됩니다"가 "나무에 앉은 새가 됩니다"로 바뀐다는 것이다. 허공과 구멍 사이에도 같은 교대가 일어난다. 허공은 도드라진(양각된) 빈자리이고 구멍은 들어간(음각된) 빈자리이니까 말이다. 궁극적으로 이 교대는 대상과 주관의 교대이다. 그것은,

　　대상의 의지화(사물이 그 자체로 지향성의 존재라는 것)와
　　주관의 존재수용체화

라는 최초의 이중적 사건을 통해 대상과 주관의 전도가 일어난 다음에,

　　존재의 의미 결여와
　　주관의 의지화

라는 이차적 전도에 의해 대상과 주관이 모두 의지를 가진 존재 결여

의 존재로 환원된 뒤에 두 존재에게 심어진 호환성의 결과이다. 하지만 그것은, 존재 결여의 궁극적 존재형식이 시간성이라면, 그 시간성 자체가 무차별적 무한 변전에 휩쓸리지 않고 의지의 지속과 통일을 갖추기 위해 필연적으로 요청되는 사건이기도 하다. 그 지위 전환은 상대에 대한 존중을 전제로 하기 때문이다. 그 존중이 없을 때 그래서 시간의 계기들이 타자들을 자기만을 복제하는 방식으로 끌어들일 때 그 시간성의 무한 변전은 말 그대로 '타성적 계열체(사르트르)'들의 악무한으로 전락할 것이다. 독자는 이제 저 존재의 은폐된 욕망, 즉 은유 혹은 상징에의 꿈이 은폐된 덕분에, 다시 말해 억제된 덕분에, 우리 삶에 남기는 것을 짐작할 수 있게 된다. 그것은 바로 이질화의 연쇄를 원환적 자장 안에 가두는 상호성, 즉 독자가 언젠가 썼던 명칭을 다시 꺼내자면, 사랑의 상대성원리이다. 그 상호성에 의할 것 같으면 존재는 상대에 대한 매혹이 아니라 존중을 통해 자신을 완성한다. 자신을 완성함으로써 대상을 드높인다. 그리고 그것은 시 읽기에 대해서도 똑같이 적용된다. 오규원의 후기 시에서 존재의 광채는 미리 드러나지 않는다. 그 광채는 영원히 지연되는 방식으로 불현듯이 드러난다. 드러나되,

지나가던 새 한 마리가
집에 눌려 손톱만 하게 된 나를
빤히 쳐다보다 (「그림과 나 2」)

갈 뿐이다. 이 새를

며칠 동안 멧새가 긴 개나리

울타리 밑을 기고 깝죽새와

휘파람새가 어린 라일락 가지와

가지를 옮겨다니더니

오늘은 새들이 하늘을 살며

뜰을 비워놓았다 (「빈자리」, 『토마토는 붉다 아니 달콤하다』)

의 새와 비교해 보면 이 시집에 와서 시인이 얼마나 더 철저해졌는지, 다시 말해 얼마나 더 철저히 존재의 이행 자체를 겪고 있는지를 느낄 수가 있을 것이다. 빈자리에 남는 것은 빈자리를 즐길 독자의 오랜 음미이다. 그 음미가 아주 오래 진행되었을 때 그 빈자리가 통째로 한 마리 새로 날아오르겠지만 그날은 결코 오지 않을 것이다. 어쩌면 타액이 홍수가 되어 지층이 붕괴될지도 모른다. 여기는 돈오점수(頓悟漸修)의 세계가 아니라, 돈오돈수(頓悟頓修)의 세계다. 깨달음과 실행은 전면적으로 오겠지만 그렇기 때문에 결코 오지 않을 것이다. 같은 맥락에서, 현상학적 환원이 주관의 전개를 허용하는 것이 아니다. 주관의 전개가 현상학적 환원이다.


3


독자가 새 시집의 문지방 너머로 나머지 한 발을 마저 옮겨놓는 순간, 독자는 몽상에서 깨어난다. 아직 백일몽의 몽롱함에 빠진 채로 독자는 '어느새'가 '어느 새'로 돌변하는 순간적인 환각에 빠진다. 그게 아니다. 어느새 여기까지 걸어왔으니 또한 다시 걸어가야겠다. 그러나 이제는 기운도 떨어지고 주머니도 해졌다. 쇠가 없으니 자꾸 헛것이 뵌다. 훑을 잎새는 아득히 늘어서 있지만 오늘은 여기까지다. 내가 찾아온 길이, 방향이 맞았다면 내가 머문 자리에서 먹을거리와 통행세를 소지한 다른 독자들이 바통을 교환할 수 있으리라. 다만 독자는 여기 주저앉은 채로, 처음 꺼내놓았다가 여직 대답하지 않은 질문을, 남은 주먹밥처럼 우적거린다. 혹시라도 그걸로 이정표를 세우게 될 수나 있지 않을까 헛된 기대를 하면서.

그것은 오규원의 옛 시와 후기 시 사이의 관계를 말한다. 시인의 변모가 매우 명시적이어서 해석자들은 그 사이에 단절의 빗금을 긋기를 좋아했다. 그런데 그 빗금은 어디에 위치해야 하는 것일까? 이런 물음을 던지는 것은, 만일 오규원의 후기 시를 환유적 태도라고 명명한다면, 그런 태도는 사실 오규원의 시에서 아주 오래전부터 시작되었기 때문이다. 김용직의 '해사적 경향'이나 김준오의 '아이러니' 그리고 독자가 언젠가 참 투박하게도 명명했던 '안에서 안을 부수는 공간'(하지만 독자는 얼마 전 『르 몽드』지의 기자가 케르테스의 소설에 대해 똑같은 명칭을 쓰는 걸 읽고는 친구를 만난 양 즐거워한다)은 오규원의 초기 시부터 이미 있었던 것이다. 만일 '날이미지'라는 이름으로 빗금을 90년도 전후해서 긋는다면 날이미지와 아이러니 사이에 놓인 근본적인 변별성이 밝혀져야 하리라. 거기에 잠정적으로 객관세계의 해체와 객관세계의 내면적 경험이라는 빗금을 놓기로 한다. 만일 은유적 태도와 환유적 태도 사이에 빗금을 그어야 한다면 그것은 오규원 시의 시원기, 그러니까 그가 김춘수의 초기 시의 경우처럼 절대관념을 탐구하던 아주 짧은 시기와 그 이후 사이에 그어져야 하리라.

그 점은 시인 자신의 설명에서도 확인된다. 이광호와의 대담(「언어 탐구의 궤적」)에서 시인은 자신의 변화가 「용산에서」(『왕자가 아닌 한 아이에게』)에 와서 결정적인 것이 되었다고 말하면서, 자신이 빠져나온 세계가 「김씨의 마을」의 세계였음을 밝히고 있다. 그리고 날이미지의 세계는 그 이후의 지속적인 탐구의 연장선상에 놓인 것이라고 했다. 이창기와의 대담에서도(이 대담은 『오규원 깊이 읽기』 중 「날이미지의—되돌아보기 또는 몇 개의 인용 2」에 인용되어 있다), 시인은 날이미지의 시들을 역시 초창기에 쓰어진 「현상 실험」의 유명한 구절들과 대조하고 있다. 그렇다면 빗금은 아주 일찍 그어진다.

그런데 빗금을 그렇게 일찍 그을 때 다른 방향에서 한 가지 질문이 불쑥 솟아오른다. 오규원 초기 시의 절대 관념에 대한 탐구는 한국시사에 있어서 아주 희귀한 일이었다. 그 이전에 김춘수의 탐구가 있었는데 오규원의 탐구는 김춘수의 그것보다 더 근본적이었다. 더 근본적이었다는 것은 김춘수의 탐구가 감성에 침윤되어 있었던 데 비해, 오규원에게는 그런 간섭물이 없었다는 뜻이다. 그런데 김춘수도, 오규원도 그 길을 곧 버린다. 김춘수의 경우는 그 원인이 모호한데, 오규원은 "자본주의 현장"이 원인이었음을 밝히고 있다. 절대 관념의 탐구를 버리고 김춘수가 간 길과 오규원이 간 길은 물론 다르다. 그 점에 대해서는 이미 시인이 해명을 한 바가 있고 이남호를 비롯한 몇 몇 평론가도 그 다름을 밝히려고 한 적이 있다. 이 자리에서는 상론을 피하겠다. 다만 오규원이 나아간 길이 절대 관념의 추구라는 애초의 꿈을 버렸는가에 대해서는 독자의 생각은 부정적이다. 다만 그 길이 멀리 돌아가는 길이 되었을 뿐이라고 생각한다. 물론 절대 관념의 추구와 절대 관념의 재현은 아주 다른 얘기이니 다른 독자들께서는 혼동하지 마시기를 빈다. 독자는 그렇게 봐야만 이번 시집에서도 여전히 강력하게 작용하고 있는 은유의 꿈을 이해할 수 있다고 생각한다. 그가 매우 치밀한 논객이라는 사실도 그와 관련이 있다고 생각한다. 그에게 절대 관념이 일종의 강박관념이라는 것은 후기에 씌어진 「빈 컵」(『사랑의 감옥』)에도 잘 나타나 있다. 독자는 이 부분이 같은 4·19 세대 시인 중에서, 특히 언어에 목숨을 걸었던 그 비슷한 시인들 중에서도, 오규원의 변별성을 표지하는 균열의 지점이라고 생각한다. 이에 대해서는 훗날 톺아볼 기회가 있으리라. 희귀한 것은 소중한 것이기 때문이다. 〔2005〕

제5부 빈 들

# 전이 중에 점멸하다 수열 속으로

## ―민족을 발견하던 때의 고은

## 1. 민족시를 보는 세 가지 시각

'민족시'를 이해하는 관점은 대체로 세 가지 정도가 사용되어온 듯
하다.

(1) 민족을 생각하는penser à 시
(2) 민족(적 정서)를 표현하는exprimer 시
(3) 민족(의 삶)을 재현하는représenter 시

(1)은 민족의 위기에 처해 저항의 의지를 고취하거나 민족의 장래
를 걱정하는 시를 가리킨다고 할 수 있다. 이동순은 『민족시의 시정
신』(창작과비평사, 1996)이라는 책 앞부분에서 다음의 시를 소개하
고 있는데 첫번째 관점의 전형적인 예라고 할 만하다.

한평생 나라일만 근심하다가

하늘가에 흰머리가 되고 말았네

봄바람은 어떻게 새 힘을 빌려와서

산더미 같은 나라 근심 불어 흩을까

憂國復憂國 天涯老白頭

春風儻錯力 吹撒隟山憂


이런 시에서 민족시를 판단하는 기준은 소재 혹은 주제에 있다. 어떤 형식으로 씌어졌든 민족을 생각하고 또 생각하다가 머리가 반백이 되는 내용이 들어 있으면 그 시는 최상의 민족시가 된다.(물론 유인석의 저 '나라'가 오늘날 한국에서 맹위를 떨치고 있는 '민족'과 같은 것인가는 달리 생각할 문제일 것이다.)

(2)는 반면 '민족적 서정' 혹은 '민족의 정서'라는 특성이 표현된 시를 가리킨다. 물론 '민족적 서정' 혹은 '민족의 정서'는 하나의 가정이다. 그것은 당연히 존재한다고 가정된 '조선적인 것'의 정서적·시적 양태이다. 이러한 태도는 한국 지식인들의 상당수가 자연스럽게 취해온 태도이다. 적어도 '모더니티'에 대한 최초의 집단적 환멸(3·1운동의 실패) 이후 원래 모더니티에 경도되었던 지식인들이 급격하게 조선의 민요 혹은 '조선심'의 발견에 나선 이후에 점차적으로 확산되어나간 태도이다. 김윤식은 1930년대의 '민족주의' 문학에 대해 언급하면서 "한국 근대사에 있어 광의의 민족주의는 비·반계급주의로 통칭할 수 있는 일체의 주의·사상이라 할 수 있다. 이 어사는 보수적 리버럴리즘을 기저로 하는 우파 모두가 포회(包懷)될 것이다. 따라서 계급주의처럼 자명한 용어는 아니다"[1]라고 진술하고 있는데, 이

진술이 타당하다는 전제하에, 이 당시 한국인들에게 근대적인 것 혹은 일본적인 것에 대응하기 위한 두 가지 착상이 발생했는데, 하나는 '계급적인 것'의 발견에 근거한 프로문학 및 그에 상응하는 '조직적인' 운동이고 다른 하나는 '조선적인 것'의 발견에 근거하면서, 정확한 준거점이 없이 상당수의 식자들에게 퍼져나간 "조선주의를 바탕으로 한 국민문학"[2] 및 그에 상응하는 '자연 발생적인' 충동의 표현이라고 말할 수 있다. 그 한 예로 우리는 다음과 같은 진술을 들 수 있을 것이다.

다만 국경이 없는 미술이라 할지라도 그 민족의 미술이 아름답다는 것은, 그 민족다운 특이한 민족성이 나타났다는 점에서 아름다운 것이다. 조선미술이 아름답다는 것도 조선민족의 특성이 미술작품을 통하여 여실하게 나타나고 있다는 점에서 아름다운 것이니, 만일 조선미술이 중국이나 일본의 미술과 흡사하다면 벌써 조선미술로서의 가치를 잃어버리는 모방의 미술이 되고 마는 것이다.[3]

1927년에 「화단개조」와 「무산계급개조론」으로 프로예술을 주창했던 김용준은 1927년 9월 「프로레타리아 미술 비판——사이비 예술을 구제하기 위하여」에서 급격하게 방향을 전환하여 예술과 사회운동의 근본적인 분리의 관점과 예술의 '예술성'을 옹호한 후, 조선 고유의

1) 김윤식, 『한국근대문예비평사연구』, 개정신판, 일지사, 1985(1976), p.107.
2) 위의 책, p.108.
3) 김용준, 「서론——조선미술은 어떠한 것인가」, 『조선미술대요』, 을유문화사, 1949; 복각판, 열화당, 2001, pp.21~22.

예술적 표현 및 성격을 찾아 나선다. 이 행보의 우여곡절은 무척 흥미로운 대목이지만 이 자리에서 상론할 수 있는 문제는 아니고, 다만 그런 입장(혹은 그런 사유의 과정)이 근대를 산 한국인들에게 광범위하게 퍼져 있었다는 것은 '분명한 사건'임을 지적해두기로 하자. 예전부터 오늘날까지 한국인, 한국 문화, 한국 예술의 특수성을 정의하려는 수많은 시도들이 있었고 지금도 그 충동은 여전하다.

그러나 오늘날 한국 사회를 움직이는 집단 무의식의 하나인 '민족주의'의 겉으로 표명된 입장은 이상의 두 입장과는 무관한 것으로 보인다. '겉으로 표명된' 진술이란, 그것을 심층에서 이루는 내적 성분들에는 앞의 (1) (2)의 생각들이 모두 포함될 수 있으며, 그 이질적인 생각들의 모호한 아말감이 실제적인 민족주의를 이루고 있을 가능성이 크다는 것을 가리킨다. 어쨌든 바깥으로 명시된 입장은 (3)에 해당한다고 할 수 있는데, 이때 '민족문학,' '민족시'는 무엇보다도 한국인의 실제적인 현실에 근거하면서 한국인의 현실을 반영하고 그것을 극복하는 데에 상상과 묘사를 투자하는 문학, 시이다. 다음의 진술은 그 대표적인 예라고 할 수 있다.

일종의 관념유희에 흐르지 않으려면 〔……〕 민족문학의 개념을 고수할 것을 요청하는 어떤 구체적인 민족적 현실이 있어야 한다. 즉 민족문학의 주체가 되는 민족이 우선 있어야 하고 동시에 그 민족으로서 가능한 온갖 문학활동 가운데서 특히 그 민족의 주체적 생존과 인간적 발전이 요구하는 문학을 '민족문학'이라는 이름으로 구별시킬 필요가 현실적으로 존재해야 하는 것이다. 〔……〕 현실적으로, 그러니까 정치·경제·문화 각 부분의 실생활에서 '민족'이라는 단위로 묶여 있는 인간들의 전부 또는 그 대다수의 진정으로 인간다운 삶을 위한 문학이 '민족문학'으로 파악되는 것이 가장 바람직한 때와 장소에 한해 제기될 뿐이며, 그 때와 장소의 선정은 어디까지나 '진정으로 인간다운 삶'에 대한 모든 인간의 염원을 공유하는 입장에서 이루어지는 것이기 때문이다.[4]

1970년대의 젊은 지식인들에게 광범위한 영향을 끼친 이 글이 씌어진 것은 1974년이다. 오늘날 한국 사회에서의 민족문학의 공식적인 입장은 이로부터 발원한 것이라고 할 수 있다. 이러한 입장은 1920, 30년대에 '민족'의 개념에 크게 개의치 않았던 프로문학의 입장 그리고 해방 이후 '문학건설본부'가 주도한 '인민주의민족문학론'[5]과 친연성을 가지고 있는데, 그 내적 연관은, 다시 말해 세 입장 사이에 긴밀한 내재적 연결 고리가 있는지 아니면 1970년대 이후의 민족문학이 차라리 자생적인 것인지는, 분명치 않다.

이 글은 1970년대 이후 오늘날까지 한국문학장의 저변에 광범위하게 퍼지게 된 민족문학의 한 성층으로서의 민족시가 발생하는 경로를 추적하기 위해 고은의 시를 분석하는 것을 목적으로 한다. 고은의 시를 선택한 것은, 그가 1970년 언저리의 회심 이후 누구보다도 열렬하게 상기한 민족문학을 주장하고 또 그 입장에 근거한 시를 써왔다는 사실에 근거한다. 게다가 그는 이런저런 평문을 통해서 항구적인 민

---

4) 백낙청, 「민족문학 개념의 정립을 위해」, 『민족문학과 세계문학』, 창작과비평사, 1978, pp.124~25.
5) "민족의 해방과 국가의 완전동립과 토지문제의 평민적 해결의 기초 위에서 통일된 민주주의적 민족문학"(이원조) ─ 김윤식·정호웅 공저, 『한국소설사』, 예하, 1993, p.287에서 재인용.

족성이라든가 보수주의적인 민족사 신앙을 거부해왔다는 점에서 (3)의 민족문학의 입장에 표면적으로는 가장 가깝다고 할 수 있다.[6]


## 2. 변모의 기점을 둘러싼 가능한 논란들


고은은 허무와 소멸을 노래하다가 민족의 현실에 눈뜨게 되어서 열렬한 민족주의적 시인이자 투사로서 변모한 것으로 알려져 있다. 그 변모는 『文義마을에 가서』(민음사, 1974)라는 한 시집 '에서' 일어났다고 보는 것이 타당하다. 이 진술에 강조를 한 부분은 그의 변모의 양태가 아주 급격했다는 것을 가리킨다. 그의 시는 『문의마을에 가서』'에서부터' 변모의 조짐이 나타나 서서히 발전해 어떤 시기에 본격적인 민족주의 시인의 면모를 드러낸 게 아니라, 『문의마을에 가서』에서 전격적으로 변했다는 것이다.

물론 이와 같은 진술에는 많은 반대되는 의견이 제출되어 있다. 가령 김종철은 시집 『입산』을 서평하는 자리에서 모순되는 두 개의 진술을 한꺼번에 하고 있다. 우선, 『입산』의 세계는 『문의마을에 가서』에서 나타난 경향을 본격화시킨 것인데, "그의 첫 시집의 세계에서 이번 시집에 이르기까지의 변모는 놀랄 만하게 현격한 거리를 가지고 있다"고 말하고는, 이어서 "주목할 것은 그러한 이동의 과정이 급격하게 이루어진 적은 없고, 눈에 뜨이지 않게 서서히 발전해나간 끝

---

6) 하지만 고은의 시를 다루는 평문들에는 그의 '민족'이 초역사적이라는 비판이 가끔 제기되었다. 그런 비판은 고은의 정치적 담론과 모순된다. 실제 시가 어떠한가에 대해서는 세심하게 따져봐야 할 것이다.

에, 그 두 상이한 세계의 모습이 결과로서 부각되었다"<sup>7)</sup>고 주장하고 있다. 초기 시 세계와 중시 시 세계는 '현격히' '상이'한데, 그 근본적인 단절의 과정은 "점진적"이라는 것이다. 이런 진술이 어떻게 가능할 수 있을까? 아쉽게도 그에 대한 설명은 보이지 않는다. 다만 『문의마을에 가서』가 그 단절 혹은 이행의 한가운데에 위치해 있다는 점은 유의할 필요가 있어 보인다. 아마도 이 모순되는 진술을 이해하기 위해서는 단절과 이행의 단계를 구분해야 할 것이다. 즉 어느 순간에 초기 시와의 급격한 단절이 발생했고 그 이후 『새벽길』까지 점진적인 변화를 통해서 그 단절을 완성했다는 것이다. 그렇다면 그 '어느 순간'은 어디에 위치해 있는 것일까?

백낙청의 설명도 같은 방향에서 검토할 필요가 있다. 그는 "1970년대에 세상 사람을 놀라게 한 고은의 변모"가 우선은 "반독재 민중운동의 투사로 나선 일"이었음을 지적한 후, 그 변모의 계기가 "전태일 분신 사건"이었다는 시인 자신의 술회를 상기시키고 나서, "70년대 초엽의 작품을 모은 『문의마을에 가서』에서 이미 시적 변모가 감지된다는 점에서 그 주장은 신빙성이 있다"고 말하고 있다. "그 주장"이란 시인 자신의 술회를 가리킨다. 좀더 분명하게 말하면 전태일 분신 사건이 시인의 '각성'의 계기가 되었다는 술회 속의 주장을 가리킨다. 그런데 이어지는 진술이 묘하다.

아니, 예의 탐미주의자나 허무주의자로서의 명성 그리고 이에 수반되는 갖가지 기행도 참담한 현실에 대한 남다른 감수성과 적응 불능의

---

7) 김종철, 「시와 역사적 상상력」, 『창작과비평』, 1978년 봄호, p.223.

체질을 반영했던 것이라고 할 수 있다. 전투적인 사회참여시는『새벽
길』(1978)에서 절정을 이루지만 이것이 초기 시와의 느닷없는 단절이
라기보다『문의마을에 가서』와『입산』(1977), 그리고『고은시전집』
2에 수록된 '입산 이후' 대목의 과도기적 시편들을 거치는 완만한 변
화를 보이면서 이 시기 특유의 성과를 남기는 것도 그 때문일 것이다.[8]

　이 진술의 의도는 명백하다. 1970년대의 고은의 변모는 갑작스러
운 게 아니라 초기 시부터 예정되어 있었다는 것이다. 그러나 설득력
이 약하다. 초기 시와 중기 시 사이에 연속성을 이을 수 있는 근거로
평론가는 "참담한 현실에 대한 남다른 감수성과 적응 불능의 체질"을
들고 있는데, 그런 감수성과 체질은 고은뿐만 아니라 시인이라면 누
구나 갖고 있는 것이다. 그 점을 그도 '무의식적으로-의식'했던 것은
분명해 보인다. 왜냐하면 다음 문장에서 자신의 주장을 '추정'("그 때
문일 것이다")으로 돌리는 한편, 그 추정을 가능케 한 근거를 중기 시
내부의 완만한 변모에서 찾고 있기 때문이다. 그러나 중기 시의 변모
가 완만하다고 해서 그 과정을 초기 시로까지 소급할 수는 없다(논리
학에서는 이런 추론을 '유비 추리에 의한 오류'라고 말한다). 이 진술에
서 독자가 명확한 주장으로 확인할 수 있는 사항은 초기 시와 중기
시 사이의 연속성이 아니라『문의마을에 가서』에서부터『새벽길』에
이르는 과정의 완만한 변화이다. 그런데 백낙청이 참고하고 있는『문

---

8) 백낙청 외 엮음, 고은 시선『어느 바람』의「발문」, 창작과비평사, 2002, p.273. 인용된
　진술은 문법적으로 매우 불안정하다. 그것은 글 쓴 사람이 더 붙었어야 할 이야기를 무
　의식적으로 생략했기 때문이다. '더 붙었어야 할 이야기'는 무엇일까? 진술의 의도를 방
　해하는 이야기들일 것이다.

의마을에 가서』는 1974년의 민음사판이다. 그 시집에 실린 시들은 원래 발표된 텍스트를 많이 수정한 것들이다. 다른 한편 『새벽길』의 출판 연도는 1978년이다. 4년 동안에 완만한 변화라니? 그게 완만한 변화라면, 1978년의 세계의 배아(胚芽)가 이미 1974년에 형성되어 있었다고 볼 수밖에 없다. 그러니까 백낙청의 주장은, 그의 의도와는 달리, 이렇게 요약된다: 『문의마을에 가서』에서 근본적인 변화가 있었다. 그 변화 이후 시인은 변화된 자신을 완성해나갔다.

『문의 마을에 가서』가 급격한 단절이 아니라는 또 다른 주장이 있다. 마저 살펴보기로 하자. 최원식은 고은이 "80년대의 정치적 격동을 치열하게 감당하면서도 큰 시인으로 우뚝해졌다"고 단언한 후, 그 이유를 이렇게 말하고 있다.

그 비밀은 무엇인가? 출출세간(出出世間), 이 넉 자에 있다. 초기 시가 현상계를 공에 의지해 부정함으로써 공의 개념을 실체화한 출세간의 지경이라면, 중기 시는 그 전면적 반동으로 현상계, 곧 색을 실체화한 세간의 경계에 매인 것이니, 이 양자는 각기 표출된 바는 절대 부정과 절대 긍정으로 나누어진다 하더라도 근본적 소극성에서 기실 일맥상통할 터이다. 안성 시대(83년 이후, 인용자)에 즈음하여 그는 공과 색, 또는 무와 유, 이 두 변을 떠나 진정한 의미의 화엄적 통일에 다다른 것이다.[9]

불교의 교리를 기묘하게 변용하고 있다는 것을 논외로 친다면, 이

---

9) 최원식, 「고은, 서정시 30년의 역정」, 신경림·백낙청 엮음, 『고은 문학의 세계』, 창작과 비평사, 1993, p.64.

진술의 주장은 다음과 같이 요약된다: (1) 초기 시와 중기 시는 같은 바탕에 근거한 상반된 두 면이다; (2) 두 시기의 공통 바탕은 '근본적 소극성'이다; (3) 후기 시에 와서, 앞의 두 시기는 '화엄적 통일'에 의해 극복된다.

용어들의 불분명한 사용 때문에(가령, 그는 '출출세간'이나 '근본적 소극성'이 무슨 뜻인지 전혀 설명하고 있지 않다. 그게 핵심 개념들인데도. 그리고 다시 등장시키지도 않는다.) 판독하기가 쉽지 않으나, 이 요약이 합당하다고 생각한다. 초기 시가 '출세간'의 세계라면 중기 시는 '세간'의 세계이고, 후기 시는 '출출세간'의 세계이다. '출출세간'의 세계는 '출세간'과 '세간'의 세계를 동시에 뛰어넘는 것, 즉 변증법적 통일의 세계다. 그것을 평론가는 다시 불교 용어를 빌어, '화엄적 통일'이라고 명명하고 있다. 이러한 관점은 놀라움과 의문을 동시에 야기한다. 놀라운 것은 고은 시의 변모의 빗금을 초기와 중기 사이에 잡는 통상적인 관점과 다르다는 점 때문에 생긴 것이고, 의혹은 초기와 중기가 같은 바탕에 놓여 있다는 이 해석이 후기의 '통일'에 근거한 '사후-회고적,' 다시 말해 결과론적 해석이기 때문에 발생한다. 그 결과론적 해석은 후기의 통일을 위해서 초기와 중기 사이의 상반성을 기계적으로 배치하고 있는 것이 아닌가? 그것이 기계적인 배치가 아님을 보이려면 그 상반성의 이행, 즉 면의 전복에서 치열한 존재의 운동을 찾아야 하지 않을까? 그리고 그게 찾아진다면 이미 초기와 중기는 공통 바탕에 놓여 있다는 게 무의미한 것이 되는 것이 아닐까? 왜냐하면 그 세계들의 핵심은 운동에 있지 바탕에 있지 않을 것이기 때문이다. 평론가도 자신의 진술에 대해 미심쩍은 감정을 무의식적으로 품고 있었던 게 틀림없다. 왜냐하면 평론가의 실제적인 논증 과정은 전혀 다르게 진행되었기 때문이다. 그는 초기 시의 세계가 "전반적인 피안감성 속에서도 이승의 감각이 준동"하고 있었음을 치밀하게 밝힌 후, 이 준동을 "번뇌"로 보고 중기 시에 와서 "번뇌가 곧 보리임을 깨달"[10]은 것으로 파악한다. 그 깨달음은 "절대부정으로부터 절대긍정으로의 반전"을 가능케 하고, 그리하여 시인으로 하여금 「인당수」에서 "부활의 희망 없이 바다에 빠진 심청의 넋을 건져 '새 세상 가득 찬 새 눈'으로 부활시킴으로써 새로이 복귀한 현실 속에서 자신의 위치를 재조정"하게 해, "과거를 부정하고 정치적 전위로, 그 엄중한 자리로 자신을 밀어 넣"게 했던 것이며, 「화살」에서 "새로운 시대를 열어갈 새로운 계급이 부재하는 상황에서 유신 독재와 대결했던 혁명적 민주주의자들이 죽음과 함께 걸었던 도정을 생생하게 기록"하게 했다는 것이다. 그렇다면 오히려 이 분석은 중기 시와 후기 시 사이에 연속성을 보는 기왕의 관점을 뒷받침하고 있는 것이 아닌가? 물론 평론가는 고은의 중기 시가 "초기 시에 대한 전면 반동 속에서 대체로 가파른 구호 시로 기운 바가 없지 않"으며, 따라서 후기 시의 화엄적 통일에 와서 "비장한 죽음의 냄새"를 일소하고 세계와의 전폭적인 "정신적 교감," 즉 "인간과 인간, 사물과 사물, 인간과 사물 사이를 연결하는 황금의 고리를 발견"[11]하였다고 주장하고 있으니, 후기 시의 변모가 근본적인 변모라는 애초의 전제는 여전히 지지되고 있는 것 같다. 그러나 어떤 착각이 있다. 후기 시의 '화엄적 통일'을 '출출세간'이라고 본다는 것에는 그것이 초기 시와 중기 시의 통일이라는 판단이 깔려 있다. 그러나 후기 시의 통일은 출세간

---

10) 앞의 책. p.77
11) 앞의 책. p.85.

과 세간 사이의 통일이 아니다. 그것은 "만세 소리와 아이들의 노는 소리"의 통일, "인간사와 자연사"의 통일이다. '아이들의 노는 소리'든, '자작나무 숲'이건 그건 초기 시가 그리던 '피안'이 아니다. 평론가가 그 피안의 실명으로 들었던 "양소유의 세계와 성진의 세계"[12]와 그것들과는 전혀 관계가 없다. 엄격하게 말해, 중기 시에서 "절대긍정으로의 반전"이 이루어졌음을 인정한다면, 후기 시는 이 '긍정'의 세계에 항목들을 '첨가'한 것이지 통일이 아니다. 만세와 놀이가, 인간과 자연이 근본적인 불화와 충돌을 겪지 않은 채로 하나로 이해될 수 있다면, 그것에 어떤 '통일'의 과정이 있을 수 있을까? 또한 그렇게 보면, 초기 시와 중기 시의 공통 바탕보다 중기 시와 후기 시의 공통 바탕이 더 긴축되어 있는 셈이다. 전자의 공통 바탕이 이승에 대한 번뇌(이승 + 번뇌)라면 후자의 공통 바탕은 이승 자체이기 때문이다.

이러한 착각은 시를 보는 두 가지 각도를 혼동한 데서 기인한다. 그가 화엄적 통일을 말하면서 초기와 중기를 다 부정할 때는 중기 시를 '비극성'의 관점에서 파악할 때이다. 그 비극성은 세계를 부정하고 세계에 저항하는 자세에서 나온다. 이 각도에서, 고은의 변모는 부정→부정→긍정으로 파악된다. 그런데 이것은 세계에 '가(可)'하는 시인의 행동이라는 측면에서 본 것이다. 세계에 '대(對)한' 시인의 태도는 앞에서 보았듯, 부정→긍정→긍정의 양태로 나타났다. 그러니까 평론가의 해석을 그대로 따라가자면 중기 시는 긍정과 부정이 복합적으로 겹쳐진 시간대다. 평론가는 그 점을 거의 무의식적으로 활용해 한편으론 기존의 관점을 재확인하면서 다른 한편으론 고은

---

12) 앞의 책. p.74.

시의 가치 중심을 후기로 이동시키는 새로운 입론을 제시한 것이다.

어쨌든 중기 시가 결정적인 변화를 낳았다는 것은 여기에서도 지지되고 있는 셈이다. 그리고 중기 시의 첫 자리에 『문의마을에 가서』가 놓인다. 최원식은 『문의마을에 가서』가 고은의 "시적 도정이 새로운 단계로 접어들었음을 생생하게 증언"하고 있다고 말하면서, 시인이 "그가 환속을 발표한 것은 1962년이지만, 이제 진정으로 환속하였다"고 환호하고는 그 환속의 의미를 "현실, 그것도 그 핵으로 복귀"한 것으로 해석하였다.

『문의마을에 가서』가 급격한 단절을 보인 것은 사실이지만 그것의 의의는 『입산』에 가서야 뚜렷해진다는 주장도 있다. 아마도 가장 무난한 해석인 것 같다. 직접 들어보자.

그의 삶의 극적인 전환에 비하면 그의 문학적 변화는 오히려 단속적이고 점진적이다. 화곡동 시대의 첫 시집 『문의마을에 가서』(1974)는 시집 출간 당시에는 고은 시의 커다란 변모라 하여 화제에 올랐으나, 지금 돌이켜보면 그것은 실상 변모의 첫걸음을 내디딘 데 불과하고 더 많은 부분에서는 초기 시의 발상과 어조를 그대로 지니고 있었다고 말할 수 있다. 『입산』(1977)에 오면 드디어 민족시인의 면모가 뚜렷해지며, 「화살」 「갯비나리」 같은 명작을 포함한 『새벽길』(1978)은 이러한 발전의 한 정점을 보여준다.[13]

염무웅의 해석이 앞의 해석들과 다른 점은, 초기 시와 중기 시 사

---

13) 염무웅, 「삶의 깊이, 민족문학의 자부심」, 『고은 문학의 세계』, pp.123~24.

이의 연속성을 무리하게 찾지 않고, 『문의마을에 가서』에서 변화가 일어났음을 인정하되, 그것에는 아직 초기 시의 '잔여물'이 남아 있었다고 보는 것이다.[14) 따라서 이 시집에서부터 『입산』『새벽길』로 이어지는 과정은 그 잔여물의 청산 과정과 새로워진 모습의 정련 과정이 된다. 그 과정에 대해서는 백낙청의 관점과 동일하다. 그런데 앞에서도 보았듯, 『문의마을에 가서』와 『입산』 사이의 시간적 거리는 겨우 3년이다. 겨우 3년 동안에 점진적인 변화라니! 차라리 격렬한 형성기라고 말하는 게 낫지 않을까? 그렇게 말하는 게 낫다는 것은 『문의마을에 가서』에 변화의 핵자가 들어 있다는 것을 강조할 필요가 있어서이다. 왜 그것이 필요한가? 새로운 시 세계의 출현 지점 때문이다. 『문의마을에 가서』를 단순히 해체기로 본다면, 거기에 새 세계의 배아는 아직 형성되지 않은 것이 된다. 혹은 새 세계의 핵자는 출현하지 않은 것이 된다. 그것은 『입산』혹은 『새벽길』에 가야 비로소 출현한 것이 된다. 필자의 가정은 그게 아니라 『문의마을에 가서』에서 그 핵자가 출현했다는 것이다. 그 때문에 『문의마을에 가서』의 돌발성을 부정하는 주장들을 검토한 것이다. 그런데 그 주장들은 공히 『문의마을에 가서』에서 결정적인 변화가 일어나긴 일어났음을 인정하였다. 다른 한편, 그 주장들이 내세운 점진적 이행 혹은 연속성의 가정들은 그 핵자가 마치 아주 오래전부터 내장되어 있었던 것처럼 보는 관점을 은근히 내비치고 있다. 그런 무의식적 기도가 아니라면 굳이 '점진성'과 '연속성'을 내세울 이유가 없다. 그런데 그게 사실이라면 새로운 세계의 핵자를 찾기 위해서 『피안감성』의 세계로 거슬러

---

14) 이런 관점은 김주연에게서도 발견되는 것이다. 「죽음과 행복한 잠 — 고은과 70년대」, 『고은 문학의 세계』 참고.

올라가야 한다. 아니 차라리 시인 고은의 탄생기로 훌쩍 건너가는 게 더 나을지도 모른다. 과거를 부정하기 위해서 과거를 의미심장하게 긍정해야 하는 것이다. 그런데 필자는 이런 태도가 과학적이라고 생각하지 않는다. 오히려 이런 태도에는 어떤 무의식적 기도가 숨어 있다는 판단이다. 고은의 초기 시를 지우고 싶어 하는 욕망으로부터 배태된 기도 말이다.

## 3. 전이와 팽창

### 3.1. 고은과 민족의 내밀한 관계

지금까지 『문의마을에 가서』가 고은 시의 돌발적 변모를 보여주는 계기라고 주장한 다음, 그러한 주장에 반대되는 해석들, 즉 점진성 혹은 연속성의 해석들을 검토하였다. 검토의 과정에서는 그 해석들이 앞의 '돌발성'을 반박하지 않는다는 것을 나름으로 증명하였다. 그러나 그렇다고 해서 필자의 주장이 다 입증된 것은 아니다. 부정의 가능성을 제거하는 귀류법적 논증은 주장의 입증 가능성만을 보호할 뿐이다. 이제는 입증 자체로 나아갈 때이다.

우선 이 입증이 왜 필요한가에 대해 설명을 해야 할 것 같다. 이 주장의 밑을 받치고 있는 것은 『문의마을에 가서』 이후 시인이 결정적으로 변모했다는 사실에 있다기보다 그 변모가 '민족주의 시인'으로의 변모라는 데에 있다. 곧 검토하겠지만 '민족'이라는 어휘는 이때부터 고은 시 세계의 핵심 개념으로 출몰했고 그 이후 결코 사라지지 않았고 계속 강화되었다. 이러한 사실에 근거해서 제출된 돌발성의 테제가 가정하고 있는 것은 『문의마을에 가서』에서 이미 '민족'의 배아가 형성되어 있었다는 것이다. 물론 이 '민족'은 시인 고은의 '민족'이다. 그의 '민족'은 어떤 것이며 왜 검토할 필요가 있는가? 그의 '민족'이 일제강점기하 민족주의 문인들의 '민족'과 다른 것은 분명하다. 반면, 오늘날 한국인들의 무의식 속에 박혀 있는 '민족'과 얼마나 깊은 연관을 가지고 있는가는 아직 확실치 않다. 다만 정황적으로 보자면 고은의 '민족'은 오늘날의 '민족'이 형성되는 데에 결정적인 원소로 참여했을 가능성이 크다. 고은의 '민족'과 오늘날 한국인 일반의 '민족' 사이의 맥락을 밝히기 위해서는 아주 복잡한 실험이 필요하겠지만, 우선은 '결정적인 원소'라는 가정하에 그 '민족'이 어떻게 만들어졌는가를 보는 게 좋을 것 같다. 그러나 검토 필요성의 문제가 제기될 수 있다. 그것을 살펴야 할 만큼 고은의 민족이 가진 비중이 큰 것인가? 그에 대한 단서는, 오늘날의 '민족'을 형성하는 데 '결정적인 원소'로서 참여했을 가능성이 있는 것들 중에 고은의 '민족'이 가장 큰 가시적 연관성을 보여준다는 것이다. 즉, 그 가능성 있는 원소들 중에 2, 30년대의 '프로문학'의 인간관과 해방 직후의 '민족' 개념은 직접적인 연락망이 끊긴 상태이다. 분단 이후, 한국인의 현실과 생활과 현실 극복 의지와 세계 구상의 응집체로서의 '민족'이라는 개념을 자신의 문학적 '지주'로 공표한 것은 고은이 처음이었다. 아마도 이 주장에 대해 신동엽의 시 세계가 먼저이지 않은가, 라는 반문이 있을 수 있을 것이다. 그러나 신동엽의 시와 산문 속에는 '민족'이라는 어사가 거의 등장하지 않는다. 그러나 무엇보다도 중요한 것은 "껍데기는 가라./4월도 알맹이만 남고/껍데기는 가라"는 그 유명한 시구가 그대로 가리키고 있듯이 그의 '민족'에는 껍데기가 없었다는 것이다. 그의 공동체 개념에는 원시주의적, 무정부주의적 경향이 짙게 배어 있었다. 오늘날 한국인의 집단 무의식의 '작은 대상 a'('최초의 원인'이라는 의미에서)로 작용하고 있는 '민족'은 자원(구성 주체)과 제도(운용 원리)와 상징(표현 형식들)을 동시에 포함하고 있는 일종의 모듈이다. 신동엽의 '민족'에는 최소한 '제도'가 결여되어 있거나 최대한 제도와 상징이 결여되어 있다. 또한 비슷한 연배인 신경림의 활동도 유념할 필요가 있을 것이다.[15] 실질적인 시 쓰기의 차원에서 보자면, 신경림의 시가 한국의 이른바 '민중시인'들에게 끼친 영향은 고은의 시보다 더 크다고 할 수 있다. 그러나 이 역시 별도의 고찰이 필요하겠지만, 신경림의 시는 '민족'의 발명이 아니라 '민중'의 발명에 기여했다고 말하는 것이 타당할 것이다. 그의 초기 시들에서 등장하는 농민들은 세계 구상과 세계 주도의 주체가 아니라 소외된 사람들이고 못 가진 사람들이며 그래서 서러운 사람들이다. 그런 사람들은 '민족'과는 직접적인 관련이 없다.[16]

---

15) 이에 대해서는 별도의 고찰이 요구될 것이다. 다만 신동엽의 문학 세계가 오늘날 민족주의의 시원으로서 이해되고 있는 것은 신동엽 자신에 의해서라기보다 후대에 의한 '전용'의 결과라는 게 필자의 판단임을, 그리고 그 판단의 밑자리에는 김수영·김춘수·신동엽이라는 동시대를 산 세 시인이 똑같이 '원형'에 대한 회구를 공유하고 있었다는 또 다른 판단이 있음을 덧붙여둔다.

16) 신경림이 고은의 『새벽길』을 서평한 「다섯 권의 시집」(『창작과비평』, 1979년 봄호)은 이와 관련하여 흥미롭게 읽힌다. 신경림은 "『새벽길』 속에는 역사적 위기에 처한 민족의 선구자로서의 고은은 있으나, 어려운 시대를 사는 인간 고은은 없다. [……]/값진 삶이 반드시 영웅적 지도자적 삶만을 가리키는 것은 아니다. 주어진 조건 속에서 그 조건을 극복하려고 노력하는 가운데 비록 미약하게나마 민족의 밝은 역사의 창조에 이바지하는 모든 민중의 삶 그 하나하나가 참되고 값진 것이다"(p.314)라고 말한다. 본문에서 '민족은 자원과 제도와 상징의 결합물이라고 말했는데, 신경림은 고은의 '민족'이 상징(지도자)을 부각시킨 대가로 자원(민중)을 사상하고 있다고 말하고 있는 것이다. 물론 신경림의 진술에서 '제도'는 보이지 않는다. 신경림이 파악한 고은의 '민족'의 산

이른바 '민족시'를 논하기로 약속된 자리에서 고은의 시를 다루는 까닭의 일단을 밝힌 셈이다. 다음으로 살필 것은 『문의마을에 가서』에서 '민족'의 배아가 이미 형성되었다는 가정이며, 마지막으로 밝힐 것은 『문의마을에 가서』에서 민족이 잉태되었다면, 그 민족의 형성을 가능케 한 내력 혹은 사연은 무엇인가 혹은 그 민족의 잉태에 제공된 난자는 무엇인가, 라는 문제이다.

우선 사실의 차원에서 '민족'은 1970년대 고은의 결정적인 변신 이후의 가장 핵심적인 결과물 중의 하나이다. 그 결과물들은 논자들에 의해 다채롭게 표현되지만 두루 '현실(혹은 삶)' '역사' '민족'이라는 세 개의 개념으로 압축된다. 그런데 이 개념들은 사용한 사람들도 그렇게 이해하고 있듯이, 별개의 개념들이 아니라 사실상 하나의 개념이다. 그리고 그 하나의 개념을 가장 농축적으로, 또한 독특하게 종합하고 있는 것이 '민족'이다. 왜냐하면 그의 현실은 "현실의 핵"(최원식)이고 그의 역사는 수난과 피폐의 역사가 아니라 "역사의식"[17]이기 때문이다. 그러니까 민족은 현실을 순수하게 정련해낸 '전형'이고, 민족은 역사를 움직이게 하는 역선 혹은 주체인 것이다.[18] 70년대 변신의 절정에 다다랐다고 흔히 평가되는 『새벽길』에 대해 염무웅이 "'민족'이라는 한 가지 주제로 내적 통일을 이룩한 시집"라고 평한 것은 우연이 아니다.

물론 '현실의 핵'과 '역사의식'이 다른 개념을 만들 수도 있다. 다만, 고은에게서는 그것이 '민족'이라는 개념으로 종합되었다는 것이

---

술식은 이렇다: 민족 = (상징)$^2$−자원.

17) 『고은시전집』, 연보, 민음사, 1984.

18) 물론 종합으로 전 항목이 사라지는 것은 아니다. 이에 대해서는 곧 다시 언급될 것이다.

다. 실제로『문의마을에 가서』이후 오늘날까지 시인에게서 결코 떠나본 적 없는 어사가 '민족'이다.『문의마을에 가서』의 "민족 이데아"에서부터 2000년의 "진정한 민족 공동체"[19]에 이르기까지 '민족'은 고은 시와 고은 담론의 핵심에 항상 놓여 있었다.

## 3.2. 존재의 전이는 존재의 팽창을 낳고, 팽창은 전이를 삼켜버린다

이동순은 고은 시의 근본을 '행려의식'에서 찾고 그것에 '존재의 전이'라는 의미를 부여하고 있는데, 그렇다면 그는 '문의마을에 가서' 마침내 행려의식에 종지부를 찍었다고 말할 수는 없을지라도 어쨌든 마음의 정처를 찾았다고 말할 수 있을 것이다. '마음의 정처'라는 말은 좀 섬세하게 읽어주기를 바라는데 왜냐하면 그의 시는 얼핏 보아서는 끊임없이 요동하고 있고 따라서 시인이 어느 한 자리에 머무르게 되었다는 인상을 주기 힘들기 때문이다. 그 때문에 많은 사람들이 고은의 시적 편력을 두고 이구동성으로 예측 불가능한 변화에 감탄하곤 한다.[20] 그러나 끊임없이 요동하는 것은 그의 존재인 반면, 의식은 '민족'이라는 기표에 고정되었다고 말하는 것이 타당할 것이다. 그리고 의식이 확정됨으로써 의식이 존재를 결정하는 상황이 되면 더 이상 존재의 전이는 일어나지 않는다. 실제로 일어나는 것은 존재의 팽창이다. 의식의 고정점은 존재로 하여금 그 불변의 중심에

---

19) 고은,「오늘의 문학을 생각한다」,『창작과비평』, 2000년 겨울호.
20) 가령, 신경림의 다음과 같은 진술은 대표적이다: "이것이 일초의 시다 싶을 때는 그는 이미 훌쩍 날아 먼 곳으로 달아나 있을 때다. 다시 땀을 뻘뻘 흘리며 쫓아가 겨우 옷깃을 잡으면 그는 어느새 빠져나가 더 멀리 달아난다. 그는 머뭇거리지 않는다. 뒤돌아보지도 않고 곱새기지도 않는다. 그래서 그의 시의 발자국은 너무 넓고 너무 길다. 놀라운 것은 이것이 바로 그의 삶의 궤적이기도 하다는 점이다"(『고은 문학의 세계』발문).

서 얼마나 멀리 나아갈 수 있을까를 가늠하게 하면서 저의 움직임을 매번 '먼 데'를 향해 몸을 날리는 돌팔매가 되도록 한다. '부메랑'하는 화살이 되게끔 한다.

그렇기 때문에 이동순은 1970년대 이후의 '행려'에서 아주 특별한 것을 발견하고야 만다. 그가 발견한 것은 "특별한 광채"이다.

> 그럼에도 불구하고 이 시기 고은의 시 세계가 보여주는 행려의식은 매우 특별한 광채로 번뜩이기 시작한다. 그것은 아마도 자신이 '사람과 사람 사이로' 되돌아왔다는 확신을 갖고서 시 창작에 그 확신을 적극적으로 반영하고 있기 때문이다.[21]

이 특별한 광채라는 모호한 느낌을 이동순은 곧바로 '존재의 전이'라고 해석하는데 그런데 이 존재의 전이와 더불어 일어난 것은 전이의 연속이 아니라 그것의 확정이다. 이동순은 고은이 이 존재의 전이와 더불어 "이승의 생과 저승의 죽음을 하나로 엮어서 종횡무진 감당할 수 있는 참시인의 정신적 경지를 터득하게 되었다"고 경탄한 후, "이제 〔……〕 그의 판단이 〔……〕 정당하고 올바른 것인지를 결택해줄 더 밝은 눈을 지닌 스승을 만나야 할 단계에 이르렀다"[22]고 진단하고는, 그 스승이란 "'민족'과 '민중'"이라고 규정하면서, 「뜻」(『입산』)을 거명해, "이 시의 문체는 정신적 표류, 떠돌이 의식을 정리하고 민족과 민중의 총체성에 거처를 정한 이후의 고은 시가 확보해가는 강건 호방하며 자유자재한 문체의 정격을 보여준다"[23]고 풀이

---

21) 이동순, 「'존재의 전이'에 대하여」, 『고은 문학의 세계』, p.43.
21) 이동순, 「'존재의 전이'에 대하여」, 『고은 문학의 세계』, p.43.
22) 위의 책, p.45.

하고 있는 것이다. 그리고 마침내는 "시인 고은이 결택정안(決擇正眼)하는 스승으로 민족과 민중을 의탁하게 되고서도 그의 이른바 '근본 유랑'은 한참 동안 안정된 자세를 얻지 못한다"[24]고 말함으로써, 시인의 근본 유랑을 평가하는 최종 심급이 그 '결택정안'에 있음을 밝히고 있는 것이다. 그러니 이 이후로는 어떤 존재의 변화가 거듭된다 하더라도 그것은 최초의(혹은 최종의) 중심으로 항상 되돌아온 후에 다시 뻗쳐나간다. 의미의 근원이 그 중심에 있기 때문이다. 그러니 이렇게 말하자. 광채가 있자, 존재는 거기에서 불타올랐다. 그 불이 어디까지 뻗치든 그것은 언제나 최초의 광원에서 나온 것이다.

이러한 논리의 흐름은, 백낙청이 1974년판『문의마을에 가서』에서부터 1983년판『고은시전집』(민음사)에 이르는 과정을 '성숙'이라는 관점에서 이해하는 것[25]과도 같은 맥락에 놓이면서 그 맥락을 연장하는 것이다. 결정적인 사건이 일어난 후 모든 것은 성숙이고 팽창이고 발전이 될 수밖에 없는 것이다. 결정적인 것을 부정하지 않는 한.

정말 그런지는 시를 직접 봐야 하리라. 과거의 역사에 집착하는 태도를 비판하면서 끊임없이 달라져야 한다는 주장을 담고 있는 시가 「역사로부터 돌아오라」(『네 눈동자』, 창작과비평사, 1988)는 제목을 가지고 있는 것은 의미심장하지 않은가? 시인은,


역사로부터 돌아오라

---

23) 같은 책, p.47.
24) 같은 책, p.48.
25) 백낙청,「한 시인의 변모와 성숙」,『민족문학과 세계문학 2』, 창작과비평사, 1985, p.324.

그것이 역사다

라고 화두를 꺼내고는 곧 그 까닭과 행동 지침을 봇물처럼 쏟아낸다.
분량 때문에 변칙적으로 인용하겠다.

> 우리가 역사의 길 가기 위해서는/지나가버린 역사로 도피하는 기술
> 을 끊어야 한다/그 기술에는 내일이 없다 역사가 없다/그 단군조선 따
> 위도/화랑 따위도 뭣도/쭈욱 미끄러져/동학도/이제 3·1운동도 그만
> 말하고/그 역사로부터 돌아오라/아무리 거기에 커다란 뜻 나붙어도/
> 그것은 그것일 따름이다/역사가 커지면/역사가 무거워지면 오늘이 없
> 다/벗들 역사로부터 돌아오라/〔……〕/이 땅 몸뚱어리 벌레처럼/가장
> 잘 발달한 이유로부터 뛰쳐나와/그 기술로부터 뛰쳐나와/여기/한낮
> 벅찬 역사의 길 가야 한다/압록강도/청천강도/대동강도/임진강도/한
> 강도/금강도/영산강도/탐진강도/섬진강도/남강도/아 낙동강 7백리
> 도/두만강도/이윽고 그 수많은 물들 바다로 가야 한다/역사로부터 돌
> 아오라/가야 한다/벗들 돌아오라/거지가 되어/돌아오라

역사로부터 돌아와야 하는 까닭은 "역사의 길"을 가기 위해서이다.
역사의 길을 가는 것은 과거에 대한 집착에서 벗어나 역사를 그대로
사는 것이다. 왜 과거에 대한 집착에서 벗어나야 하는가? 시인은 "역
사가 커지면/역사가 무거워지면/오늘이 없"기 때문이라고 말한다.
오늘과 미래를 위하여 역사는 거듭 가벼워져야 한다. 그 가벼워지는
것, 그것이 스스로 역사의 길을 가는 것이다. 그런데 어디로? 이어지
는 시구는 한국의 강들을 망라하고 있다. 이 강의 은유는 이중적이

다. 한편으로 강의 움직임은 역사의 길을 가는 사람들의 은유로서 강이 쓰였음을 알게 해준다. 강의 명칭들은 한국의 국토를 형상한다. 강은 사람의 은유이자 동시에 나라의 은유이다. 역사의 길을 가야 할 사람의 은유일 때 강은 무거워지기를 거부하며 계속 떠난다. 나라의 은유일 때 강의 떠남은 계속 팽창한다.

"역사로부터 돌아오라"는 이 시의 권유는 그의 유명한 시 「화살」의,

돌아오지 말자
돌아오지 말자

오 화살 조국의 화살이여 전사여 영령이여

에서의 '돌아오지 말자'라는 청유와 크게 다르지 않다. 모두 '저곳'으로 가야 한다고 말하고 있는 것이다. 다른 점이 있다면 후자의 저곳은 소멸의 자리인 데 비해 전자의 저곳은 일단 다다른 후 다른 곳으로 다시 떠나기 위한 디딤터라는 것이다. 최원식이 날카롭게 규정하듯이, 「화살」에 "새로운 시대를 열어갈 새로운 계급이 부재하는 상황에서 유신 독재와 대결했던 혁명적 민주주의자들이 죽음과 함께 걸었던 도정"이 생생히 "기록"[26]되어 있다면, 「역사로부터 돌아오라」에서는 새로운 계급이 거듭 생성되고 있는 것이다. 이것은 「역사로부터 돌아오라」가 「화살」의 논리적 연장선상에 놓인다는 것을 가리킨다. '새로운 계급'이 부재한다면 새로운 계급을 만드는 게 다음 순서인 것이다. '역사로부터 돌아오라'는 시인의 호소는 사람들에게 새로운

---

26) 최원식, 앞의 글, p.81.

존재로 태어날 것을 호소하고 있는 것이다. 그리고 새로운 존재가 상상적 차원에서 형성되는 과정은 곧바로 이 계급이 연출하는 행동을 순간의 죽음으로부터 삶의 무한함으로 반전시킨다. 이 계급이 그리는 궤적을 소멸로부터 팽창으로 돌변시킨다. 인간의 생성은 그대로 공간의 확장을 동반한다. 고은 후기 시의 변주는 그 팽창의 연속이다. 그리고 『만인보』는 그것의 절정에 해당한다.

그런데 그 팽창은 하나의 확고한 중심이 있을 때 가능한 것이다. 중심이 없다면 팽창이 아니라 편력·유랑·유위전변만이 가능할 것이다. 앞에서 살펴본 평문들은 한편으론 시인이 끊임없이 변했다고 말하면서도, 다른 한편으론 하나의 확고한 중심이 70년대 이후 자리 잡았는데 그것은 '민족'이라고 이구동성으로 말하고 있는 셈이다. 또한 시인은 『문의마을에 가서』의 1974년 민음사판에서 자신이 "지난날에 천착했던 자연, 선, 사자의 풍경으로부터 〔……〕 역사의 절벽과 상황 또는 민족 이데아, 사람과 사람 사이의 삶의 감동에 돌아왔"[27]다고 말한 바 있다. 이때, '역사' '민족' '사람'의 세 개념은 대등하게 열거되어 있다. 그로부터 4년 후, 시인은 한 평론에서 "민족문학은 문학과 함께 민중→민족의 현실에 대한 끊임없는 행동의 동심원에 기여해야 한다"[28]고 주장한다. 이 문장은 자칫 '민족문학'이 그 '동심원'이어야 한다는 주장으로 오독될 수 있다. 그러나 문장을 그대로 따라 읽으면 '민족문학'은 그 동심원이 아니라 그 동심원에 '기여'해야 한다는 것이다. 그렇다면 그 동심원은 따로 있는 것이다. 그 동심원은 어디에 있는가? 이 주장이 실린 평론은 바람직한 문학적 행동들

---

27) 「독자에게」, 『문의마을에 가서』, pp.128~29.
28) 고은, 「민족문학의 행방—그 민중적 시각」, 『창작과비평』, 1978년 겨울호, p.83.

을 '민족문학'이라는 이름으로 한정시키면서 진정한 민족문학이 무엇인지를 따진 글이다. 진정한 민족문학이란 글의 부제가 가리키듯이 '민중'에 근거한 민족문학이다. 좀 더 정확히 말하면 외세(침략적 민족주의)와 세계주의의 지배에 저항해온 민중적 삶에 근거한 민족문학이다. '민중→민족'이라는 연산식은 그렇게 해서 만들어진 것이다. 그렇다면 출발점을 이루는 '민중'이 동심원인가? 그럴지도 모른다. 그는 다른 글에서 "민중의식이란 바로 역사 추진의 중심이 민중이라는 각성"[29]이라고 말했다. 그러나 아니다. 왜냐하면 저 연산식이 그대로 가리키듯이 민중은 민족을 전제로 해서만 성립하는 개념이기 때문이다. 그의 진술을 들어보자.

오랜 민족화 과정에도 불구하고 민족사는 그 역사의 발전적인 민족적 변수의 어제오늘에 이르러서야 민족이라는 명제를 이룩한 것이다. 민족이 민족으로서 형성되는 데 들이는 힘을 민중으로부터 빼앗아버린 사실들을 삶의 구체적인 투쟁과 시련을 통해서 절박하게 각성한 민중이 처음으로 그들의 집단적 저항과 개혁의 움직임을 드러내게 될 때 그들에게 부닥친 현실이란 바로 민족의 위기의식임을 알게 된다.[30]

이 진술의 축자적 의미는 민중을 통해서만 민족이 성립한다는 것이지만, 그것의 절대적인 전제는 "민족이 민족으로서 형성"되어야 한다는 것이다. 그리고 그것이 이 진술을, 더 나아가 글 전체를 지배하고 있다. 목표는 민중이 아니라 민족인 것이다. 이때 민중적 삶은 민족으

---

29) 「민중과 지식인」(1976), 고은 전집, 제18권, 『산문 3』, 김영사, 2002, p.361.
30) 고은, 「민족문학의 해방—그 민중적 시각」, 앞의 책, p.69.

로 수렴된다. 그게 아니라면 민중은 의미가 없다. 그래서 그는 말한다. "우리는 민중이라는 비조직적 집단이 시민적 소비 조직과 경제기반의 질서를 전제로 발전하는 것을 알고 있다. 말하자면 민중의 목적은 시민 사회 및 민족 사회의 구성원이 되는 것에 있다."[31]

민중→민족의 연산식은 민족은 민중의 팽창이고 민중은 민족의 실체라는 것을 동시에 가리킨다. 여기에 와서 독자는 이 평론의 첫머리를 장식한 언뜻 모호하기 짝이 없는 진술의 의미를 이해할 수 있다.

> 문학의 서술 행위가 민족 내부의 명제로서 민족의 형상화를 요청할 때 우리는 거기에서 성숙되어진 민족의 실체를 발견한다.[32]

민중은 민족의 실체로서 추출된다. 민중은 민족의 실체로 재정의된 '사람'이다. 앞에서 보았던, 부재하기 때문에 요청된 새로운 존재. 게다가 이 문장은 그 이상을 말한다. 민중이 민족의 실체로서 추출되는 순간, 그 실체는 이미 "성숙되어진" 것이다. 그것이 이미 성숙한 것이라면 그다음에는 그것의 누가적 전개, 시인의 독특한 표현을 빌리자면, "망라"[33]만이 있을 뿐이다. "역사는 민중적 주체에 의해서 진행되는 삶의 축적"[34]인 것이다. 그러니 시인의 의식 속에서 '민족의 실체'는 이미 있는 것이다. 그것은 요청되는 순간, 이미 존재해 도도히 흘러갈 준비를 다 마치고 있는 것이다. 독자는 다시 한 번 「역사로

---

31) 「민중과 지식인」, 앞의 책, p.370.
32) 고은, 「민족문학의 행방—그 민중적 시각」, 앞의 책, p.65.
33) "안으로는 민중의 해방 능력이 민족의 의미를 당위적으로 망라한다." 위의 글, p.71.
34) 위의 글, p.84.

부터 돌아오라」의 그 도도한 강들의 흐름을 떠올린다. 역사를 가기 위해 역사로부터 돌아오자마자 새로운 존재의 은유인 강은 저마다 제 이름을 가지면서 그 존재들의 터전을 거듭 넓혀가면서 마침내 바다에 다다른다. 그 바다는 이름만 있다. 왜냐하면 중요한 것은 강들의 열거를 통해서 넓혀지는 국토의 공간이지 바다 자체가 아니기 때문이다.


## 4. 전이하기 전에 죽음에 사로잡혔다

### 4.1. 왜 '민족'이었을까

지금까지의 논의를 이렇게 정리할 수 있을 것이다. 『문의마을에 가서』에 즈음하여 고은의 시 세계는 결정적으로 변했다. 새로운 시 세계의 핵심에는 '민족'이 놓여 있다. 그런데 왜 '민족'일까? 다시 말해 그 민족을 잉태하는 데 어떤 일들이 일어났는가? 그것이 아닌 밤 홍두깨 격으로 하늘에서 떨어진 게 아니라면, 혹은 '도둑처럼 온' 게 아니라면, 오직 이전의 시 세계로부터의 변화라는 방향에서만 그것을 해독할 수 있다. 다시 말해 이전의 시 세계에 무언가가 개입하여 어떤 근본적인 변화를 일으켜 '민족시'를 잉태한 것이다.

그것을 다음과 같은 연산식으로 표현할 수 있다.


70년대 이전의 시 세계 + x = 민족시


이 민족이 어떻게 형성된 것일까? 다시 말해 저 미지의 변수는 무엇일까? 그것이 밝혀질 때 고은 시의 핵심으로 자리 잡은 '민족'의 구조가 밝혀질 수 있을 것이다.

시인의 진술로만 보자면, 초기 시 세계로부터 탈출하기 위해서 그는 '역사'를 열망하고 있었다.

유난히, 70년대 이래 나에게는 역사가 필요했다. 그것은 해방 이후 한 번도 역사라는 의식 체계에 제대로 들어서보지 못한 사실에도 원인이 있겠지만 현실이 폭력적으로 군림할 때 그 현실을 극복하는 높은 역사의식의 공급이 절실했기 때문이기도 하다.[35]

미지의 변수는 역사인가? 그러나 어떤 역사? "현실을 극복하는 높은 역사의식"으로서의 역사이다. 역사는 역사의식에 의해 규정된다. 그 역사의식이 없다면 역사란 단지 지리멸렬일 뿐이다. 현실사회주의의 몰락 이후 씌어진 젊은 시인의 시구를 읽어보자.

총성이 울리고, 신화가 깨졌다. 그리고 당분간 역사가
드러난다. 그럴 뿐이다. 지리멸렬이 이제사 드러난다.[36]

신화가 깨질 때 역사는 지리멸렬일 뿐이라고 이 시는 말하고 있다. 역사가 지리멸렬해지지 않으려면 신화가 버티고 있어야 한다. 고은의 발언도 신화를 부르고 있다. '역사의식'이라는 신화를. 그 역사의식은 민족의 역사에 대한 자각이 아니겠는가? 과연 그는 1972년에 씌어진 「역사는 無爲인가」라는 꽤 산만한 글에서, 역사의 무위를 부정

35) 「저자 서문」, 고은전집 제1권, 『머리책』, 김영사, 2002, p.29.
36) 김정환, 「총성과 신화」, 『순금의 기억』, 창작과비평사, 1996.

하기 위해 "역사는 우리들의 역사 방법으로만 우리와 만날 수 있는 것이다"라는 명제를 제시한 후, 다음 시퀀스에 가서 "우리는 두만강이나 대동강이 사라져버린 환영이 아니라는 사실을 지난 1년을 통해서 실감했다. 그것을 말하는 것도 체제적 금기였던 일을 떠올리면 커다란 변화였다./그와 함께 우리는, 민족이 영원한 개념이라는 사실을 확인했다. 우리에게 있어서 자아는 곧 민족이라는 해석을 부정할 수 없다. 프랑스가 그렇지 않고 미국이 그렇지 않더라도 우리는 민족이 우리 자신일 수밖에 없다"[37)고 단언하고 있는 것이다. 그렇다면 역사는 다시 민족으로 환원된다. 역사는 저 미지의 변수가 아니다.

결국은 시편들 자체로 들어가야 할 것이다. 『문의마을에 가서』의 시들과 그 전의 시들로. 그런데 시집『문의마을에 가서』의 초판본은 1974년판이다. 당연한 얘기지만 그 시집에 실린 시들은 그 전에 씌어졌다. 그 당연한 얘기를 하는 이유는 시집에 실리면서 시들이 대폭 수정을 겪었기 때문이다. 그리고 1983년의 민음사판『고은시전집』에서 다시 한 번 대대적인 수정이 가해진다. 1983년판의 수정에 대해서는 시인 자신이 감격적으로 그 사실을 밝힌 바 있다.[38) 그런데 '민족'의 잉태는 1974년 이전인 것으로 보인다. 그리고 1969년 시「문의마을에 가서」가 발표된 이후인 것으로 보인다. 그러한 추정을 하게 한 것은 1973년 11월에 씌어진 산문, 「문의마을에 가서」[39)이다. 독자는 앞에서 시인이 70년대에 역사를 절실히 요청했음을 보았다. 그러나 그 이전에 그가 바라던 것이 따로 있었는데, 그것은 '누군가의 죽음'이다.

---

37)「역사는 無爲인가―어느 영혼의 年鑑」, 고은전집 제18권, 『산문 3』, pp.77~78.

38)「서문」, 『고은시전집』, 민음사, 1983.

39) 고은전집 제18권, 『산문 3』, pp.98~103.

## 4.2. '문의마을'에 간 까닭

산문 「문의마을에 가서」에 의하면, 시인이 '문의마을'에 간 것은 신동문의 어머니의 장례식에 참석하기 위해서였는데, 그 참석의 사유가 묘하다. "경조의 우의도 작용했으리라고 짐작되는데 그보다는 그의 어머니가 죽었다는 사실이 나를 더 황홀하게 했기 때문"이라고 고백하고 있는 것이다. 그리고 장지에서 그는 이상한 두 가지 "큰 사건을 발견"한다. 하나는 장지 일대에 눈이 쌓이고 있었는데, 그때 마을 지붕이 "눈에 매장"되고 "먼 산과 둘레의 산들도 아주 신비스럽게 한 늙은 여자의 삶이 끝난 사실과 조화되"는 풍경을 보면서 "자연이 사람에게 극도로 귀의하고 있었다"는 발견을 했다는 것이다. 그것은 "이제까지 많은 사람들[이] 사람이 자연에 귀하는 것으로 말해왔"던 것과 비교하면 아주 큰 사건이었다. 다른 하나는, 하관 당시 염불을 하면서 "신동문의 어여쁜 울음과 다른 사자가 그의 어머니 망령을 데리러 온 기쁨을 똑같이 보았다"는 것이다. 그 사자의 "천진무구한 기쁨"을 그는 "실제로 목격"했다고 말한 후, 느닷없이 유물론을 끄집어내고는 유물론은 "그와 반대되는 태고 시대 이래의 사상을 반증하기 위해 생겨난 것이라고 생각했다"고 기술한다. "나는 유물 너머에, 유물의 의미로서의 넋을 확인한 것이다."

그 넋의 확인은, '나'로 하여금, "사물에 대한 제일의적인 부를 누리면서 한 장례를 통해서 살아 있다는 형식의 비밀을 아울러 찾아낼 수 있"게끔 하였다. 그리고 그는 산소에서 술을 마셨다. "겨울의 시골 술은 나를 아주 당당하게 만들었다." 술을 마시면서 그는 문의마을 사람들과 경어로 친숙하게 이야기를 나눴는데, 이 경어는 "오래

산 부부가 쓰는 밤 안방의 비음이 섞인 짧은 비어나 마찬가지의 경지
였다." 이어서 그는 '삼우제'까지 내처 신동문의 "이형제(異兄弟)의
농가 사랑방에서" 술을 마시고, 신동문과 함께 청주를 거쳐 조치원까
지 나와 기차로 서울로 돌아와서 헤어졌다. 그러고는 "정말로 갈 데
가 없는 슬픔을 가지고 창녀를 찾아"갔는데, "성욕이 전부 죽어버리
고 살아나지 않"아, "술을 사오라고 해서 창문을 열어놓고 그 여자와
술을 마셨다." 하지만 여자가 "추워, 문 닫아"라고 말하자, "미친 듯
이 분개"해 "미친년!"이라고 말하고 그 여자 집을 뛰쳐나와 하숙집으
로 돌아가 깊은 잠을 잤다. 장지에서부터 이때까지 눈은 한 번도 그
치지 않고 계속 내리고 있었다. 물론 시인의 기억 속에서. 그다음엔
기억이 끊긴다. "아마도 며칠이 지나서 「문의마을에 가서」는 만들어
졌을 것"이라고 시인은 망실된 기억을 더듬고 있다. 그 이후 "많은
시를 만들어냈"고, 그의 "광염은 늘 불타오르고 있었"는데, 그 의미
는 "누군가가 죽기를 늘 기다리면서 살았다"는 것이라고 풀이하고 있
다. 그 풀이 다음에 이렇게 말한다.

"나는 20대부터 죽음을 노래한 시인이라고 공인이 되어 있지만 그
러나 방법적으로는 그 무렵부터 죽음의 둘레에 나는 사로잡혔던 것
같다. 죽음의 시 밖에서도 나는 시를 썼다."

모호하기 짝이 없는 사연이다. 이어지는 문장들도 역시. 문단을 바
꿔 시인은 느닷없이 1972년 가을에 『독서신문』에 "나의 시작"에 대
해 썼던 것을 인용한다. 그 인용문은 죽음과 하등 관계가 없다. 다만
"자작시 해설 불가능"의 문제에 대해 기술하고 있다. 그리고 그것을
변호한다. 시작 과정에 대해 "깊은 실어증"에 걸려버리는 것은 "시적
멜로드라마"를 거부하는 일이라는 것이다. 그것은 "시에 대한 어떤

종류의 공리적인 허식에도 등져 있으며 그러므로 시에 대한 환경 설정을 배격"한다는 말로 진술되기도 한다. 이어서 그는 쓰고 있다.

"다만 한 편의 시를 쓴 직후 그것을 어떻게 해서 쓴 것인가를 모르고 시 자체만 내 미개인적 기쁨 앞에서 저 혼자 독립한다. 그때 나는 처음으로 내 극단적인 가면을 벗어놓을 수 있다."

이 뜬금없는 진술을 이해하려면, 죽음의 둘레에 "방법론적으로" 사로잡히는 것이 시 쓰기의 배경을 망각하는 것과 동일한 작업이라고 할밖에는 달리 길이 없다. 그런데 그다음은 더욱 당황스럽다. 1973년에 와서 그는 작년의 그런 생각을 "무너뜨리고 있다"고 말하는 것이다. 그 이유를 시인은 "그동안 시를 쓰는 일을 중단했기 때문에 시적 가태(假態)가 밝혀"졌기 때문이라고 풀이하고 있다. 또 하나의 원인이 있다. 다음 문단에서 시인은, "1971년 무렵의 배타적인 긴장을 내 이성의 한 부분으로 제거해버렸다. 그래서 시를 생각하는 일이 뜨겁지 않다. 차다. 그런 반면 그것을 생각하는 시 의식의 지평이 넓어졌다는 확신을 가지게 된 것이다. 〔……〕 나는 시의 아들, 시의 노복이었다가 시의 젊은 아버지가 된 것이다"라고 말한다. 그다음에 이어지는 진술들은 시적 몰입의 과정을 그대로 인정하면서 그것을 예전처럼 망각하지 않고 해부해야 할 필요에 대해 장황하게 또한 혼란스럽게 기술하고 있다. 왜 그것이 필요한가? 정확한 대답을 시인은 끝끝내 회피하고 있지만(그의 비문과 오문의 연속은 그 회피의 곡예가 아닐까?), 독자는 그의 '시 쓰기 과정에 대한 망각'이 "문학사 기술 행위나 어떤 정신사 안의 맥락으로부터 유리"되고 싶다는 욕망, "민족의 개념, 민족의 말에 대한 개념을 넘어서려는 의지"의 결과임을 알아차릴 수 있다. 시인은 1972년까지 그 욕망을 유지하다가 1973년에 와서 그것을 반성하고 있는 것이다. 그런 반성을 하게 된 까닭은 무엇인가? 시인은 매우 비유적으로 대답한다.

"그러나 사랑하는 여자에게 자기 자신의 과거를 하나의 미래로서 고백하는 것처럼 왜 시작 과정을 고발하지 못하는가라는 추궁을 받아들이고 있을 법하다."

문법적 오류들을 제거하고 읽자면, 이 진술은 두 가지 내용을 함의하고 있다.

   (1) 시 쓰기의 배경을 고백하는 일은 '나'를 '고발'하는 행위이다.
   (2) '나'를 고발하는 것은 나의 과거를 나의 미래로 만드는 작업이다.

한편으로 시인은 시 쓰기의 배경을 망각하려는 자신이 무언가 '잘못'을 저지르고 있다는 것을 인정한다. 그 잘못은 앞에서 언급된 '가태'를 가리키는 것이리라. 다른 한편으로 그 잘못을 고발함으로써 그는 거듭나기를 꿈꾸는데 이때 자신이 고발한 과거는 말소되는 것이 아니라 미래의 원소로 재탄생한다고 시인은 생각한다. 그러니까 과거는 부정되는 것이 아니다. 그것은 순치되어 재탄생한다. 감옥에서 재교육을 받고 선량한 양민으로 출옥할 죄인처럼.

산문 「문의마을에 가서」는 다음의 진술로 메지가 난다.

"시는 민족의 시다. 그러나 궁극적으로 자기 자신의 시인 것이다."

앞의 문장들을 다 읽은 후에 되새기면, 이 문장은 '민족의 시'이고자 하는 욕망과 '자기만의 시'이고자 하는 욕망이 병발해서 팽팽히 긴장하고 있는 것으로 읽을 수 있다. 다만 '자기만의 시'는 '민족의 시'에 이끌려서만 세워질 수 있다. 그런데 일단 그렇게 세워진 다음에는 '민족의 시'가 거꾸로 '자기만의 시'가 된다.

이 산문은 시인의 변모의 우여곡절을 압축하고 있는 글로 읽기에 충분하다. 다만 그 진술이 오문과 비문에 겹쳐 일탈과 비약 그리고 내용의 혼용들로 뒤엉켜 있어서 해독하기가 여간 어렵지 않다. 거꾸로 들어가 보기로 하자.

우선, 분석을 곁들인 후반부 대목의 독해를 통해서 '민족'이 시의 중심에 놓이게 된 과정을 알게 되었다. 또한 이 과정 속에서 시인의 과거 세계가 폐기되지 않고 보존된 것도 알게 되었다. 그런데 그 보존의 과정에는 자기반성이 개재해 있다. 그 자기반성을 통해 과거 세계가 변용되어 보존된 것이다. 과거 세계란 정확히 무엇이고 그것은 어떻게 변용된 것일까? 그 '무엇'을 시인은 반성 이전에는 "극단적인 가면을 벗어"놓은 상태라고 지칭했다. 순수한 '나'라는 것이다. 그런데 반성 이후에는 그것을 "가태"라고 규정하였다. 또한 "1971년 무렵의 배타적인 긴장"이라고 지칭한 것 역시 '극단적인 가면을 벗어놓은 상태'를 가리키는 것으로, 최소한 그와 연관된 것으로 보는 것이 타당할 것이다. 그 배타적인 긴장을 시인은 "내 이성의 한 부분으로 제거해버렸다." 그리고 그러자 "시의식의 지평이 넓어졌다." 역시 문법적인 오류를 제거하면, "내 이성의 한 부분으로 제거해버렸다"는 "내 이성으로 그 배타적인 긴장의 부분을 제거해버렸다"로 읽는 게 타당할 것이다. 그래야만 다음 문장, "시를 생각하는 일이 뜨겁지 않다"로 자연스럽게 이어진다. 다만, 문법적 오류를 통해서 시인은 자신이 제거한 그 부분을 자신의 이성의 한 부분으로 다시 포함시킨다. "내 이성의 한 부분으로 제거해버렸다"를 "배타적인 긴장을 내 이성의 한 부분이라고 생각하고 제거해버렸다"고 읽을 수는 없다. 그렇게 읽으면 이성을 제거해버렸다는 것이 되는데, 그것은 문맥으로 보아 어울리지 않기 때문이다. 오히려 '배타적인 긴장을 제거하되, 그것을 내 이성의 한 부분으로 만들었다'고 이해하는 게 바람직할 것이다. 이와 같은 분해·결합식은 방금 보았던 후반부의 분석으로 충분히 이해할 수 있는 일이다.

'배타적인 긴장'의 배타성, '극단적인 가면을 벗어놓은 상태'의 극단적인 순수성은 상통하는 성질들이다. 그것을 반성 이전에는 순수성 쪽에 놓았다가 반성 이후에는 가식성 쪽에 놓았다. 정반대의 판단이 일어난 것이다. 이 판단의 전환이 뜻하는 게 무엇인지는 잠시 후에 살피기로 하자. 우선은 도대체 그 순수성/가태의 상태가 무엇인지를 보기로 하자. 앞에서 보았듯, 그 극단적인 순수성의 상태는 시의 차원에서는 시 쓰기의 배경을 망각하는 것이고 삶의 차원에서는 죽음의 둘레에 '방법론적으로' 사로잡히는 일이다. 그런데 이것은 그 자체가 오래전부터 있었던 과거의 지속이 아니라 더 오랜 과거로부터의 변화이다. 그 더 오랜 과거는 '문의마을'에 가기 전이니, 1967년 이전이라고 보아야 할 것이다. 그 '더 오랜 과거'에서 그는 '죽음'에 사로잡혀 있었다. 그런데 1967년 이후 그는 죽음에 사로잡히는 게 아니라 죽음의 둘레에 방법론적으로 사로잡히게 된다. 이 말은 죽음을 방법적으로 다루기 시작할 수 있었다는 뜻이리라. 그걸 가능케 한 계기에 두 가지 발견이 있었는데, 하나는 '자연이 인간에 귀의'하는 걸 보았다는 것이고 다른 하나는 사자가 망자를 데리고 가는 것을, 다시 말해 넋의 실존을 보았다는 것이다. 두 가지 발견을 연결해 이해하자면 그것들은 인간의 유한성의 극복이라는 문제로 수렴된다. 첫번째 발견은 자연에 의한 인간의 지배가 역전되는 상황에 대한 발견이다. 두번째 발견은 인간이 죽어서도 살아 있다는 것에 대한 발견이다. 연결하면, 자연이 인간을 지배하는 것과 인간의 유한성(죽음)은 각각 상대방에 대한 원인이거나 결과이다. 그 유한성을 넘어서는 체험을 하니 자연에 의한 인간의 지배가 끝나고 자연이 인간에 귀의하게 된다. 그러니까 시인이 '유물론'이라고 말한 것을 넓은 의미에서 이해해야 할 것이다. 그것은 바로 자연의 물질적 존재성 그 자체를 가리키는 생각을 말한다. 감각할 수 있는 현실, 그것의 실재성 말이다. 자연은 그렇게 실재하는데, 인간은 죽은 다음에는 감각할 수가 없다. 자연은 인간을 압도한다. 그런데 시인은 넋의 실존의 확인을 통해서 감각할 수 없는 것을 감각할 수 있게 된 것이다. 그것이 죽음의 둘레에 '방법적으로' 사로잡히는 일이다. 다시 말해 죽음을 방법적으로 다룰 수 있게 된 것이다. 그럼으로써 이제 인간이 자연을 제압할 수 있게 된 것이다.

### 4.3. 세 번의 변모: 가면 쓰기/가면 벗기/얼굴 내밀기

여기까지 오면, 시인의 변화의 근원이 무엇인지 확연해진다. 초기의 시인이 죽음과 소멸을 노래하였다면 그것은 문자 그대로 죽음과 소멸을 기대하였기 때문이다. 산문 「문의마을에 가서」에서 그는 "누군가가 죽기를" 기다렸다고 분명히 말하지 않던가? 죽음과 소멸을 왜 기다렸던가? 생생한 물질성으로서의 자연이 그를 구속하고 있었기 때문이다. 이 자연이 문자 그대로의 자연이 아니라 한국인의 현실의 은유라는 것은 금세 알아차릴 수 있는 사항이다. '유물론'이라는 어사가 다시 환기시키는 게 그것이다. 고은의 소멸의 문학이 한국 현실에 대한 절망의 반영이자 자각이라는 것은 이미 김현에 의해서 지적된 바 있다.

　고은의 파멸로서의 문학은 그 주장의 극단화와 과격화 때문에, 그리
고 그것이 사실은 50년대의 정신적 상황을 상징적으로 표상하고 있다
는 점에서 나의 주의를 끈다. "우리들만이 오늘의 정당한 사제(司祭)
이다"라고 맹목적으로 외친 뒤(「젊은 아시아인의 증언」, 1962), 그는
『해변의 운문집』(1966) 서문에 "나는 창조보다는 소멸에 기여한다"는
경세적(警世的) 경구를 써넣는다. 그 경구의 의미는 이중적이다. 그
의 생애 자체에 대한 경구로서의 의미와 그것을 문학화한 그의 시적
공간의 축도로서의 의미라는 이중적 의미를 그 경구는 갖고 있다. 누
이의 죽음과 출가, 시작(詩作)의 비생산성 등에 대한 자각에서 시작된
그의 탄식은 그에게서 현실 개조에 대한 의욕과 정열을 완전히 잃게
한다. 그에게 남아 있는 것은 소멸에 대한 자각뿐이다. 그래서 그의
시 세계는 상실과 일탈로 가득 차 있다. 자기가 속한 시대의 비생산성
에 대한 도저한 절망에서 기인하고 있는 이 소멸에의 욕망은 50년대의
정신적 방황의 한 표징이며 상징이다. 자기가 속한 시대에 대해 절망
하고, 그것의 미래를 믿지 못하는 것은 자신이 그 사회의 역사적 변모
를 책임지지 못할 때 생겨나는 현상이다. 자신이 그 사회의 변모의 일
익을 담당할 수 있다면 그러한 도저한 절망은 있을 수 없다. 그러므로
고은의 파멸로서의 문학은 자신이 책임질 수 없는 역사적 변모, 해
방·전쟁으로 인한 정신적 외상의 결과이다. 사실상으로 고은처럼 과
격하고 대담한 표현을 얻고 있지 못하지만 50년대의 모든 문학적 이론
의 뒤에는 자신이 책임질 수 없는 역사에 대한 한탄이 숨어 있다. 어느
경우에는 그것이 긍정적으로, 또 어느 경우에는 그것이 부정적으로 나
타날 뿐, 책임질 수 없는 역사에 대한 자각은 편재해 있다.[40]

다만 고은의 산문과 시에서 그 현실이 '자연'으로 은유되었다는 것은 달리 주목할 필요가 있다. 그 자연은 인간의 외부에 놓여, 인간의 삶을 두르는 것이다. 이 자연은 그러니까 하나의 풍경, 삶의 환경을 이루는, 그러면서 삶의 현장과 소통하지 않는 듯이 보이는 외부이다. 이 은유의 기능이 무엇인지를 말하기 전에 마저 해석을 마치기로 하자.

"극단적인 가면을 벗어놓은 상태"는 그러니까 현실-자연을 죽일 수 있는 상태를 가리킨다고 할 수 있다. "'방법적으로' 죽음에 사로잡히는" 일이 행하는 것이 그것이다. 그럼으로써 더 이상 인간(시인)은 자연(현실)에 귀의하지(귀속되지) 않는다. 오히려 자연(현실)이 그에게 귀의한다(귀속된다). 다시 말해 그의 노리개가 된다. 그런데 이것은 '시 쓰기의 배경을 망각하는 일'과 동궤에 놓이는 일이었다. 이 둘 사이에 도대체 무슨 상관이 있단 말인가?

산문 「문의마을에 가서」의 결론은 이 두 가지 행위를 비판적으로 반성하는 것으로 메지내고 있다. 그런데 이 글 자체는 자신의 시의 배경에 대한 암시이다. 산문 「문의마을에 가서」는 시 「문의마을에 가서」가 씌어진 배경을 이야기하는 글이다. 그렇다면 이 글의 전체는 결론에 충실한 것이 된다. 시 쓰기의 배경을 망각하는 일이 '가태'에 지나지 않으니, 시 쓰기의 배경을 고백하는 게 오히려 낫다고 말하고 있는 셈이니까 말이다. 결론에 주목해서 읽으면, 시 쓰기의 배경을 망각하는 행위에 대한 진술은 시 쓰기의 배경을 이야기하는 것의 의미를 강조하기 위해서 동원된 것으로 읽힌다. 이것은 그가 훗날 민족

---

40) 김현, 「테러리즘의 문학」, 『사회와 윤리』, 1974; 김현문학전집 2 『현대문학의 이론/사회와 윤리』, 문학과지성사, 1991, p.256.

과 민중을 자기 시의 배경으로 공공연하게 내세우게 되는 사정의 실마리에 해당한다고 볼 수도 있다. 그러나 그것은 결론과 훗날을 유의하며 읽을 때 그렇게 읽힐 수 있는 것이고, 행위 자체에 주목하면 궁금증이 일어난다. 왜 하필이면 그때 시 쓰기의 배경을 망각하는 일을 중요한 할 일로 삼았던 것일까? 물론 짐작하건대 이 산문이, 시 「문의 마을에 가서」를 쓰게 된 배경을 말해달라는 청탁을 받고 씌어진 것이기 때문일 것이다. 그러니 배경에 대해 언급했을 것이다. 그러나 그렇게만 이해하면 저 "극단적인 가면을 벗어놓은 상태"와의 동위성이 잊혀진다. 그 동위성을 유념하자면, 시 쓰기의 배경을 말하는 것을 "극단적인 가면"을 쓰는 것과 같은 행위로 이해해야 할 것이다. 그리고 앞의 풀이를 받아서 말하면, "극단적인 가면을 벗어놓은 상태"는 현실-자연을 죽일 수 있는 상태이고 그 현실-자연은 시인의 외부, 그의 의식을 자주 침범하여 괴롭혔던 바깥의 풍경이니까, 시 쓰기의 배경을 망각하는 일은 시 내부에서 현실이라는 풍경을 제압하는 일과 동일한 행위가 된다. 전자는 후자의 환유적 치환인 것이다.

여기까지 오면, 독자는 왜 시인이 현실-자연을 제압할 수 있게 된 상태를 "극단적인 가면을 벗어놓은 상태"라고 말했는가를 알아차릴 수 있다. 그것은 시인이 시 쓰기의 배경을 망각하는 일을 실행하기 전에 시의 배경에 대해서 고의든 아니든 조작된 암시를 늘어놓았다는 것과 동궤에 있는 것이다.[41] 김현이 실재했다고 믿었던 시인의 '누

---

41) 실제로 초기의 산문들을 보면, 직접 자기 시의 배경을 말한 글은 거의 눈에 띄지 않는다. 대신 그는 다양한 허구의 진열을 통해(가령, 「나의 하얼빈 시대」 같은 것은 노골적인 허구이다), 해석자들로 하여금 그의 배경을 끊임없이 '추정'케 한다. 추정케 하면서 계속 의심하게 한다.

이'와 '폐결핵' 같은 것 말이다. 그 동위성에 유의하면, '문의마을'에 가기 이전의 그의 시는 현실-자연의 침범 때문에 계속 괴롭힘을 당하면서, 그것과 어떤 조작을 통해 싸웠다고 해석할 수 있다. 그 싸움이 '극단적인 가면'을 쓰는 일이다. 두 단계를 이렇게 정리할 수 있을 것이다.

(1) '문의마을'에 가기 전: 현실-자연의 침범으로 괴로움을 당했다/가면을 쓰고 현실-자연과 싸웠다/시의 배경을 조작했다. ('누이' '폐결핵' 등) → 주체와 현실이 이전투구했다.

(2) '문의마을'에 간 이후: 현실-자연을 제압하게 되었다/가면을 벗었다/시의 배경을 삭제했다 → 순수 주체가 획득되었다.

그리고 시인은 시집 『문의마을에 가서』를 교정하는 도중에 두번째 단계를 버리게 된다. 앞에서 보았듯, 정확하게 말하면, 두번째 단계에서 획득한 '순수한 주체'가 보존되는 방식으로 지양된다. 그리고 이 과정은 바로 '민족'이 발견되면서부터다. 그것을 이렇게 정리할 수 있다.

(3) 「문의마을에 가서」를 고치면서: 민족을 발견하였다/실제 현실이 모습을 드러냈다/시의 배경을 내세웠다 → 주체는 고발됨으로써 보존된다. 주체는 민족의 표상이 되어 현실과 대결한다(최원식을 따르자면, 『새벽길』까지) ; 혹은 주체는 민족을 얼싸안는 오지랖이다(『조국의 별』 이후)

마지막 의미항, 즉 화살표 이후에 초점을 두어 이 세 단계를 이렇게 정리할 수도 있다.


(1) 주체와 환경(현실-자연)의 혼융과 변용
(2) 주체에 의한, 현실의 제압
(3) 주체와 현실의 동반적 팽창


## 5. 풍경이 요동한 까닭이 있다

### 5.1. 민족에 '무엇'을 보태야 민족이 된다

이 글의 관심의 초점은 세번째 단계에 놓여 있다. 그 점에서 본다면 이제 산문 「문의마을에 가서」를 나가는 방식으로 다시 읽어볼 필요가 있다. 지금까지는 들어가는 방식으로 읽었다. 왜 그랬을까? 세번째 단계가 제대로 해명되려면 앞의 두 단계를 정밀히 살펴보아야 한다는 운산 때문이었다. 세번째 단계만 보면 '민족'은 이미 그냥 존재할 뿐이다. 그리고 팽창할 일만 남았다. 그러나 민족이 무엇으로 형성되었는지는 밝혀지지 않는다. 물론 세번째 단계 이후만 봐도 알 수 있는 상식적인 요소들은 있다. 앞에서 하나의 개념적 모듈은 최소한 자원과 제도와 상징이라는 세 요소를 갖는다고 말했다. 지금까지의 논의를 검토한 바에 의하면 민족이라는 모듈은 민중을 자원으로 갖고 국가를 제도로 가지며 자연을 상징으로 갖는다. 그 세 요소가, 실제적인 근거가 부재하는데도 어떻게 시에서 출현할 수 있는가를 「역사로부터 돌아오라」에서 충분히 보았다. 또한, 그 자원-상징이 합쳐진 곳에 영웅(지도자)이 있고, 상징-제도가 합쳐진 곳에 '조국'이 있으며, 자원-제도가 합쳐진 곳에 '민족사'가 있다. 고은 시에 대입하면 자원-상징이 합쳐진 곳에 『화살』이 있고, 상징-제도가 합쳐진 곳에 『조국의 별』이 있으며, 자원-제도가 합쳐진 곳에 『만인보』가 있다. 여기에 이르면 실제적인 근거가 없던 민족은 근거들로 충만한 민족이 된다.

그러나 그것뿐일까? 앞에서 정리한 세 단계를 다시 들여다보면 '민족'은 약간 느닷없이 출현하였다. 물론 독자는 유추적으로 그 출현을 이해할 수 있다. 앞의 두 단계에서의 현실-자연은 한국인의 역사적 현실을 가리킨다. '민족'은 그 부정적 역사적 현실을 긍정적 역사적 미래로 전환시킨 데서 출현하였다. 그러나 그것이 왜 하필이면 '민족'일까?

민족은 시간적·공간적으로 단일하다고 가정된 사람들의 공동체를 가리킨다. 한국의 경우에는 여기에 언어적 단일성이 추가되어, 시간적·공간적·언어적으로 단일하다고 가정된 사람들의 공동체를 가리킨다. 이것 자체는 가정된 자연성에 근거한다. '가정'의 인공성을 따지고 들지 않는 한, 자연성을 문제 삼을 수는 없다. '가정'을 문제 삼아야 한다면, 그것은 방금 내린 민족에 대한 정의를 초월한 곳에 혹은 배경에 숨어 있다. 그 가정을 이해하기 위한 실마리는 세 단계 중 첫번째 단계에 들어 있지, 세번째 단계에 있을 수가 없다. 후자에서는 이미 민족은 자연적인 것으로 굳어져 관찰의 내시경이 뚫고 들어갈 틈새를 원천 봉쇄해버린다. 그러니 산문, 「문의마을에 가서」를 다시 들여다보자.

독자는 꽤 어색하긴 하지만 이 '민족'이 실상은 부정적 역사적 현실을 가리키는 데도 사용되었다는 것을 발견한다. 시인은 시 쓰기의 배경을 망각하는 이유를 "민족의 개념, 민족의 말에 대한 개념을 넘어서려는 의지"라고 풀이했던 것이다. 이 '민족'은 분명 세번째 단계 이후의 민족이 아니다. 그것은 역사적인 고난을 겪은 한국인들의 공동체를 가리킨다. 첫번째 단계의 현실-자연 속에 갇힌 한국인들이다. 「민족문학론의 행방」에서 그것은 "민족이 민족으로서 형성"되는 문제로 표현된다. 전자의 민족과 후자의 민족이 같을 수가 없다. 후자의 민족은,

$$민족 + x = 민족$$

의 산술식을 통해 태어난 민족이다. 이것이 앞에서 가정했던 산술식, '70년대 이전의 시 세계+x = 민족시'의 사후적(事後的)[42] 형식이다. 이 글의 목표는 바로 그 x를 찾는 일이다. 왜 그것을 찾아야 하느냐 하면, 그러지 않으면 '우리는 하나(같은 민족)다'라는 명제와 '우리는 하나가 되어야 한다'는 명제가 분별없이 혼용되어 당위가 존재를 집어삼키기 때문이다. 그리고 일단 집어삼키면 당위가 이미 존재가 된다. 그래서 "'우리가 남이가?' 하고 부르짖는 자들의 면전에 대고" 김철 교수처럼 강단 있게 "그래 남이다"[43]라고 대답할 수 없게 만든다.

　그 x를 찾기 위한 첫번째 단서가 '자연'이다. 왜냐하면 이 자연과 더불어 시인은 원래의 '민족'으로부터 벗어날 수가 있게 되었기 때문이다. 원래의 민족은 고난의 역사적 현실 속에 갇힌 한국인을 지칭하

---

42) 즉, '민족의 발견이 일어난 다음에 회고적으로 구성된.'
43) 김철, 「다시 '친일파'를 생각하며」, 『국민이라는 노예』, 삼인, 2005, p.41.

는 말이다. 이때 한국인과 한국인의 역사적 현실은 분리되지 않는다. 분리되지 않으면 그 현실을 극복할 수도, 그로부터 탈출할 수도 없다. 현실을 자연으로 치환한 이유는 그것 때문이다. 그렇게 치환함으로써 현실-자연으로부터 시인 '나'는 독립할 수 있게 된다. '나'에게 현실-자연은 이제 나의 상황이 아니라 나의 풍경이 된다. 이것이 은유의 기능이다. 그런데 그렇게 분리시키는 건 현실로부터 도피하기 위해서가 아니다. 오히려 그 현실-자연과 싸울 수 있기 위해서다. 그것이 '가면 쓰기'의 의미다.

## 5.2. '풍경'의 존재론

사람들은 흔히 풍경이 "역사와 타자를 배제"하는 가운데 발견된 외부라고 말하고는 한다. 풍경에의 도취는 현실로부터의 도피일 뿐 아니라 현실의 은폐라는 것이다. 때로 그것은 적의한 판단일 것이다. 그러나 한국문학의 경우에 그것은 거의 들어맞지 않는 진술이다. 고은의 시에서 자연이 현실의 은유로 쓰였다면, 거기에는 그럴 만한 이유가 있다. 그 이유를 방금 말했다. 싸우기 위해서다. 그런데 싸우려면 자연이 현실의 은유임을 '표지'해야 한다. 자연과 현실 사이에 어떤 유사성을 설치해야 한다. 그 유사성은 우선, 한국의 역사적 현실을 자신의 실존으로 파악하고자 하는 사람에게는 자신의 바깥에 놓인 모든 환경이 그 역사적 현실의 자리이며 자연도 그 환경에 포함된다는 점에서 발생한다.

눈이여 내려라
우리는 아무것이 없어도

눈에 묻히마 언덕처럼 골짝처럼
눈이여 우리 청춘의
더러운 자국과
죄 우에
왜 쌓이지 않겠느냐
산맥과 같이
하얗게 하얗게 웅장하지 않겠느냐 (「눈길」 부분, 『피안감성』, 『고은
전집』 제2권/시 1, 김영사, 2002)


이 시구에서는 자연이 둘로 분화되고 있다. 눈·산맥과 언덕·골짝
으로. 우선 언덕·골짝은 "우리 청춘의/더러운 자국과/죄"가 스며 있
는 곳이다. 다시 말해 현실의 일부이다. 여기에 눈이 내려, 그 현실
을 덮어버리기를 화자는 소망한다. 이 순간의 '눈'은 문자 그대로 현
실과 다른 별도의 무대를 만드는 장치이다. 그러나 그 자연은 곧 '산
맥'으로 바뀐다. 산맥은 다양하게 해석될 수 있다. 그것은 장엄한 자
연의 세계로 읽힐 수도 있다. 그러나 동시에 현실의 '미래'에 대한 은
유로 읽힐 수도 있다. 이 시에서는 두 가지 해석이 모두 가능하다. 때
문에 자연은 현실로부터 '이탈'하지 않는다. 현실을 '배제'하지도 못
한다. 다음의 시구는 현실은 어디에서든 환기된다는 것을 가리키고
있다.


온갖 살아 있는 것들은
하늘에 들 이루고 쉬는 구름 아래
어둠도 차라리 밝은 누리인지

이 세상의 그림자들 다 지웠건만

가을밤 벌레 소리 하나하나에도

소리 그림자 있네 (「잎새 小曲」 부분, 『피안감성』, 앞의 책)

　　세상의 그림자들 아무리 지워버려도 그림자는 불시에 도처에서 드리워진다. 이게 고은에게만 해당하는 것일까? 잘 아시다시피 김소월의 「산유화」는 "청산과의 거리"(김동리)를 아찔하게 가리키기 위해 거기 피어 있다. 그 거리를 가리키는 한 우리는 청산의 대극, 즉 현실을 벗어나지 못한다. 「진달래꽃」은 어떤가? 현장으로부터 달아나는 그이는 자연을 "즈려밟고" 가야만 된다. 즈려밟는 순간은 달아나는 발에 현장의 참상이 배어드는 순간이다. 영영 지워지지 않을 것이다. 또한 독자는 정지용의 후기 시가 동양 산수시의 '은일의 정신'을 추구했다는 해석을 읽은 적이 있다.[44] "가톨리시즘에의 귀의에서 벗어나 동양의 정신주의에의 침잠"으로 나아간 것이다. 그런데 왜? "山水에 숨어 정신적 극기로 자신의 고난을 감내하려" 했다는 것이다. 정신적 극기는 결국 운둔이고 도피가 아닌가? 최동호는 그 물음을 던지고는 정지용 후기 시에 "운문적 시형과 산문적 시형이 공존"하고 있음을 찾아내고, "그 시적 세계의 공통적인 기반이 동양의 청정 무심한 세계를 시화하고 있기는 하지만 산문적 시형에서 그의 심정적 갈등이 첨예하게 노출되고 있다는 점은 간과할 수 없"다고 지적한다. 그 은일 속에는 "극기적 탄식음이 지속적으로 내재되어" 있는 것이다. 게다가 "「호랑나븨」와 「禮裝」과 같은 시"는 은일 추구의 정신 자

---

44) 최동호, 「山水詩의 세계와 隱逸의 정신」, 『불확정 시대의 문학』, 문학과지성사, 1987, pp. 11~43.

체가 붕괴되는 정황을 보여주지 않는가?

그러니 풍경은 역사와 타인을 배제할 수가 없다. 오히려 풍경에는 역사와 타인이 들끓는다.[45] 사실 그것은 식민지 시대를 산 한국의 현상만이 아니다. 장-피에르 리샤르Jean-Pierre Richard는 「네르발의 신비한 지리책」이라는 글에서 네르발이 자기만의 풍경을 만들어가는 과정을 치밀히 추적하면서, "꿈속의 미궁의 끝에서 모든 대상은 그러니까 자신이 스스로 분비한 파도로, '빛나는 파도로 둘러싸인 섬'이 된다. 풍경의 외부로부터 강요된 태양은 없다. 꿈속에서 각 물체들은 그 자신의 불로 빛나며, 물체들은 스스로 그 자신의 고유한 태양이다, 라고 네르발은 우리들에게 말해준다"[46]고 쓴다. 그렇다면 이 자율적이고 자족적인 풍경은 현실과 무관한 순수한 창조의 행위인가? 그러나 리샤르는 「지리책」의 마지막 대목을 이렇게 장식한다.

"네르발적인 속죄는 자연적인 세계나 인간 세계의 망각이 아니다. 구원을 맞은 네르발은 그의 동류들 쪽으로 다시 내려가, 물질적인 정다운 고장으로, 그곳에 새 소식을 보내기 위해 되돌아간다."[47]

---

45) 『백두산』과 『만인보』를 중점적으로 다룬 황현산의 평론, 「역사의 어둠과 어둠의 역사」 (『말과 시간의 깊이』, 문학과지성사, 2002)가 첫 단락에서 '의제(毅齊)'의 그림을 언급하고 있다는 것은 매우 흥미롭다. 평가가에 의하면, 순수한 산수화로 보일 수 있는 그 그림에도 "진정한 산과 진정한 물만이 아니라, 식민지 예술의 진퇴를 가로막는 깊은 골짜기들이 있다." 고은의 시를 다루는 글에서 이 언급이 왜 필요했을까? 단순히 『백두산』의 세계가 임옥상의 그림에서처럼 자연과 현실의 선명한 대비를 보여주고 있다는 것을 말하고 싶었다면 굳이 첫 단락이 그래야 할 이유가 없었을 것이다. 그도 고은 초기 시의 풍경 묘사가 의제의 그림에서처럼 현실로 들끓고 있다는 것을 말하고 싶었던 것이 아닐까?

46) Jean-Pierre Richard, *Poésie et profondeur*, Points Nº 71, Paris: Seuil, 1955, p.31; J. P. 리샤르, 『시와 깊이』, 윤영애 옮김, 민음사, 1984, p.32

47) 위의 책, p.87; 윤영애 옮김, p.95.

왜 그러한가? 이 네르발적 창조의 과정이 실은 세상의 먼지에 물이 스며들게 해 진흙으로 만들고 다시 그 진흙을 통해 "물체의 각 부분을 사물들의 총화와 지속적이고 직접적인 교섭의 상태로 연결"시키며 "사물들의 본질적인 상호 침투를 실현"[48]하기 때문이다. 다시 말해, 네르발의 풍경은 세상의 먼지들로 이루어진 것이지 달의 광석들로 만들어진 것이 아니기 때문이다. 리샤르의 풍경은 "창조적 경험의 재료와 토대 같은 것을 형성하는 감각적 요소들의 총체"[49]이다. 그 감각적 요소들은 바로 현실을 반죽하거나 졸여서 얻어진 것들이다.

그러니까 외양만 보고 판단할 게 아니다. 풍경은 이미 현실의 온갖 요소들로 요동한다. 요동하면서 주체를 침범하고 주체를 들쑤신다. 실로 우리는 풍경이 그 자체로서 하나의 거대한 현실이 되는 작품을 읽은 적이 있지 않은가? 셰익스피어의 『맥베스』에서 움직이는 '버넘 Birnam 숲'은 그 자체로서 광포한 현실이다. 그 자연은 현실을 초월하는 어떤 요소도 포함하고 있지 않다. 해럴드 블룸Harold Bloom의 이 말처럼 정확하게 표현된 말은 없는 듯하다: "『맥베스』에서 자연은 죄악이다. 그러나 은총 혹은 속죄와 용서를 통해 갚아질 수 있기 위해 소환되는 기독교적 의미에서의 죄악이 아니다. 『리어 왕』에서와 마찬가지로 우리는 『맥베스』에서 가볼 만한 장소를 찾지 못한다. 거기에 우리에게 쓸모 있는 '성소'는 없다."[50]

---

48) 앞의 책, pp.51~52: 윤영애 옮김, pp.54~55.
49) 리샤르, 『샤토브리앙의 풍경』; 김현, 『제강의 꿈: 제네바학파 연구』, 문학과지성사, 1986; 김현문학전집9『행복의 시학/제강의 꿈』, 문학과지성사, 1991, p.250에서 재인용.
50) Harold Bloom, *Shakespeare-The Invention of the Human*, New York: Riverhead Books, 1999, p.545.

그런데 이런 풍경화가 왜 그려지는가? 왜 현실을 풍경으로 밀어내는가? 고은의 경우, 그것이 현실과 자신을 분리시키는 방법이라고, 그래야만 현실과 싸울 수 있기 때문이라고 앞에서 말했다. 그러나 그것뿐일까? 보들레르는 자본주의의 온갖 문물이 활개치고 있는 19세기 파리의 도시를 묘사하는 시들을 모아 『악의 꽃 Les fleurs du mal』(제2판, 1861)의 제2부에 배치하고 '파리 풍경 Tableaux parisiens'이라는 제목을 붙였다. 그 첫번째 시의 제목은 「풍경Paysage」이다. 그렇게 한 이유가 무엇일까? 「풍경」에는 이렇게 답이 적혀 있다.

> '소요'가 제아무리 내 유리창에 폭풍을 몰고 와도, 헛일
> 책상에서 내 이마를 들게 하진 못하리;
> 왜냐면 나는 내 의지로 '봄'을 불러일으키고,
> 가슴속에서 태양을 끌어내어 타오르는
> 생각들로 따스한 분위기를 만들어내는
> 그런 황홀경에 빠져 있을 테니까.[51]

　이제 이 시구를 현실로부터의 도피로 읽을 독자는 없을 것이다. 시구가 그대로 가리키듯이 여기에서 움직이고 있는 것은 '소요'와 '봄' 사이의 긴장과 길항이다. 이 긴장과 길항이 어떤 시적 효과를 낳는 것일까? 다시 리샤르를 경청해보자. 그는 '파리 풍경' 시편과 『소산문시 Petits Poèmes en Prose』를 "절단된 우주의 풍경화"라고 명명하면서 이렇게 풀이한다.

---

51) 보들레르, 『악의 꽃』, 윤영애 옮김, 문학과지성사, 2003, p.212.

"절단된 우주의 풍경화는 절단의 수사학을 요구〔한다.〕이 우주에서 시인은 '마치 보도에서 비틀거리듯 말들 위에서 비틀거린다.' 이들 작품 속에 그는 묘하게 불협화음적인 작은 그림들을 내적인 관계도 없이 병렬시킨다. 그리고 이들 그림들 '하나하나는 따로 존재할 수 있으며,' 서로서로 부딪친다. 〔그러나〕이곳에서 서정적인 물결침은 어떤 시적 깨어남의, 상상적인 쇼크의 전혀 새로운 미학과 결합된다. 이것이 바로 보들레르가 그의 『소산문시』에서 꿈꾸었던 성공이다. 그것이 '영혼의 서정적인 움직임과 상념의 물결침, 그리고 의식의 경련에 호응할 만큼 충분히 유연하고 동시에 충분히 부딪치는 시적 산문'의 기적인 것이다."[52]

보들레르의 언어적 풍경을 통해 "도시는 새로운 수액으로 부풀고, 도시의 불모성은 모든 표현과 모든 교화를 침투할 수 있는 성격으로 바뀌는 것이다."[53]

---

52) Richard, *Poésie et profondeur*, p.160; 『시와 깊이』 윤영애 옮김, p.174.

53) 위의 책, p.158; 윤영애 옮김, p.172. 리샤르는 장 지오노의 『세계의 노래 *Le Chant du monde*』라는 소설에 대해서도, 이 소설의 인물들이 모두 풍경과 특별한 "상상적 계약" 관계를 맺는다고 하면서, 이 유추적 관계의 효과에 대해 '감각화'를 들고 있다. 즉 육체가 풍경에 연결됨으로써 인물은 "특정한 감각의 맥락 속에 역동적으로 존재"하게 된다는 것이다. 이 역시 풍경이 현실을 '실존하게끔' 하는 예로서 볼 수 있다. cf. Jean-Pierre Richard, "Paysages personnages," *Essais de critique buissonière*, Paris: Gallimard, 1999, pp.133~136.

## 6. 자아·민족이 점멸하고 수열이 출현했다

### 6.1. 전이는 '접이(接移)'

셰익스피어는 셰익스피어고 보들레르는 보들레르다. 그들의 작품 세계는 고은의 시에 대해서 암시만을 제공할 수 있을 뿐이다. 그러나 그 암시는 강력하다. 고은의 초기 시에서의 풍경의 존재 양태를 독자는 어느 정도 알게 되었다. 그 풍경은 이중적으로 나타난다. 현실의 은유로서의 풍경, 그리고 그 현실-자연을 덮는 자연으로서의 풍경. 첫번째 사항에서 은유의 기능은 주체와 환경의 분리이다. 두번째 사항에서 '덮는 자연'은 은유인지 아닌지 불확실하다. 앞에서 나눈 두 번째 단계와 관련시킬 때 그 '덮는 자연'은 현실을 지우는 힘이다. 그것은 은유가 아니라 피안의 실재로 인도하는, 그 실재의 한 요소다. 하지만 그 피안의 실재는 '소멸' '죽음'으로 지칭되어 있다. 그 '소멸' '죽음'은 '무화(無化; néantisation)'와 사실상 동의어이다. 그곳은 '성소'가 아니다. 다른 한편, 세번째 단계와 관련시킬 때 그 '덮는 자연'은 현실의 은유일 가능성이 크다. 다만 그 현실은 닥친 현실, 침범하는 현실이 아니라 의지화된 현실, 즉 민족으로 인도하는, 그 민족의 한 요소일 것이다.

씌어진 순서로 보자면 초기 시의 풍경의 구조를 먼저 살펴서 그것이 주체/환경의 분리의 기능 너머로 환경과 싸우기 위해 어떻게 변주되고 있는지 보아야 할 것이다. 그리고 그다음에 풍경의 세계가 두번째 단계와 세번째 단계에서 어떻게 변화해서 민족의 세계로 건너갔는가를 따져야 할 것이다. 그러나 이 글의 기본 관심은 후자에 있으므로 그걸 먼저 찾기로 하고, 그다음 변화한 세계와 초기 시의 세계를 비교해보기로 한다.

그런데 두번째 단계와 세번째 단계 사이는 변별하기가 힘들다. 작품들을 특정하기가 힘들기 때문이다. 두번째 단계는 '문의마을'에 다녀온 이후 1974년 시집 『문의마을에 가서』를 내기 전에 산발적으로 발표된 시들의 세계를 가리킨다. 그리고 세번째 단계는 시집 『문의마을에 가서』를 내기 위해 이미 발표된 시들을 수정할 때부터다. 따라서 시집을 세번째 단계의 최초의 결과물로 삼을 수 있겠는데, 문제는 수정되기 전 발표된 시들을 일일이 찾아볼 수가 없다는 것이다. 다행히 표제시인 「문의마을에 가서」에 대해서는 이광호가 처음 발표되던 때의 작품과 1974년판 시집과 1983년의 시집에서의 개작된 시편들을 모두 모아서 해석한 바가 있으니,[54] 그 시를 중심으로 분석을 진행하기로 하자.

산문 「문의마을에 가서」에 의하면 시 「문의마을에 가서」는 1967년에 씌어진 것으로 보이는데, 실제로 발표된 것은 1969년 5월 『현대시학』에서이다.


겨울 文義에 가서 보았다.

내 가슴속에서

떨고 있는 指南針이 가리킬 수 없이도

거기까지 닿은 길이

몇 갈래의 길과

---

54) 이광호, 「죽음의 구체성을 향한 도전」, 『위반의 시학』, 문학과지성사, 1993, pp. 231~45.

가까스로 만나는 것을.
죽음은 이 세상이 죽음만큼 적막하기를 바란다.
마른 목소리로 부르면
죽음은 귀를 막고,
길들은 저마다 추운 곳으로 뻗는구나.

그러나 삶은 마을을 만들고
마을은 죽음을 만들고 있다.
눈이 내린다.
눈이 내린다.
내가 뼈로서 팔짱을 끼면
먼 산이 너무 가깝고
눈이여 죽음을 덮고 또 무엇을 덮겠느냐.

겨울 文義에 가서 보았다.
죽음이 삶을 껴안은 채
한 죽음을 받는 것을.
끝까지 사양하다가
죽음은 내 인기척을 듣고
저만큼 가서 뒤를 돌아다보는구나.
모든 것은 낮아서
이 세상은 눈이 내리고,
아무리 돌을 던져도 죽음에 맞지 않는다.
文義의 눈이여 죽음을 덮고 또 무엇을 덮겠느냐.

1974년 민음사판 『문의마을에 가서』에 실린 시의 전문은 다음과 같다.

겨울 文義에 가서 보았다.
거기까지 닿은 길이
몇 갈래의 길과
가까스로 만나는 것을.
죽음은 죽음만큼 길이 적막하기를 바란다.
마른 소리로 한 번씩 귀를 닫고
길들은 저마다 추운 쪽으로 벋는구나.
그러나 삶은 길에서 돌아가
잠든 마을에 재를 날리고
문득 팔짱 끼어서
먼 산이 너무 가깝구나.
눈이여 죽음을 덮고 또 무엇을 덮겠느냐.

겨울 文義에 가서 보았다.
죽음이 삶을 껴안은 채
한 죽음을 받는 것을.
끝까지 사절하다가
죽음은 인기척을 듣고
저만큼 가서 뒤를 돌아다본다.
모든 것은 낮아서
이 세상에 눈이 내리고
아무리 돌을 던져도 죽음에 맞지 않는다.

겨울 文義여 눈이 죽음을 덮고 또 무엇을 덮겠느냐.

1983년『고은시전집』(민음사)에 실린 시의 전문은 다음과 같다.

겨울 文義에 가서 보았다.
거기까지 다다른 길이
몇 갈래의 길과 가까스로 만나는 것을
죽음은 죽음만큼
이 세상의 길이 신성하기를 바란다.
마른 소리로 한 번씩 귀를 달고
길들은 저마다 추운 小白山脈 쪽으로 뻗는구나.
그러나 빈부에 젖은 삶은 길에서 돌아가
잠든 마을에 재를 날리고
문득 팔짱 끼고 서서 참으면
먼 산이 너무 가깝구나.
눈이여 죽음을 덮고 또 무엇을 덮겠느냐.

겨울 文義에 가서 보았다.
죽음이 삶을 꽉 껴안은 채
한 죽음을 무덤으로 받는 것을.
끝까지 참다 참다
죽음은 이 세상의 인기척을 듣고
저만큼 가서 뒤를 돌아다본다.
지난 여름의 부용꽃인 듯
준엄한 正義인 듯

모든 것은 낮아서
이 세상에 눈이 내리고
아무리 돌을 던져도 죽음에 맞지 않는다.
겨울 文義여 눈이 죽음을 덮고 나면 우리 모두 다 덮이겠느냐.

1988년 청하판「고은전집」제3권『문의마을에 가서』에 실린 시의
전문은 1983년판의 그것과 동일하다. 반면, 2002년에 출간된 김영사
전집판에서는 약간의 수정이 다시 가해졌다.

겨울 文義에 가서 보았다.
거기까지 다다른 길이
몇 갈래의 길과 가까스로 만나는 것을.
죽음은 어느 죽음만큼
이 세상의 길이 아득하기를 바란다.
마른 소리로 한 번씩 귀를 닫고[55]
길들은 저마다 추운 소백산맥 쪽으로 뻗어 간다.
그러나 굽이굽이 삶은 길을 에돌아
잠든 마을에 재를 날리고
문득 팔짱 끼고 서서 견디노라면
먼 산이 너무 가깝다.

---

55) 이 글에서 분석되지는 않지만, 확인하고 지나가기로 하자. 74년 민음사판『문의마을에
가서』에서 이 시행의 마지막 구절은 "귀를 닫고"였다. 그런데 83년 민음사 전집판에서
"귀를 달고"로 바뀌었다. 오식인가 했으나 2002년 김영사판에도 "귀를 달고"로 되어 있
다. 오식이 무심코 반복된 건지 시인의 의도에 의해 표기와 내용이 바뀐 건지 확실치
않다.

눈이여 죽음을 덮고 또 무엇을 덮겠느냐.

겨울 문의에 가서 보았다.
죽음이 삶을 꽉 껴안은 채
한 죽음을 무덤으로 받는 것을.
끝까지 참은 뒤
죽음은 이 세상의 인기척을 듣고
저만큼 가서 뒤를 돌아다본다.
지난 여름의 부용꽃인 듯
어쩌면 가장 겸허한 정의인 듯
모든 것은 낮아서
이 세상에 눈이 내리고
아무리 돌을 던져도 죽음에 맞지 않는다.
겨울 문의여 눈이 죽음을 덮은 다음 우리 모두 다 덮을 수 있겠느냐.


편의상 1969년의 「문의마을에 가서」를 A로, 1974년의 그것을 B로, 1983년의 그것은 C로, 2002년의 시는 D로 지칭하기로 하자. 산문 「문의마을에 가서」에 근거해 나눈 단계로 보자면, A는 두번째 단계에, B 이후는 세번째 단계 이후에 해당한다. A는 그것이 씌어지기 이전의 초기 시와 대비되는데, 그 초기 시의 세계는 '문의마을'에 가지 않았을 때다. 편의상 Z로 지칭하기로 하자. 중점적으로 살펴야 할 것은 Z와 A 사이, 그리고 A와 B 사이이다.

분석에 들어가기 전에 두 가지 유념할 것이 있다. 하나는 C 이후의 시들이 모두 개작이라는 것은 그것들이 아무리 바꾸어도 근본적으로는 B의 변용에 지나지 않는다는 것이다. 산문 「문의마을에 가서」에 근거하면 A와 B 사이에는 근본적인 변화가 있다. 반면 B가 출현한 후 그의 시 세계는 '전이'하기보다 팽창했다고 할 수 있으니, 이후의 시들은, B에서 일어난 변화를 공고히 하거나 확대하는 것으로 이해할 필요가 있는 것이다. 다음, 변화는 분명한 경계를 그으며 명료하게 진행되는 것이 아니라 전 시대의 흔적을 동반하며 혼잡하게 일어난다는 것이다. 그 점을 감안하면 B에서 일어난 변화는 B에서보다 C에서 D로 갈수록 더욱 명료히 보인다고 할 수 있다. 반면 B에는 A와 Z의 잔여물이 공존하고 있다. A에는 Z의 잔여물이 남아 있을 것이다. A는 지금 고립적이다. 즉 시, 「문의마을에 가서」를 제외하면 그와 같은 단계에 씌어진 시들은 특정할 수가 없다. 다만 B 및 민음사판 『문의마을에 가서』를 통해서 그것을 추정할 수 있을 뿐이다. 그러나 이런 전제에 서지 않으면 추정조차도 불가능하다.

Z의 세계는 풍경의 세계임을 앞에서 말했다. 그것의 정확한 의미는 풍경을 통한 현실/인물의 분리이다. 그런데 Z와 A 사이에는 비교 대상이 모호해서 「문의마을에 가서」에 어떤 변화가 일어났는가를 살피려면 힘든 작업이 요구된다. 때문에 우선 A와 B 사이의 비교를 거친 다음에 거꾸로 들어가기로 하자.

## 6.2. '이' 문의마을에서 '저' 문의마을로 넘어갈 때

A와 B 사이의 개작의 핵심에 대해 이광호는 (1) 1연의 2～3행, 즉 "지남침의 이미지에 얽혀 있던 두 행이 삭제된 것" (2) '나'의 행위가 삭제"되어 '나'는 '관찰자'가 되고 행위자는 '길'이 되었다는 것 (3) 혹은 '나'의 행위가 '삶'의 행위로 대체되었다는 것 (4) 세 개의 연이

둘로 압축되고 "선명한 대비"를 통해 "안정된 구조"를 획득했다는 것 (5) 마지막 행에서 "문의의 눈이여"가 "겨울 문의여"로 바뀌어, '눈'보다는 '문의마을'에 초점을 둠으로써 시적 공간의 구체성을 강화하고 있다는 것 (6) 기타, 시어 혹은 시행들의 삭제가 있다는 것을 들고 있다. 빠진 게 없어 보인다. 이 변화가 의미하는 것이 무엇일까?

(1)에서 (5)까지의 변화는 C, D에서도 지속되고 있다. (4)의 변화는 더욱 강화되고 있다. B의 두 연은 12행/10행으로 이루어진 데 비해, C, D에서는 두 연이 모두 12행으로 아귀를 맞추었으니 더 안정된 구조를 갖추었다고 할 수 있다. 따라서 이 변화들이 '관여적인' 변화임을 짐작게 하는데, 그 의미는 좀더 분석해봐야 한다. 우선 (1)의 변화에 대해서는 (6)에서 언급된 다른 삭제들과 더불어 잠시 후에 살피는 게 좋다. 가장 명료한 변화는 (2), (3)의 '나'의 행위가 '길' 혹은 '삶'의 행위로 바뀌었다는 것인데 이것은 시집의 다른 시들을 통해서 그 관여성을 확인해볼 수 있다.

하지만 기계적인 일치를 찾으려 들면 도로에 그칠 것이다. 1974년판 『문의마을에 가서』에서도 '나'는 여전히 넘치게 등장한다. 시, 「문의마을에 가서」에서의 '나'의 사라짐은 오히려 예외적이다. 그러나 좀더 세밀하게 들여다보면 중요한 변화가 있다는 것을 알 수가 있다. 우선 '나'는 여전히 넘쳐나지만 나와 타자들의 관계가 예전과 다르다. A의 '나'는 시 안의 인물로 등장한다. 그 '나'는 자신을 드러내고("내 가슴속에서/떨고 있는 지남침") 세상을 관찰하고("보았다"로 수렴되는 묘사들), 세상을 타자로 치환해 부른다("눈이여").

반면, B와 동렬에 놓인 1974년판 시집 이후의 시편들에서 인물로 등장하는 '나'는 다른 방식으로 등장한다. '다른 방식'이란 나와 환경

혹은 타자와의 관계에서 '나'의 존재태를 가리킨다. 가령, 시집의 첫 시를 장식하고 있는 「종로」는 "내 여기 한동안 서 있노라/모든 지나가는 것들아"로 시작하는 1연의 끝을 "現實 壞滅하라 現實 壞滅하라"로 끝내고 있는데, 두드러진 것은 "서 있노라"라는 '나'의 선언 형식과 "모든 지나가는 것들"과 "현실"에 대한 명령 형식이다. 이 시는 1983년판에서 "悲歎 한 꾸러미씩"을 "悲歎 한 꾸러미씩 買辦 한 꾸러미씩"으로 바꾸어, 그리고 "내 가슴에 韓國 靑酸加里를 칠하고/二十五年前/三十年前/모든 서러운 것들을 태우노라"를 "내 가슴에 韓國 靑酸加里를 칠하고/펄쩍펄쩍 날뛰는 아픔으로/百年以來의 온갖 恨을 태우노라"로 바꾸어, 시인의 민족주의적 의식을 명료화하고 있다. 그러니까 1983년의 개작은 1974년에 형성된 '민족'의 배아를 하나의 생명체로까지 발달시킨 것이라고 할 수 있다. 이렇게 해서 '민족'의 형체는 점점 충일한 구조를 갖추어가는 한편, '나'는 현실과 타자에 대해 규정하고 명령하고 행동하는 존재로 확정되어나간다. 그런데 이 진술은 의혹을 불러일으킬 수 있다. 1969년판의 「문의마을에 가서」에서와 달리 1974년판의 시에서는 행위 주체가 '길'과 '삶'으로 교체되었음을 보았기 때문이다. 그러나 이광호가 날카롭게 집어냈듯이 1974년판에서 '나'는 사라진 것이 아니라 '관찰자'의 위치로 이동을 했을 뿐이다. 이광호의 지적은 다음 시구에 근거한다.

　　그러나 삶은 길에서 돌아가
　　잠든 마을에 재를 날리고
　　문득 팔짱 끼어서
　　먼 산이 너무 가깝구나.

눈이여 죽음을 덮고 또 무엇을 덮겠느냐.

즉 "팔짱 끼"는 나를 '관찰자'로 본 것이다. 그런데 이 시구에서
"팔짱 끼"는 동사와 주어가 실제론 불분명하다. 얼핏, '팔짱 끼다'를
자동사로 읽어 주어를 '삶'으로 볼 수도 있다. 그러나 그렇게 읽을
때, 삶이 "재를 날리"다가 "문득 팔짱 낀"다는 게 무슨 의미가 있는지
감각적으로 느껴지지 않는다. 반면 '팔짱을 끼다'를 타동사로 읽으면
주어는 '나'이어야 할 것이다. 그렇게 읽을 때, 앞 장면은

(1) 죽음은 길이 적막하기를 바랐지만, 삶은 길에서 돌아갔다.
(2) 삶은 잠든 마을에 재를 날렸다. ('재'는 눈의 은유일 것이고, 그
기의(記意)는 '죽음을 각성시키는 재'일 것이다.)
(3) 나는 재 날리는 마을을 팔짱을 끼고 바라보았다.
(4) 그러자 먼 산이 너무 가깝다고 생각했다. ('먼 산'은 은유가 아
니다. 그것은 마을을 명료화하는 기능을 갖는다.)
(5) 그러니 눈이 죽음을 덮는다 하더라도, 눈이여, 덮어지지 않는
것이 있다.[56]

라는 의미 체계를 구성한다. 이렇게 이해하는 것이 합당할 것이다.
C(1983년판)와 D(2002년판)에서 문제가 되는 시구는

---

56) "눈이여 죽음을 덮고 또 무엇을 덮겠느냐"를 "덮지 못하는 것이 있다"로 먼저 해석한 사
람은 장경렬이다. 장경렬, 「문의마을과 청진동, 또는 초월 세계와 인간 세계—고은의
70년대 시」, 『시와 시학』, 1993년 봄호, pp.81~84 참고.

문득 팔짱 끼고 서서 참으면
　　먼 산이 너무 가깝구나.
　　〔……〕
　　겨울 문의여 눈이 죽음을 덮고 나면 우리 모두 다 덮이겠느냐.

그리고

　　문득 팔짱 끼고 서서 견디노라면
　　먼산이 너무 가깝다.
　　〔……〕
　　겨울 문의여 눈이 죽음을 덮은 다음 우리 모두 다 덮을 수 있겠느냐.

로 되어 있어서 명시만 되지 않았을 뿐, '나'가 '팔짱 끼다'의 주어임
을 확실히 알 수 있다. 그런데 중요한 문제는 여기서 시작된다. '팔
짱 끼는' 행위는 단순히 관찰하는 행위가 아니기 때문이다. 이 시의
핵심적인 주장이 마지막 행에 있다면, 이 주장은 팔짱 끼고 바라봄으
로써 가능했던 것이다. 이광호는 1974년판 시 (B)의 마지막 행을
"죽음의 보편성"에 대한 진술로 해석했다. 그렇게 해석했기 때문에
팔짱 끼는 '나'를 단순한 관찰자로 설정할 수 있었던 것이다. 그러나
이광호는 이어서 C에서 "또 무엇을 덮겠느냐"가 "우리 모두 다 덮이
겠느냐"로 바뀐 걸 지적하며, C에서 "'눈'은 '우리'라는 공동체의 내
일을 향한 전망과 연관"[57]된다고 해석한다. 그것은 결국 덮이지 않는

---

57) 이광호, 앞의 책, p.242.

것이 있음을, 최소한 덮이지 않으려는 "치열한 의지를 실천"하는 행위가 있음을 가리킨다.

B의 마지막 행에 대한 이광호의 해석이 옳든, 이 글과 장경렬의 해석이 옳든, '덮이지 않는 것이 있다'는 의미가 이후의 개작들을 통해서 더욱 강화된 것만은 분명하다. 다만 B에서는 이중적 의미망이, 다시 말해 A로부터의 잔여 의미와 B의 새 의미가 모호하게 뒤섞여 있었던 것이라고 할 수 있다. 마치 팔짱 끼는 '나'가 명시되지 않아 그 주어에 대한 이중적 해석을 유발했던 것처럼. 그렇다면 새 의미에 주목을 할 때 저 팔짱 끼는 주체인 '나'의 '팔짱 끼기'는 단순한 관찰의 행위일 수가 없다. 그 때문에 덮이지 않는 것이 있다는 발견이 가능했기 때문이다. 팔짱 끼는 자의 시선은 대상을 객관적으로 묘사하는 시선이 아니라 주체적으로 재구성하는 시선인 것이다.

그렇다면 B의 시 이후, 즉 '민족'의 발견 이후, 현실이 명료해지고 더 나아가 구체적 자원들(인물, 공간)을 붙여나간 것과 비례해 동시에 '나'의 위상 역시 강화되어 현실을 규정하고 명령하고 작용을 가하는 존재로 발달해나간 것이다. 마침내 '나'는 '자아' 다시 말해 현실에 대한 주체의 이미지로서 정립된 것이다. 산문 「문의마을에 가서」에서 뜬금없이 제시된 "시는 민족의 시다. 그러나 궁극적으로 자기 자신의 시인 것이다"의 진술이 과거의 '나'를 보존하는 방식으로 민족을 주창하는 것이라는 앞에서의 해석이 시에서 확인된 것이다.

## 6.3. 문의마을 '이전'에서 문의마을로 걸어갈 때

지금까지 A에서 B, C, D로 이행하는 과정에서의 고은 시의 변모의 방법과 의미와 효과가 무엇인지 살펴보았다. 이제 초기 시에서

A로 이행하는 과정에서의 변모를 살펴보기로 하자.

분명 A의 '나'는 B의 '나'가 아니다. A의 '나'는 현실을 규정하고 명령하는 자아가 아니다. B에서 생략된 시구: "내 가슴속에서/떨고 있는 指南針"이 길을 "가리킬 수 없"이, 길은 저 스스로 닿고 만나고 뻗어나간다. '나'는 "마른 목소리로 부르"지만 "죽음은 귀를 막고/길 들은 저마다 추운 곳으로 뻗는"다.[58] 여기에서의 '나'가 오히려 관찰 자로 보인다. 죽음이 귀를 막고 길들이 저마다 뻗는 것을 속수무책으로 바라보고만 있기 때문이다. 그다음의 시행들도 마찬가지의 양상을 보여준다. "삶은 마을을 만들고/마을은 죽음을 만들고 있다." 즉 "죽음이 삶을 껴안은 채"의 형국인 것이다. 급기야 "〔'나'가〕 아무리 돌을 던져도 죽음에 맞지 않는다."

A는 죽음의 세계로부터의 '나'의 근본적인 이탈을 보여준다. 산문 「문의마을에 가서」에서 나타난 '문의마을'에 간 이후의 주체의 변화와 일치한다. 그러나 내용상의 극단적인 상거(相距)가 있다. 산문에서는 '나'가 독립해서 현실-자연을 제압했다. 반면 시에서는 죽음의 진행에 대해 '나'는 무기력한 관찰자로 남아 있다. 이 다름은 어떻게 된 것일까? 이 다름을 방치한다면, B 이후의 자아의 성립과 강화를 이해하기 힘들다. 시로만 보자면 A에서 B로의 이동은 급격한 반동과 단절을 보여주기 때문이다. 시를 다시 들여다보자.


그러나 삶은 마을을 만들고
마을은 죽음을 만들고 있다.


---

58) 이 구절은 '상여길'의 은유로 읽어야 할 것이다.

이 시구를 방금 죽음-삶의 폐쇄적 원환성으로 이해했다. 죽음이 삶을 껴안고 있는 형국. 그런데 그 앞에 '그러나'라는 부사가 붙었다. 이 '그러나'는 1연의 죽음과 길의 일방성에 대한 반대 상황을 지시한다. 이 부사를 염두에 두면 "삶은 마을을 만들고/마을은 죽음을 만드"는 사건은 죽음의 일방성에 반대하는 사건으로 읽어야 한다. 그것은 방금 읽은 독법을 부정하는 것이 된다. 어떻게 된 일일까?

산문을 참조하면, 이 시구는 문의마을 사람들과 술을 마신 정황에 조응한다. 다음의 시구: "눈이 내린다/눈이 내린다"는 시인이 술을 마시고 조치원을 거쳐 서울까지 오는 동안 계속 눈이 내린 산문의 줄거리와 조응한다. 문의마을 사람들과 술을 마신 정황은 낭만주의자들의 '오지의 마을'의 정황과 유사하다. 지상 속에 감추어진 낙원, 이승 속의 피안. 산문에서의 시인은 문의마을 사람들과 경어로 친숙하게 이야기를 나눴고, 이 경어는 "오래 산 부부가 쓰는 밤 안방의 비음이 섞인 짧은 비어나 마찬가지의 경지였다." 경어와 비음이 하나인 세상, 고귀한 것과 육욕적인 것이 하나인 세상이다.

앞의 시구 두 행을 이 사건과 조응시킨다면, 그것이 1연의 죽음의 행적과 무엇이 다른 것일까? 마지막 연에 이르면 그 의미가 조금씩 드러난다.

죽음이 삶을 껴안은 채
한 죽음을 받는 것을.
끝까지 사양하다가
죽음은 내 인기척을 듣고

저만큼 가서 뒤를 돌아다보는구나.

이 시구의 두번째 행의 '한 죽음'은 산문의 신동문의 어머니를 가리키는 것으로 볼 수가 있다. 첫번째 행의 '죽음'은 앞에서 보았듯, 문의마을 사람들과의 술 마시는 정황의 은유이다. 이 첫번째 죽음이 두번째 죽음을 '받는다.' 그것은 문의마을 사람들과 술 마시는 행위가 신동문의 어머니를 추도하는 자리임을 그대로 가리킨다. 이것은 D(2002년판)에서 "한 죽음을 무덤으로 받는 것을"로 바뀐 것으로도 알 수가 있다. 그런데 죽음이 그것을 "끝까지 사양"한다. 어떤 죽음이? 두번째 행의 '한 죽음'일 수밖에 없다. 그러니까 죽음을 죽음의 자리로 돌려보내도 죽음은 죽음으로 여전히 남는 것이다. 소멸로서의 죽음이 실존으로서의 죽음으로 어느새 바뀐 것이다. 실존으로서의 죽음은 "내 인기척을 듣고/저만큼 가서 뒤를 돌아다"본다. 죽음과 나 사이에 은밀한 통화가 성립한 것이다.

이 실존으로서의 죽음이 어떻게 가능했을까? 산문에서 시인이 신동문의 어머니의 죽음에서 이미 넋의 실존을 보았으니까, 시에서도 그것은 이미 있었던 것일까? 즉 제1연이 실존으로서의 죽음을 묘사하고 있는 것일까? 그러나 제1연에는 '나'와의 은밀한 통화가 없다. 지금까지의 해석의 주추를 뽑아버릴 수도 있는 이 해석의 가능성은 부정해도 괜찮을 것 같다. 그렇다면 제2연에서 단서를 찾아야 하는 것이 아닐까?

내가 뼈로서 팔짱을 끼면
먼 산이 너무 가깝고

눈이여 죽음을 덮고 또 무엇을 덮겠느냐.

'나'가 "팔짱을 끼"는 행위가 개입해 있다. 그런데 그 행위는 그냥 행해지는 것이 아니다. 나는 "뼈로서" 팔짱을 낀다. 스스로 죽음 시늉을 한다는 것이다. 그것은 앞의 행들 즉 "삶은 마을을 만들고/마을은 죽음을 만들고 있다"에 스스로 동참하는 행위이다. 그런데 동참을 하다 보니까 추모의 행위에 동참을 하기보다는 그 이승 속의 피안에 동참하게 된 것이다. '죽음을 추모하는 자리'가 '죽음'의 자리, 즉 피안으로 건너간 자리로 환유적 이동을 한 것이다. 뼈로써 팔짱을 끼는 행위를 마음속에 그려보면 그것을 곧바로 실감할 수 있을 것이다. 어디서 본 그림이 아닌가? 그렇게 죽음 시늉을 하니까 "먼 산이 너무 가깝"다. 이 구절은 B에서와는 달리 은유로 읽는 것이 적당하다. '먼 산'은 피안에 대한 은유라는 것이다. 다시 말해 내가 죽음 시늉을 하자 죽음 세상이 눈앞에 생생한 모습을 드러내는 것이다. 이 생생하게 눈앞에 펼쳐진 죽음 세상은 죽음을 추도하는 행위를 초월한다. 그런데 그 죽음 세상은 죽음을 추도하는 행위가 발생했을 때야 비로소 출현할 수 있었다. 죽음을 추모하는 자리가 죽음으로 건너가는 자리로 이동을 했다는 데에 그 비밀이 있다.

'눈 내림'은 그 사건을 상징적으로 매개한다. 눈 내림은 일차적으로 덮는 기능을 한다. 그런데 무엇을? 시에서는 죽음을 덮는 이야기만 나온다. 그런데 워낙 눈은 세상을 덮는 것이 아닌가? 앞에서 보았던 초기 시 「눈길」에서 시인은 "우리 청춘의/더러운 자국과/죄 우에" 쌓이라고 눈을 부른 바 있었다. 다음의 시구도 같은 방향에서 읽을 수 있다.

바깥 나라에는 눈이 오는가.

문풍지를 재우고,

한 마음 재우고, (「겨울 端坐」, 『해변의 운문집』, 신구문화사, 1966)


'눈'은 원래 세상을 덮기 위해 내린다. 눈이 내려 세상을 덮은 세상, 그게 죽음이다. 다시 말해 '눈 내림'은 죽음에 두께를 부여하는 행위, 즉 죽음을 공간화하는 행위이다. 그런데 「문의마을에 가서」의 '눈'은 죽음을 덮는 존재로 나타난다. 그러나 "눈이 내린다/눈이 내린다"의 두 시행은, 죽음을 추모하는 자리가 그대로 죽음 세상(피안의 세상)으로 부푸는 자리로 변모하는 과정을 함축하고 있다. 그러니까 여기에 어떤 착란이 있다. 원래 눈은 세상을 덮는 것인데 그것이 덮을 세상이 이번에는 한 어머니의 죽음이다. 죽음을 부풀리는 과정이 죽음을 덮고 있는 것이다. 죽음을 덮을수록 죽음 세상은 더욱 부풀어 오르는 것이다. 그렇기 때문에 제2연의 마지막 행,


　　눈이여 죽음을 덮고 또 무엇을 덮겠느냐


는 문자 그대로의 순수한 질문, 대답을 기대하지 못하는 외톨이 질문으로 읽힌다. 그리고 제3연의 마지막 부분,


　　모든 것이 낮아서

　　이 세상은 눈이 내리고

　　아무리 돌을 던져도 죽음에 맞지 않는다.

文義의 눈이여 죽음을 덮고 또 무엇을 덮겠느냐.

에서의 마지막 시행은 죽음을 덮어도 남는 것이 있다는 것에 대한 확인으로 읽힌다. 그 '남는 것'은 바로 죽음 그 자체다. 그것을 "문의의 눈이여"라는 호격이 뒷받침한다. '눈'으로부터 '문의'가 개별화되고 있는 것이다. 눈이 죽음을 덮는 것이라면 문의는 덮어도 덮이지 않는, 오히려 더욱 부풀어 오르는 죽음 세상인 것이다. 또한 앞선 시행들도 뒷받침한다. 앞 시구는 이 세상에 눈이 내리는데 그것은 "모든 것이 낮아서"라고 말하고 있다. 모든 것이 낮다는 것은 모든 것이 이미 죽음이라는 뜻이 아닐까? 그리고 모든 것이 죽음이라면 세상은 이미 죽음으로 덮인 것이 아닐까? 그렇다면 제2행의 눈 내림(죽음 덮는 행위)은 이미 죽음으로 덮인 것을 다시 덮는 것, 즉 상징적으로 추인하는 절차이다. 이 시구의 첫 두 행은 "모든 것은 낮으니 이 세상은 이미 눈 내린 바와 같고"로 읽히거나 아니면 "모든 것은 이미 죽음이니 눈은 내려 그 죽음의 죽음 됨을 확인해준다"로 해석된다. 그리고 그렇다면 눈 내림은 죽음을 망각과 소멸 속으로 인도하는 행위가 아니라 죽음을 보호하는 행위, 그것을 성화하는 행위, 다시 말해, 죽음을 영원히 살아 있게 하는 행위이다. 그래서 다음 시행, "아무리 돌을 던져도 죽음에 맞지 않는다"가 나왔을 것이다. 눈이 이미 덮인 죽음을 다시 덮었으니 죽음은 확정되지 않는다("맞지 않는다").[59]

이제 A의 시가 산문에서 기술된 '문의마을'에 간 직후의 시인의 변

---

59) 여기에서 '돌을 던지는 주체'는 분명치 않다. 앞에서 그 주어를 '나'로 읽은 것은 1연의 해석을 연장시킨 결과이다. 그러나 이제 그렇게 읽을 수는 없다. 2연에 와서 1연이 '뒤집혔기' 때문이다.

모와 상응한다고 말해도 될 것 같다. 초기 시에서 시인이 회구하던 죽음, 즉 세상의 소멸은 여기에 와서 살아 있는 죽음이라는 또 하나의 세상으로 개별화하였다. '나'는 세상 속의 존재로부터 '또 하나의 세상'과 은밀히 통화할 수 있는 존재로 이탈하였다. 여기에서 초기 시의 죽음은 지양되었는데, 보존되는 방식으로 지양되었다. 즉 소멸로서의 죽음은 실존으로서의 죽음으로 존재 양태를 바꿈으로써 살아남았다. 그와 더불어 세상으로부터 독립한 순수 주체가 출현하였다.

## 6.4. 자아의 존재 알고리즘

이제 결론을 내리자. 민족 발견 이후의 사후적 산술식, '민족+x = 민족'의 x는 '자아'이다. 앞의 진술을 다시 되풀이하자면, "B의 시 이후, 즉 '민족'의 발견 이후, 현실이 명료해지고 더 나아가 구체적 자원들(인물, 공간)을 붙여나간 것과 비례해 동시에 '나'의 위상 역시 강화되어 현실을 규정하고 명령하고 작용을 가하는 존재로 발달해나간 것이다. 마침내 '나'는 '자아' 다시 말해 현실에 대한(현실과 적극적인 관계를 맺는) 주체의 이미지로서 정립된 것이다." 이 자아는 A에서 출현한 순수 주체가 '보존되는 방식으로 지양됨'으로써 생겨난 자아이다. '초기 시에서 A로'나 'A에서 B로'나 변모의 방식은 똑같았다.

민족을 발견한 순간, 시인은 민족을 확정함으로써 자아를 강화하

| 국면 | 이행 | 방법 | 의미 | 효과 |
|---|---|---|---|---|
| 초기 시→A | 죽음의 세계 → '나'의 세계 | 죽음의 지양-보존 | 실존으로서의(살아 있는) 죽음 | '나'의 출현 |
| A→B | '나'의 세계 → '민족'의 세계 | '나'의 지양-보존 | 자아의 구축 | '민족'의 출현 |

고, 민족을 드높임으로써 자아를 드높일 수가 있게 된 것이다. 그렇기 때문에 민족의 발견과 더불어 시인은 '화살'의 세계로 직행할 수 있었던 것이 아닐까? 왜냐하면 이 돌진하는 민족의 현실적인 근거는 '부재'한 상태여서 '화살'의 세계가 그렇게 장엄하게 울려 퍼지기란, 현실 자체에만 기대자면, 불가능했기 때문이다. 다만 민족과 자아는 동시에 한꺼번에 나타나지 않는다. 표면적으로 둘은 모순되기 때문이다. 그 둘은 점멸의 방식으로, on/off의 방식으로 나타난다. 민족이 전경화(前景化)하면 자아가 뒤로 숨고 자아가 전경화하면 민족이 뒤로 숨는다. 민족이 전경화될 때 자아가 뒤로 숨는 광경은 B에서 이미 확인하였다. 그런데 여기에서 '자아가 뒤로 숨는다'는 것은 그것이 은폐되는 것일 뿐 실질적으로는 전경화한 것의 힘을 북돋는 배후로서 기능한다는 것을 뜻한다. B에서 보았듯 자아는 삶을 주체적으로 재구성하는 것이다. 마찬가지로 자아가 전경화할 때 민족은 단순히 지워지는 것이 아니다. 오히려 민족의 성원이 될 것들이 자아와 더불어 열심히 발아한다.

말한 자와 말하는 자를 다 묻고
내가 그대 앞에서 두려워할 때
겨울 芍藥島는 거기에 간 것들을 다 묻으리라.
그리하여 내가 묻히고
그대가 묻혔다가 살아나리라.
그리하여 그리하여 그대는 다른 것이 되어
겨울 芍藥島의 一括辭表를 받으리라 (「최근의 유혹」, 1974년판)

"겨울 작약도"가 '나'에게 "일괄사표"를 내는 과정은 "그대가 묻혔다가 살아나"는 과정이다. 이 시구는 1983년판에 와서,

> 말한 자 살아나서
> 오늘이라면 그대와 나 서로서로 노래하리라.
> 겨울 芍藥島는 노래하리라.
> 그리하여 그대와 나 다른 것이 되어
> 전국 말쟁이들의 一括辭表를 받으리라

로 바뀐다. 일괄사표를 내는 것은 작약도가 아니라 "전국 말쟁이들"이다. 작약도는 "그대와 나 서로 서로 노래하"는 일로 시작해 섬 전체가 통째로 합창하는 장소로 은성해진다. 이런 광경은 예사로 확인할 수 있다. 둘만 더 들어보자.

> (1)
> 내 너이들의 몸 안에 들어가서
> 너이들의 취한 피와 숨 가운데 박힌 꿈을 알았노라.
> 눈이 내리므로 너이들은 꿈꾸고
> 나는 나와서 눈의 꿈을 알았노라.
> 눈은 눈의 꿈이다. 너이들은 너이들의 꿈이다. (「몽유」, 1974년판)

> (2)
> 누이여, 버들 같은 누이여.
> 會寧 南陽의 강 기슭에

떠도는 얼음 덩어리 풀렸는가
땅이야 한 가지도 私載하는 바 없이 봄이 오고
아이들은 잘 있으며 강물은 얼마나 깊어졌는가.
누이여 그대 얼마나 땅으로 늙었는가.
〔……〕
누이여 버들 같은 누이여
내가 누이라고 하면 百번 누이인 누이여. (「두만강으로 부치는 편
지」, 1974년판)


(1)은 얼핏 보아 '나'/'너이'를 야멸차게 구별하는 이야기로 읽힐
수 있다. 그러나 아니다. 이 시구가 말하는 것은 「문의마을에 가서」
와 크게 다르지 않다. "너이들은 눈 내리는 데 취해 '숨 가운데 박힌
꿈'을 꾸는데, 너이들의 꿈과 눈의 꿈은 다르다"는 것이 이 시구의 일
차적인 전언이다. 그다음의 전언은, "눈의 꿈과 너이들의 꿈이 다르
다는 것은 내가 너이들의 몸에 들어감으로써 발견된 것이다"라는 것
이다. '나'가 틈입하니 '너이들'이 다시 태어날 가능성이 생겨난 것이
다. 때문에 이 시는 1983년판에 와서,


나 네 몸 안에 기막힌 간통으로 들어가서
네 거나한 피와 숨 가운데 박힌 꿈을 만난다.
눈이 내리니 너는 어쩔 수 없이 꿈꾸고
나는 네 몸을 개죽음처럼 빠져나와서 내리는 눈의 꿈을 만난다.
눈은 눈의 꿈, 너는 네 꿈이다.

로 바뀌었다가, 다시 2002년판에서,

> 네 잠든 몸 안에 기막힌 간통으로 들어가
> 네 더운 숨결 가운데 피어나는 꿈을 만난다.
> 눈이 내려 너는 꿈꾸고
> 나는 네 온몸 가까스로 빠져나와 내리는 눈의 꿈을 호젓이 호젓이
> 만난다.

로 교정된다. '교정'이란 말은 문자 그대로 사용된 것인데 1983년판의 "개죽음처럼 빠져나와"가 억지스러운 과장으로 읽히기 때문이다. '나'가 "네 몸 안에 '기막힌 간통'으로 들어가서" 꿈을 만났으니 내가 "개죽음처럼 빠져나온"다는 것은 어울리지 않는다. 2002년의 교정은 과장을 지우는 한편, 꿈을 통한, 꿈과 더불어 일어난 존재의 탈출을 그려 보여준다.

　(2)는 '나'가 순수한 호격으로 지칭되고 또 그렇게 존재하는 시구다. 그 호격의 기능, 다시 말해 부르는 자의 기능은 나-타자의 관계의 확정이다. 이 확정은 1983년판에 와서 확산과 팽창으로 나아간다.

> 누이여 會寧 南陽의 강기슭에
> 會寧 南陽의 버들같은 누이여 누이여
> 豆滿江 얼음덩어리 둥둥 떠가며 풀렸는가.
> 땅이야 무엇 한 가지 따로 갖지 않고 봄 오니
> 이 세상에 봄처럼 공평한 것 어디 있으랴.
> 누이여 자네 아이들 잘 있는지, 강도 더러 깊어졌는지

또 누이여 그대 얼마나 늙은 표라도 나는가.
[……]
백 번도 한 번도 내 누이인 누이여
자네 거기서 살다 죽고 나 여기서 죽어도
그런 무명인민의 죽음이 우리 겨레의 歷代 삶이 아닌가. 누이여.

회령, 남양뿐 아니라, '두만강'이라는 장소의 구체성이 더해졌다. 그리고 '나'와 '누이'는 저 구체성이 확보한 공간, '땅'을 매개로 해 '무명인민' → '우리 겨레' → '겨레의 시간적 연속'으로 확대되어나간다. 마지막 부분은 다시 2002년판에 와서,

백번도 내 누이인 누이여
자네 거기서 살다 죽고 나 여기서 죽어도
그런 무명인민의 죽음이 우리 겨레의 역대 삶이 아닌가.
영영 못 만나도 우리 삶 아니던가. 누이여.

로 바뀌어, 나-누이의 공간 외부까지도("못 만나도") 둘의 공간으로 보탠다.

결국 민족·자아가 점멸하면서부터 점점 세상은 민족이 팽창하는 '성소'가 된다. A에서 "이 세상의 길이 적막하기를 바란다"는 B에 와서 "이 세상의 길이 신성하기를 바란다"로 어느새 바뀌고 있는 것이다. D에서 그것은 "이 세상의 길이 아득하기를 바란다"로 다시 한 번 바뀌지만 이 '아득'은 '신성'의 점잖은 표현, 힘을 확신한 자의 겸손한 태도로 읽는 게 합당할 것이다. 이 팽창이 처음 발생한 것의 복수

적 확산이고 국면적 다양화라면, 그것을 두고 '수열의 세계'가 출현하였다고 말할 수 있다. 수열의 세계가 진행되면 자아·민족의 점멸은 더 이상 문제가 되지 않는다. 점점 그것들은 별개의 이름으로 하나가 되어간다. 그들 또한 수열의 세계에 참여하기 때문이다. 이 '수열'의 세계가 정확히 무엇을 의미하는지에 대해서 필자는 아직 말할 준비가 안 되었다. 그 수열의 세계의 절정에『만인보』가 놓임을 확인할 뿐이다.


## 7. 다른 전이는 가능했을까?

필자는 원래 이 변모의 과정을 추적한 후, 다시 그것을 초기 시의 세계와 비교해 볼 요량을 가지고 있었다. 그것은 시인이 '문의마을에' 가지 않았더라면 어떻게 되었을까를 추정해보기 위해서였다. 그가 '문의마을'에 가지 않아서 죽음의 불멸성을 만나지 않았고 죽음의 불멸성을 만나지 않아서 '나'의 확신을 가지지도 않았으며 그 확신에 뒷받침되어 '민족'을 발견하지도 않았다면 어떻게 되었을까? 사실의 세계에서 이런 가정은 무의미하지만 상상의 세계에서 이런 가정은 다른 글쓰기에 대한 꿈으로 이어진다. 그것의 유혹은 그만큼 강렬하다. 그러나 필자는 그 작업을 포기하였다. 시간이 허락하지도 않았지만 무엇보다도 '문의마을'에 간 직후의 시 세계, 즉 1974년판 시집『문의마을에 가서』에 묶이기 전 산일적으로 발표된 시들을 일일이 찾아 살필 엄두를 내지 못했기 때문이다. 언젠가 그 작업을 재개할 기회가 올지 모르겠으나, 다만 이 자리에서는 다음 시를 일별하는 것으로 필자의 좌절된 유혹을 달래기로 한다.


　이어도로 가리
　바다 건너, 마른 호박빛 수평선 너머
　내 절망으로부터 이어도로 가리
　오 내 나라여, 나를 떠나게 해다오
　황폐한 시간과 들판
　그리고 내가 태어난 자궁을 모두 넘겨버릴 것이다
　내 정든 옛집도 버릴 것이다


　다친 다리 살갗 벗겨지며
　나는 뼈의 노를 저어
　바다로 나아가리
　그동안 나는 어린 고기처럼 절망에 내던져졌다
　바다는 낙하하는 갈매기가 절망을 떨쳐 안식할 수 있는 곳


　이어도로 가리
　땅이 스스로 넓어진다
　바다 역시 스스로 넓어져 이어도에 닿아 있다
　오 내 나라여, 나를 떠나게 해다오
　여자와 몇 가지 가진 것과 남몰래 묻힐
　남의 땅 묘지를 떠나
　이어도로 가리 내가 오래 살았던 곳 내던져버리고


　이어도로 가리 내 절망으로부터

바다 건너

태양은 떨리는 수평선 위로 질 것이다

그리하여 새로운 빛이 오래 저주받은 밤으로부터

이어도 위로 떠올라 날이 새이리라

내 삶의 수많은 절망으로부터 이어도로 가리 (「이어도」)[60]


이 시는 1960년대에 씌어진 것으로 추정되는데 시인이 잃어버렸던 시다. 그 사정을 시인은 다음과 같이 밝히고 있다.


이 시는 60년대의 어느 날 씌어진 듯하다. 물론 원문은 없어졌는데 그것이 나도 모르는 사이에 당시의 동국대 이창배 교수에 의해 영어로 번역되어 그 영문 작품이 어쩌다가 독일 보쿰대학 한국문학 담당의 마리온 에거트 교수의 연구실 벽에 40여 년간 붙여져 있었다. 보스턴에서 만난 에거트 교수가 뒷날 그 영문을 보내옴으로써 한국어 원문을 여기에 재생하게 되었다. 이 작품에는 실로 마음 고단한 나날을 살던 지난 시절의 자취들이 어른거리고 있다. 이렇듯이 사연이 있는 것이므로 늦게나마 시집에 담는다. 기왕의 시집에 수록된 같은 제목의 「이어도」와 이것은 전혀 다른 것임을 밝혀둔다.


그러니까 "1960년대의 어느 날"에서 단절되어 2002년에 다시 이어진 시다. 이 시를, 시인이 '문의마을'에 가지 않았다고 가정할 경우, 초기 시의 세계가 지속과 갱신의 과정을 통해 오늘날 변모된 것으로

---

60) 고은, 『두고 온 시』, 창작과비평사, 2002, pp.8~9.

서 추정해 읽을 수 있을까? 물론 확실치 않다. 한 편을 두고 그런 추정을 하는 것도 의욕 과잉이고 또 지금 그것을 한국말로 다시 쓴 시인은 이미 '문의마을'에 다녀온 사람이기 때문에 그 경험이 다시 쓰기에 영향을 미치지 않았다고 할 수도 없다. 하지만 이 시에는 '메리'에게서처럼 "뭔가 특별한 것이 있"어 보인다.

이 시는 죽음과 소멸을 노래했다는 초기 시의 세계를 되풀이하고 있는 듯이 보인다. 그리고 이 글이 밝혀본 것처럼, 그 죽음과 소멸은 풍경의 은유를 통한 세계/나의 분리가 작동시키는 지향점이다. 특별한 것은 그다음에 있다.

첫째, 이 시에서 죽음과 소멸을 향한 움직임은 공간 전체의 움직임으로 나타난다. 화자는,

오 내 나라여, 나를 떠나게 해다오

라고 소원하는데, 실제로 떠나는 것은 땅이며 바다이다. 그리고 그 떠남은 공간 통째의 움직임이다.

땅이 스스로 넓어진다
바다 역시 스스로 넓어져 이어도에 닿아 있다

그렇다면 시의 화자 역시 그 땅, 바다와 함께 통째로 움직이는 것이 아닐까? 과연 마지막 연,

이어도로 가리 내 절망으로부터

바다 건너

태양은 떨리는 수평선 위로 질 것이다

그리하여 새로운 빛이 오래 저주받은 밤으로부터

이어도 위로 떠올라 날이 새이리라

내 삶의 수많은 절망으로부터 이어도로 가리

는, 나-바다가 통째로 이어도로 나아가고. '나'는 어느 공간으로부터
탈출하는 것이 아니라 "내 삶의 수많은 절망으로부터" 탈출하는 것임
을 명시한다.

　둘째, 결국, 이 시에서 존재와 공간은 분리되었으면서도 통째로 움
직이고 있는 정황을 보여주고 있는데, 그 움직임을 가능케 한 것은
바로 존재 자신의 상황 됨이라는 절차를 통해서이다.


다친 다리 살갗 벗겨지며

나는 뼈의 노를 저어

바다로 나아가리


　'나'가 바다로 나아가는 것은 절망으로부터 탈출하는 행위라기보
다는 절망 자체를 노로 삼아 나아가는 행위인 것이다. "다친 다리 살
갗 벗겨지며/뼈의 노를 저어" 나아가고 있으니까 말이다. 그러니까
존재와 공간은 분리되었으면서도 통째로 움직이고 있는 것이 아니라
분리됨으로써 통째로 움직이고 있는 것이다. 분리되니까 존재가 공간
으로 바뀌는 게 가능해진 것이다. 분리되지 않았더라면 공간도 움직
이지 않고 당연히 존재도 움직이지 못했을 것이다. 들뢰즈Deleuze

가 여러 군데에서 '사건계planomène'라고 이름 붙였던 존재-상황의 통째의 움직임을 연상시키는 이런 시적 광경을 어떻게 해석해야할 것인가? 구체적인 탐구는 역시 차후의 숙제로 미뤄두기로 한다.


## 8. 남는 말

필자는 고은의 '민족'이 오늘날 한국에서 압도적인 힘을 발휘하고있는 민족주의의 기본 성분을 함유하고 있다는 전제하에 지금까지의논의를 전개하였다. 고은의 '민족'의 성분과 구조를 분석하면 현금의한국 민족주의의 정체를 이해할 단서를 찾을 수 있으리라는 것이다.그러한 전제하에,『문의 마을에 가서』를 전후해서 일어난 고은의 '민족'의 형성 과정을 분석한 결과는, 그의 '민족'은 부정적으로 파악된민족 현실에 '자아'를 보태어 탄생하였다는 것이다. 이것을 다음과같은 수식으로 간단히 표현할 수 있다.

$$민족 + 자아 = 민족$$

이 수식이 의미하는 바에 대해서 독자는 의문을 가질 수 있다. 그래서 어쨌다는 것인가? 필자 역시, 이 수식에 대해서 아직 많은 의문을 가지고 있다. 다만, 독자와는 반대 방향으로. 즉 독자가 이 수식이 텅 빈 수식이 아닐까 의심한다면, 필자는 이것은 오히려 '꽉 찬'수식이라고 생각한다는 것이다. 현재로서 이 수식의 의미에 대해서말할 수 있는 최소한의 이야기는 이렇다. 이렇게 파악된 민족에서 상투적으로 발화되고 이해되는 민족과 개인의 관계는 성립하지 않는다는 것이다. 즉, '민족을 위해서 나를 희생한다'는 흔한 얘기는 여기에서 있을 수 없다. 왜냐하면 앞의 방정식에서는 민족을 위하는 것과 '나'를 위하는 것이 동시에 행해져야 하기 때문이다. 민족을 구제하려 한다면 나를 희생할 것이 아니라 나를 배려해야 하는 것이다. 그리고 이 논리의 연장선상에서 자아를 위하는 일이 민족을 위한다는 이름으로 언제나 행해지고 그 거꾸로도 마찬가지라는 것이다. 가령 민족을 신성시하는 분위기는 점점 강화되고 있는데 동시에 민족의 아이콘들을 남용하는 일이 또한 빈번해지는 오늘의 사회·문화적 풍경도 그런 관점에서 이해할 수 있다. 그것이 전쟁이 나면 나라를 구하기 위해 달려가겠다는 젊은이가 10퍼센트가 겨우 될까 말까 한 나라에서 일어나고 있는 일이다. 물론 이것은 하나의 극단적인 예이며, 저 수식의 '충만한' 의미 가운데 아주 소량의 일부만을 채우는 것이라고 보는 게 타당할 것이다.　　　　　　　　　　　　〔2006〕

# 저물녘 빈 들에서 부르다

### —고은의 『아직 가지 않은 길』[1]

「시인의 말」 첫마디에서 시인은 대뜸 "이것은 좀 뜻밖인가"하고 스스로 놀라고 있다. 이 돌출한 놀람에 놀란 채로 계속해서 읽어보니, 시인은 "시의 생활 35년 저쪽에 있는 내 젊은 날의 정열"로 자신도 모르게 돌아가고 만 데 대해 놀랐던 모양이다. 그러나 실제 수록된 시들은 그때 그 시절에 대한 추억의 시편들이 아니다. 물론, "내 오랜 사랑 바람부는 날"바람아! 하고/다섯 살짜리 차령이 소리친다"(p.12)나 "앞산 너머 숭늉마을 다리저는 사내/그녀석 앙가슴에/아가씨 생각/문풍지 부르르 울고"(p.16), "새터 삼술이 할아버님께서/점심 뒤/한잠 주무시는 동안/삼술이 할아버님의 비위맞춰/이 세상사 만수받이/그 뻐꾸기소리도 뚝 멈춰버렸습니다"(p.78) 같은 시구들은 과거의 기억들이 시의 주 제재가 되고 있음을 보여준다. 그러나 가만히 들여다보면, 그 옛날은 그 자체로서 되살아나지 못하고 지금·이

---

1) 현대문학사, 1993

곳의 삶에 잔뜩 긴장하고 있다. 가령, 바람이 차령아! 하고 부르고 "그 소리에/얼룩배기 젖소가 뒤따"를 때 생겨나는 "이 세상 이룩함"은 "녹슨 경운기의 침묵과 더불어"(p.12) 그러하며, "내일은 익은 두 엄무더기 내야 하거늘/딸자식이나 자식이나/서울로 가서/호텔 아니면 가든에서/옛 얼굴 없이 싸뿐싸뿐 걸어다"(p.35)니고 있는 것이다.

시의 '쓰기'의 차원에서도 이번 시집의 시들은 이전의 시들과 그리 다르지 않다. 빈번한 감탄사·돈호법, "~구나" "~한가" "~하자" 등의 강세 단정어법, 사람이거나 짐승이거나 소리이거나 물살이거나 온갖 존재들의, 아니 차라리 살아 있는 모든 움직임들의 무차별적 혼동, 그리고 그로부터 당연히 야기되는 문법의 부재 등은 여전히 이번 시집이 '고은'의 시집임을 그대로 보여준다.

더욱이, 시집의 제목이 『아직 가지 않은 길』이란 것은 그가 여전히 현재의 '길' 위에 서 있다는 것을 반증하는 것이 아니겠는가. 그 제목은 마지막 시의 제목이기도 한데, 그 시의 초두에서 시인은 "이제 다 왔다고 말하지 말자/천리만리였건만/그동안 걸어온 길보다/더 멀리 가야 할 길이 있다"(p.112)고 다짐하고 있다. 그러니까, 시인은 줄곧 앞으로 나아가고 있었던 것이다. 그 전진의 길에서 한 걸음도 뒤돌아간 적이 없었던 것이다.

그렇다면 정말 과거는 없는 것일까? 또한 그렇다면, 시인의 놀람은 어찌 된 일일까? 사실, 과거는 있다. 그것도 단지 제재로서만 있는 것이 아니라, 시의 에너지의 원천으로서 있다. 그 비밀은 현재가 온통 텅 비어 있다는 데에 있다. 현재의 공간은 "사람들이 다 고향 떠나"(p.42) "기침소리 하나 들리지 않는"(p.18) "텅 빈 들"(p.20)이며 그 현재의 시간은 "해 지고 난 뒤"(p.52), "날 저물어 어둠"(p.11)

의 시간이다. 그러니 시인의 마음은 당연히 "빈 가슴"(p.34)이다.

이 현재의 '텅 빔'에 대한 느낌, "새 날아간 뒤/제자리 빈 우듬지 〔……〕/그 뒤 허허망망/흐린 하늘"(p.59)에 대한 눈길이야말로 이전의 시집들에 없던 뜻밖의 모습이다. 지금까지의 고은의 시를 이루고 있던 세계는, 그것이 누이(바다)를 향한 초월이었건, 화살의 집중이었건, 만인보의 통일 노래였건, 두루 '충만'한 세계였기 때문이다. 그런데 그 충만한 세상이 그 충일성을 향한 운동 한복판에서 문득 텅 비어버리고, "허허망망"해진 것이다. 이 텅 빔은 물론 주관적이거나 비의적인 것이 아니다. 그것은 "어쩌란 말인가/이제 진지한 시대가 끝나버렸는가"(p.25) 혹은 "이제 사람은 증오할 힘조차 없는가/시골 소도시의 저녁에도/네온사인이 흥청댄다"(p.64) 등의 탄식이 명시하고 있듯이 객관적 정황의 변모로부터 비롯되는 것이다.

과거는 그렇게 해서 그를 찾아온다. 그것은 크게 두 가지 의미를 가지고 있다. 하나는 그렇게 갑자기 변모해버린 정황은 시인에게 자신의 삶을 되돌아볼 계기를 제공한다는 것이다. 시인의 충일성을 향한 움직임은 방향을 잃고 정적과 고요에 잠긴다. "밤 기적소리 지나간 뒤/한동안 누구의 숨소리 하나 없이/그 정적이 내 부끄러움을 빛내고 있다"(p.25). 밖으로 무한정 뻗쳐나갔던 모든 감각의 가지들이 문득 안으로 굴절하여, 제 몸을 비추이는 것이다. 그러나 되돌아보는 계기가 주어지지마자 과거는 미묘하게 변용되니, 그것이 '과거'의 또 하나의 의미이다. 그것은 가령 "저 들 텅 빈 들에 대고 부른다/할아버지 할아버지 할아버지 아버지"(p.20) 같은 시구가 적절히 보여주듯이, 과거가 시인을 찾아온다기보다 시인이 자진해 그것을 부른다는 것을 말한다. 말을 바꾸면, 과거는 현재를 반성하거나 현재를 대신하기 위해 출현하지 않는다. 그것은 거꾸로 현재를 보완하기 위해서 혹은 현재를 되살리기 위해서 떠올려진다. 그러니 시인이 "이 얼마나 유치찬란인가/나는 이 일을/열두 살 때부터 했고/여든다섯 살까지 하리라"(p.57)고 선언하는 것은 전혀 이상한 일이 아니다. 시인의 과거와 현재는 분명한 연속성 위에 놓여 있으며, 과거는 불현듯 단절된 현재에 기나긴 역사의 기둥을 세워 떠받쳐주는 것이다.

그러나 과거와 현재가 길쭉한 동일성의 기둥 속에 들어 있는 것이라면, 현재가 텅 비어 있을 때 과거도 빌 수밖에 없고, 과거가 충만하다면 현재도 충만해야 한다. 그것은 형식논리적으로도 그러하고 객관적으로도 그러하다. 만일 빈 현재를 채워주는 힘을 과거가 가지고 있다면, 그것은 그것이 현재와 다른 무엇일 수 있기 때문이다. 거기서 힘의 원천으로서의 과거는 다시 새로운 모습으로 나타나니, 시적 운동의 요체는 실로 거기에 있다.

무슨 말인가? 시인은 자본가처럼 과거를 오늘의 재산으로 활용하지 않고, 오늘의 삶의 뿌리를 밝히기 위해 부른다는 것이다. 시인이 오늘의 허망함을 인정할 수밖에 없고, 그럼에도 그것을 납득할 수 없다면, 그는 그가 지금까지 살아온 삶의 깊은 까닭을 물어볼밖에 없는 것이다. 이번 시집의 또 하나의 새 모습이 바로 거기에 있다. 그는 지금까지의 그의 삶, 즉 이전 시집들의 뿌리를 찾아가고 있는 것이다.

그 뿌리에 '서러움'이 놓여 있다는 것을 발견한다는 것은 조금은 놀랄 만한 일이다. 이 활달·무애한 시인의 저 밑바닥에 서러움이 있었다니! 그러나 시들은 분명히 그것을 보여주고 있다. 혜산과 강계, 여수 오동도와 알류산 열도를 넘나들었던, 시인이 "유치찬란"하다고 말한 그의 인생 밑바닥에는 "어쩐지 서러운 날이면/내가 갈 수 없던 곳에/내가 가 있다"(p.56)의 그 지독한 설움이 있었던 것이다. "소나기 삼형제 그대로 맞으며/걸음도 재촉하지 않는/그런 기나긴 슬픔"(p.44) 속에서, 어린 시인은 "한 마리의 고라니새끼 달아나"(p.80)는 컴컴한 숲을 깊이 들어가고 있었고, "저 산 넘어/세옥이 시집가는 날/부슬부슬 보슬비"(p.83) 추적이고 있었으며, "내 아기 죽어 묻어버린 날"(p.102) '초생달'이 까마귀 울음소리로("악아/악아/네가 벌써 하늘에 있구나/악아")로 떠 있었다.

그 서러움이 그의 인생의 출발점이었다고 시인은 말한다. 아니, 그것은 오늘까지도 계속되어왔다. "누가 죽지 않아도/항상 울음 가득한/이 세상"(p.81)에서, 그의 생애는 "서럽다 화두 30년"(p.108)이었던 것이다. 그의 거침없고 "천연덕스러"(p.88)우며 억센 활동 뒤에는 언제나 "그냥 내 마음도 젖어버리고 싶"(p.89)은 깊은 슬픔이 내내 함께 하고 있는 것이다. 그러니, 시의 깊은 곳에는 과거와 오늘 사이의 시간적인 대립이 있는 것이 아니라 설움과 패기가 공존하는 공간적 모순이 굽이치고 있다.

이 뿌리의 드러냄이 이번 시집의 전부는 아니다. 뿌리를 드러내는 속 까닭은 그것을 통해 오늘의 객관적 정황의 허망함에 맞서려 하는 데에 있다. 어떻게 서러움이 맞서는 힘이 되는가? 그 비밀은 두 장소에 있다. 하나는 시인 밖에 있으며 다른 하나는 시인 안에 있다. 시인 밖에 있는 비밀은 서러움이야말로 모든 이의 삶의 조건이라는 것이다. 보라, "지금 내가 생각하고 있는 것은 세계의 어디선가/누가 생각했던 것/울지 마라"(p.104)고 시인은 말하고 있다. 그 설움의 만민 공유적 성격으로 인하여, "하늘이 부쩍 내려앉아/온 세상이 한마을"(p.24)이 되니, 빈 들은 '사랑방'으로 변한다. 그 사랑방 안에서

는 "하늘이 별것인가/내 머리이고/내 발바닥이 땅 아닌가"(p.85)는
깨달음 혹은 모두가 하나로 모이는 사랑의 실천이 시작된다. 실로,
"이 세계의 어디에서"나는 수많은 나로 이루어졌다"(p.104).

  그러나 빈 들에 갑자기 온 세상을 담는 한 채의 집이 세워질 수는
없는 것이다. 그 집을 짓는 목공은 시인의 내부에 있다. 서러움을 빼
고는 아무 재료도 없는 이 들에 어떻게 집을 지을 것인가? 시인은
"궂은날 미친년"(p.24)이 되는 전략으로 그것을 가능하게 한다. '미
침'의 전략은 무엇인가? 그 전략은 무지의 전략이다. 지식과 계산으
로 손익이 분명하게 갈라지는 세상에 살아 있는 모든 것의 엄연한 활
동성을 제시함으로써 맞선다. 지식의 차원에 존재의 차원을 대항시키
는 것이다. 그것은 형용사를 동사로 화학변화시키는 촉매제이다. "고
샅길 에움길 달려가다/넘어진 아이/일어나서/다시 달려"(p.45)갈 때
"산 너머 송말 소경할아범 방금 죽었다 살아"나는 것이며, "무지에
에워싸인 새로운 아침 햇빛"(p.61), 그 캄캄한 먼동 속에 "어이할 수
없는 어둠 〔……〕 거짓 없는 어둠"(p.99)이 비유가 아닌 실체로서
드러나며, "제 살점을 베어내어/새에게 던져"줄 때 "마음의 칼/서천
에 솟아"(p.106) 오른다.

  미친년 되기는 쉬운 일이 아니다. 그러나 이 계산과 이해득실의 세
상에서, 미치지 않으면 실제 사는 것이 아니다. 이번 시집의 마지막
전언은 거기에 있다. 그렇다고, 그러자고, 시인이 저물녘 빈 들에서
부른다.                                                      〔1993〕

# 고향엘 처음 간다고?

## ―박이문의 『아침 산책』

엉뚱하게 들릴지 모르겠지만, 오랜 세월을 외국에서 보낸 작가·시인들에게 공통적으로 드러나는 특징은 '담백함'이다. 그리고 담백함에도 세기가 있다면, 그것은 그들의 외국 생활의 기간만큼에 비례한다. 다시 말해 그들이 '타자'로서 살아온 세월에 비례한다.

우선, 이 존재론적 타자들은 자신의 감정에 충실할 수가 없다. 즉, 마음껏 웃거나 울 기회를 갖지 못한다. 왜냐하면 감정의 방류는 내면으로부터 터지는 법인데, 그들이 살고 있는 세상은 타향, 결코 자신들의 내면과 동일시될 수 있는 장소가 아니기 때문이다. 그런데 내면의 현실적 부재가 이방인의 한 가지 특징이라면 또한 내면의 잠재적 현존 역시 그들의 특징이다. 이 존재론적 타자들에게 자신의 타자성은 끊임없이 의식의 고갱이를 뒤흔드는데, 그것은 그들이 타자가 아닌 곳, 즉 고향을 끊임없이 간구하기 때문이다. 지금 고향에서 멀리 떠나 있다는 의식이 옛날에 겪었던 고향에 대한 감정을 혹은 언젠가 돌아가 보게 될 고향에 대한 기대를 '극화'시킨다. 물론 아무리 극적인 감정이라도 터지는 법은 없다. 저 '내면의 현실적 부재'가 그것의 격발 가능성을 제어하기 때문이다.

때문에 이 존재론적 타자들에게는 언제나 열정의 은폐가 삶의 주요한 작동 원리로 나타나는 것이니, 그것의 언어적 표출이 첫 문장에서 꺼낸 '담백함'이다. 이 담백함은 열정의 은폐이기를 넘어 열정의 순치(馴致)를 가리킨다고 말해야 타당할 것이다. 다시 말해 그것은 열정의 거세 혹은 억압이라기보다는 그것의 절제를 통한 변용이라는 것이다. 왜냐하면 열정은 여전히 그들을 살아 있게 하는 힘의 원천이기 때문이다. 박이문의 시[1]에는 그러한 사정이 잘 반영되어 있다.

제1부의 소제목 「귀향」은, 이번 시집을 통해, 방금 말한 '열정의 은폐'로부터 시인이 심리적으로 해방될 것임을 암시한다. 이제 시인은 낯선 타자들의 세상에서 동류들의 고장으로 돌아가고자 하는 것이다. 그런데 흥미롭게도 첫 시는 귀향을 다루고 있지 않다. 제목은 「뉴잉글랜드 여름 풍경의 기억」이다. 언젠가 '뉴잉글랜드'에 갔던 기억을 떠올린 시다. 왜 이 시가 앞머리를 차지했을까?

뉴잉글랜드 산속 한 외딴 마을에
집을 짓고 살고 싶다
뉴잉글랜드 숲 속 외딴 집에서
시를 쓰고, 사랑도 하다 죽고 싶다

마지막 연이다. 시인은 아마도 그가 방문했던 '뉴잉글랜드'에 강하

---

1) 『아침 산책』, 민음사, 2006.

게 이끌렸던 것 같다. 그곳은 "모두가 정갈하고 조용"한 곳이다. 그러니까 '뉴잉글랜드'는 세상의 탐욕과 약육강식으로부터 벗어나 있는 곳이다. 욕망의 도가니에서 해방된 장소라 할 것이다. 그래서 마침내 시인은 그곳에서 살고 싶다는 소망을 토로한다. 그러나 가만히 들여다보자. 이 조용한 곳은 구체성을 결여하고 있다. 따지듯 읽으면 시인이 살고 싶어 하는 곳은 한 군데가 아닌 것으로 보인다. 처음엔 '산속 한 외딴 마을'에 가서 살고 싶다고 했다. 다음엔 '숲 속 외딴 집'에서 살고 싶다고 했다. 둘 다 외딴곳이라는 공통점은 있다. 그러나 처음에 살고 싶은 곳은 '마을' 속에 지은 집이다. 나중에 살고 싶은 집은 마을로부터 떨어져 있는 숲 속의 '외딴 집'이다. 게다가 소망의 장소뿐만 아니라 소망하는 삶의 형식도 혼돈스럽다. '외딴곳'에서 살고 싶다는 것은 '혼자 살고 싶다'는 소망의 제유적 표현이다. 그런데 혼자 살면 그만이지, "사랑도 하"고 싶다고 덧붙여놓는 건 왜인가? 혼자 살고 싶은데, 동시에 함께 살고 싶다,라고 말하는 꼴이 되고 만 것이다. 이러한 혼란스러움 때문에 시인-화자의 소망은 멀리서 보면 정갈하고 조용한데, 가까이 들여다보면 어수선한 꿈처럼 나타난다.

그러니까 뉴잉글랜드는 시인-화자가 실제로 귀의하고자 하는 곳이 아니다. 그곳은 막연한 지향점일 따름이다. 그 막연함의 내용이 원경의 정갈함과 근경의 어수선함이라면, 그런 형상은 그대로 이방인의 심리를 드러낸다. 세상 경험이 깊은 사람이라면 이러한 어정쩡한 감정이 근본적으로 모순되는 두 가지 욕망의 동시성에서 비롯되는 것임을 이해할 수 있을 것이다. 고독에 대한 욕망과 공서(共棲)에 대한 욕망. 이 두 욕망은, 욕망의 동력학이라는 관점에서 보자면, 순차적이다. 고독에 대한 욕망의 밑바닥에 있는 것은 세계 전체와 자신을 대등하게 만들겠다는 욕망이고 공서에 대한 욕망의 밑바닥에 있는 것은 앞의 절차를 통해 무게를 부여받은 자신을 타자에게 확인시키고자 하는 혹은 타자로부터 인정받고자 하는 욕망이다. 그러한 욕망의 전개는 기본적으로 자아로 좁아졌다가 세계로 열려나가는, 압축되었다가 풀려나가는, 기본적인 자기 변용의 양식을 그대로 되풀이한다(모든 물질은 가속기를 통과한 후에 근본적으로 변모한다). 그러니까 두 욕망은 자존의 욕망과 인정의 욕망이며, 따라서 자아의 욕망이자 동시에 타자의 욕망이다. 이 두 욕망은 모든 욕망들의 공분모에 해당하는 것인데, 문제는 이 두 욕망의 의식적 은폐로 인한 정갈한 인상과 무의식 내에서의 혼잡한 착종이다.

이런 어수선한 꿈을 왜 시집의 서두에 배치했을까? 소제목 「귀향」과의 연관하에서 이해한다면 시인의 이러한 '조치'는 효과적 귀향을 위한 일종의 전술적 행동이다. 왜냐하면 이 시는 이방 속에서의 이상향 추구는 불가능하다는 것을 암시하기 때문이다. 실로 그 장소의 이름의 이국성과 그 경험의 시간성이 그 불가능성에 강도를 부여한다. '뉴잉글랜드'의 어휘적 상징성은 그 장소는 이방 속의 '새로운 곳'이라는 것이다. 그런데 그 새로운 곳은 얼핏 보면 아름답지만 실제로 보면 막막한 곳이다. 그 때문에 그것은 미래형의 방식으로가 아니라 기억의 양상으로 출현한다. 그곳은 "동화만 같은" 곳이었다. 그 말은 그곳은 단지 동화 속의 장소일 뿐이다, 라는 뜻이다. 그러니까 여기에서 기억은, 모든 기억이 그러하듯이 확정하는 기능을 갖는데, 그것은 실존을 확정하는 게 아니라 부재를, 그것의 '무'를 확정하는 것이다.

이것은 이방에서의 삶의 가능성을 점잖게 배제하는 방법이다. 점잖을 수밖에 없는 까닭은 그가 지금 살고 있는 곳이 이방이기 때문이다.
그래서 겉으로 아담하게 묘사하는 것이다. 마치 이웃집 가구와 아이
들에게 습관적으로 감탄하듯이. 그러나 또한 속으로 부정하는 것이
다. 그런 아름다움은 착시와 환상에 불과함을 환기하는 것이다.

이국에서의 이상향의 불가능성은 곧바로 이국을 떠도는 시인-화자
의 삶을 무의미 속으로 몰아넣는다. 다음 시에서, 그가 "코발트 높은
하늘/뉴잉글랜드의 늦가을/꽃무늬 같은 단풍"의 화사한 배경 속에서
문득 자신의 '늙음'을 확인하는 것은 당연한 수순이다.


언뜻 거울에 비친
낯선 내 얼굴
객지 벌써 30년
어떻게 살다 보니
벌써 백발

깜짝 혼자 놀라면
누런 나의 얼굴빛
변함이 없다 (「가을의 시골 주유소」)


두 연의 전언은 간단하다. 이방에서 덧없이 살다 보니 벌써 늙었다
는 것이다. 그러나 여전히 담담한 어조 속에서 은근한 전언의 이동이
있다. 인용문의 첫번째 연은 자신이 늙었다는 사실에 대한 놀람이다.
그런데 두번째 연에서 시인-화자는 슬그머니 자신의 피부색에 대한
확인으로 나아간다. 담담한 어조란, 이 전언의 이동이 눈치 채기 어

려울 만큼 자연스럽다는 것을 가리킨다. 시인은 '누런'이라는 어사의 이중적 내포를 활용함으로써 자연성을 부여한다. 즉,

'늙음에 대한 깨달음→누런(피로에 지친) 피부에 대한 확인'

이

'누런 (피부색)에 대한 확인→변함없는 한국인으로서의 자신에 대한 인식'

으로 이동한 결과이다. 그럼으로써 마침내 시인-화자는 자신의 귀향에 타당성을 부여할 수 있게 되었다. 이방에서의 떠돎이 곧 늙음을 지시한다면, 피부색을 통한 한국인의 환기는 곧 항구성을 지시한다. 덧없음으로부터 벗어나 영원한 곳으로 갈 때가 된 것이다.

그러나 귀향을 결행하기까지는 아직 통과해야 할 관문이 남아 있는 것 같다. 귀향을 처음 노래하고 있는 「고국의 변한 모습을 조금 보고 나서」 앞에는 방금 본 두 편의 시 말고도 세 편의 시가 들어 있다. 언뜻 봐서는 이 시편들이 왜 끼어들었는지 짐작하기가 쉽지 않지만, 그 세 편 중 마지막 시, 「자기반성」이 이해의 실마리를 제공한다. 시의 제목은 시인에게 귀향의 조건이 더 남아 있음을 암시한다. 앞에서 본 귀향의 타당성은 귀향의 '실익interest'에 근거한 것이었다. 그런데 그것은 대상에 대한 평가이지 주체에 대한 평가는 아니다. 즉 주체에게 귀향의 자격을 부여하는 것은 아니라는 것이다. 모두가 가나안에 발을 디딜 수 있는 것은 아닌 것이다. 아간Acan의 교훈은 그래서 있

는 것이다. 그 자격의 근거를 시인-화자는 육체적 근거(피부색)에서
찾았는데, 그러나 귀향은 자연(태생지)으로의 귀환이면서 동시에 사
회로의 복귀라는 이중적 의미를 가지는 것이라서, 귀향의 정당성도
자연으로부터뿐만 아니라 사회로부터도 구해야 한다. 왜냐하면 그가
돌아갈 곳은 "고국 사람들이 흘렸던 그 많은 피와 땀"(「고국의 변한
모습을 조금 보고 나서」)으로 젖어 있기 때문이다. 「자기반성」은 아마
도 그래서 씌인 것이리라. 자신이 "편안히 사는 철학자"로서 존재하
는 동안 노동이라는 부역을 감당했던 사람들에 대한 "미안함과 고마
움"의 표시만이 그들의 대열에 끼일 수 있는 '자격'을 부여할 것이기
때문이다. 그러나 그뿐만은 아닌 것 같다. 「자기반성」의 앞에 배치된
두 편의 시는 모두 시인 자신의 '늙음'을 되새기고 있다. 그런데 이
늙음을 바라보는 방향이 특이하다. 「갑자기 드는 생각들」에서는 '죽
은 아버지,' '나'의 '후세 없음,' '나'의 '나이 생각,' '나 자신의 죽
음'에 대한 생각으로 이어져 있다. 한편, 「깜짝 놀람」에서는 '나'의
'늙음' 생각의 앞뒤로, '숙면'과 '밤샘'의 이야기가 배치되어 있다.
「갑자기 든 생각들」은, '죽은 아버지-후사 있음'/'늙은 나-후사 없
음'의 대립을 표층구조로 갖고 있다. 그리고 제4연 "갑자기/나 자신
의 죽음을 의식"하는 절차에 의해, '늙은 나'는 '죽을 나'로 변용되어,
심층적 구조가 '죽은 아버지-후사 있음'/'죽은 나-후사 없음'로 단순
화되어, 결국 '아버지-연속'/'나-단절'로 압축될 수 있다. 「깜짝 놀
람」 역시 유사한 구조를 가지고 있다. 그것은 '나의 늙음'에 대한 의
식을 축으로 '숙면의 육체'→'(다시 찾아온) 불면의 의식'으로의 변
환을 보여주고 있다. '숙면하는 육체'/'불면의 의식' 사이의 대립이
'연속의 아버지'/'단절된 나'의 대립과 기능적으로 유사하다는 것을

전제하면, 이 대립의 의미는 아주 쉽게 풀린다. 즉, 이 대립들에서 전자는 자극의 원천으로 작용하며 후자는 결핍된 존재이자 결핍을 각성하는 주체로서 기능한다. 이 대립은 보족적이며, 그 보족을 가능케하는 것은 육친성 혹은 동일성이다. 풀어 말하면, 시인은 다른 상태를 근거로 해서 현재의 결핍을 벗어나기 위해 분발하게 되는 것이다. 때문에 「자기반성」 앞에 있는 두 시는 '자기 인식' 혹은 '자기 인정'의 시편들이다. 자기를 반성할 뿐만 아니라 자기를 인정할 수 있는 자에게만이 귀향이 부여되는 것이라 할 수 있다.

귀향의 조건은, 그러니까 발견, 정화, 확인이다. 발견은 고향의 발견이고, 정화는 자기의 정화이고, 확인은 자기 내부에서 자라난 의지의 절실성의 확인이다. 이 세 가지 절차에 의해서 시인-화자의 귀향은 마침내 이루어진다. 이 세 가지 절차는 곧바로 귀향하는 주체의 정당성을 확인하는 절차이다. 때문에 귀향하는 자는 당당하지도 않지만 또한 비굴하지도 않다. 그는 돌아온 조국에 대해 성찰적 시선을 보낸다.

그 성찰적 시선은 네 가지로 대별된다. 첫째, 조국의 발전에 대한 감격; 둘째, 옛 지인들에 대한 추억; 셋째, 고향의 풍광에 대한 발견; 넷째, 고향과 나의 관계.

이 시선들이 성찰적인 것은 무엇보다도 감동과 의혹을 동시에 포함하기 때문이다. "정말 큰일을 해냈다/나의 조국, 나의 형제들, 나의 동포들"(「고국의 변한 모습을 조금 보고 나서」)에게 감격했던 시인-화자는 "동마다/단지마다/거의 아파트마다 지붕 위/밤하늘에 새겨진/환한 십자가/화려한 네온사인/기도하고 종교심이 깊다/정말인가?

문제인가?"(「일산 신도시」)라는 의혹 속에 잠기며, 옛 지인들을 추억하는 '나'는 대뜸 "누군가의 총에 쓰러진 중학 동창들"(「더 기억에 남는 사람들」)부터 생각한다. 그리고 이어서 타인의 불행을 소망했던 자신의 못남을 고백한다.

그런데 이 시선 속에는 자신에 대한 부끄러움뿐만 아니라 고국의 현재에 대한 비판적 인식이 이리저리 흩어져 있다. 그렇다는 것은 이 시선이 수치스러워하는 시선이 아니라 질문하는 시선이라는 것을 가리키며, 그것은 앞에서 보았듯 시인-화자가 귀향의 조건을 스스로 갖추는 절차를 밟았기 때문이다. 고향의 풍광에 대한 새삼스러운 발견이, "50년 전 떠났던 고향/그때보다도 더 초라해"(「남이 살고 있는 고향집」) 같은 부정적 판단에서부터 "가을 하늘은 아무리 봐도/크고 무한히 곱다/한없이 충만하다"(「가을 하늘」)에서처럼 전폭적인 감동의 인상에까지 넓은 감정의 스펙트럼을 갖고 있는 것도 그 때문이다.

따라서 여기 실린 시편들은 고향에 대한 일방적 편애의 시가 아니다. 고향에 대한 그리움은 누구보다도 강렬했으나, 세심하게 돌아갈 근거를 마련하고 자신의 자격을 찾고 되찾은 고향을 음미하는 사이에 고향은 산책자 앞에 놓인 객관적 경치로 변모한다. 그렇다는 것은 이 귀향의 시가 실은 이방인의 어법과 태도에 여전히 젖어 있음을 보여준다. 이방인은 귀향해서도 이방인인 것이다.

그렇다면 시인-화자가 돌아온 곳은 정말 고향인가? 물론 고향이다. 그러나 그가 안식할 고향은 아니다. 이미 그런 고향은 사라지고 없다. 고향의 풍광에 대한 그의 판단을 다시 되새겨보자. 돌아온 고향은 그때보다도 더 초라하다. 그때는 "궁전 같아 크기만 했던 기와집"이었다. 그런데 그 기와집의 물리적 형체가 변한 건 아니다. 변한 건 시인 자신일 뿐이다. 그는 이제 어린이가 아니라 노년인 것이다. 그러니 기와집이 궁전같이 크게 보일 리가 만무한 것이다. 따라서 귀향자에게 고향은 언제나 '추억' 속에서만 존재한다. 그래서 시인은 말한다: "메뚜기가 보이지 않는 초가을 논두렁/개구리의 울음소리가 들리지 않는 논/참새들은 어디로 떠났는가/잠자리는 어디로 갔는가/논에서 우렁이 잡던/어릴 적 시간은 어디론가 사라진/지금은 남은 것은 오직 추억뿐"(「고국의 늦여름 주말 드라이브」).

남은 건 추억뿐이다. 그러나 이 말도 정확한 말은 아니다. 추억의 불을 지피는 것은 지금 이곳의 고향이기 때문이다. 지금·이곳의 고향은 '진짜 고향'에 대한 유일한 준거점이다. 다시 말해 지금·이곳의 고향은 실물로서는 실재의 배반이지만 또 다른 방식으로는 '진짜 고향'의 작은 대상들의 집합이다. '또 다른 방식'이란 '시니피앙으로서'라는 뜻이다. 고향은 실물로서가 아니라 기표(記表)로서 진짜 고향을 끊임없이 환기한다. 이때 고향은 3중으로 분리된다. 그렇게 분리된 세 영역은 모두 '나'와의 관계하에서의 고향의 다른 양상들이다.

첫째, 돌아가 찾아본 실제의 고향과 그가 그리워한 실재의 고향 사이의 간극을 통해서, 고향은 영원한 상실의 대상이 된다. 그 상실은 한편으로는 그리운 사람들과의 영구적 이별에 대한 애도라는 양태로 나타나지만, 다른 한편으로는 고향을 다시 떠나 진정한 관계를 찾겠다는 편력의 산만한 꿈으로 표출된다. 그 편력은 낭만적 떠돎의 양태로 나타나는데, 가령, 공간적으로는 "가을 하늘 바라보면/무조건 날아 올라가고 싶다/흰 구름처럼 아무 데라도 가고 싶다"(「가을 하늘을 바라보면」)라는 '이곳이 아닌' 모든 곳에 대한 우발적 동경으로, 혹은 "10년/학아/사슴아/오순의 아내야/오래 보람 있게/마누라야/아주 오래/함께 살자"(「어느 여인의 오순을 위하여」)에서 보이듯 음성적 유사성에 근거한 모든 대상들의 동일시를 낳는다. 이 낭만적 떠돎의 특성은 그 지향의 우발성과 편재성에 의해서, 고향 떠남의 충동이 실제로는 고향 주변을 떠도는 모습으로 나타난다는 데에 있다. 고향의 주변을 떠돈다는 것은 고향의 주변을 뒤져 진짜 고향의 흔적으로 찾으려는 욕망의 표현에 다름 아니다. 그리고 그 욕망은 본질적으로 시적 욕망에 속한다. "마치 산상에서 그리스도가 變容했던 것처럼" "무의미한 물질[을] 의미 있는 언어로 변용"(「자연의 시적 변용」)하는 욕망이다.

둘째, 역시 똑같은 간극에 의해서, 고향은 비판적 부정의 대상이 된다. 실제의 고향에서 부정적인 것들이 적발되고 폭로된다. 앞에서 보았던 네온사인으로 번득이는 교회 간판들, "서로 총을 겨냥하고 말없이 순찰하는/국군, 인민군, 미군, 유엔군"(「38선의 짙은 녹음」)의 존재 등등. 그런데 이 비판적 부정은 시집의 제2부에 와서 볼록거울에 비춘 양상으로 확대된다. 제2부에 가면 시인의 펜은 단순히 고향스럽지 못한 고향의 양상들에 대한 적발에서 그치지 않는다. 2부에는, 현재 존재하는 모든 것은 "남의 집, 남의 땅, 남의 시대"라는, 고향의 삶 전체가 서양적인 것으로 재편된 이후 한국인에게 고향은 본원적으로 부재한다는 사회사적 인식(「가짜」), 혹은 모든 삶은, 동물의 삶이든 인간의 삶이든 먹이 사슬 속에 갇혀 있어서, 그 본래적 의미에 따른 안식처로서의 고향은 존재할 수 없다는 불행한 의식(「한 사슴의 죽음」; 「아프리카의 아름다운 동물의 세계」; 「앞을 따라서, 뒤에 밀려서, 그리고 줄을 따라 자동기계적으로」), 본래적 의미의 고향을 상실한 문명의 장래는 파국적 재앙일 뿐이라는 도저히 비관적인 종말론적 인식(「미리 본 문명의 황무지」;「이대로 끝나는가……」)이 시 쓰기의 매 순간을 짓누른다.

그러나 이 표면적 양상을 통해서 제2부를 고향 상실의 절망감이 낳은 현존 세계에 대한 파괴적 부정의 격발로 읽을 필요는 없다. 꼼꼼히 읽으면 독자는 전혀 다른 양상을 만난다. 그리고 그 다른 양상은 시인-화자의 세번째 태도로부터 비롯한다. 그 세번째 태도는 기표로서의 고향의 존재에 근거하는데, 그에 의해서 고향의 모든 것들은 진짜 고향을 환기하는 사물들, 작은 실재들로 변모한다. 이때 고향은 매 순간 다시 태어나는 고향, 매 순간 처음으로 경험하는 고향이 된다. 고향은 이제 '예전에 내가 살았던 곳'이라는 뜻으로서가 아니라, '내가 혹은 인류가 마침내 찾아가 귀의해야 할 곳'이라는 뜻으로서의 고향이 된다. 이로부터 "처음 가는 고국"이라는 표현이 가능해진다.

> 문경새재를 넘어 단양으로
> 처음 가는 길
> 아름다운 우리의 자연 (「고국의 늦여름 주말 드라이브」)

이 처음 가는 길은, 고향 속의 고향 너머의 장소다. 그래서 시인-화자는 말한다.

> 도시, 더욱 한국의 도시는 멀리 떠날수록 좋다
> 시골 마을도 지나갈수록 즐겁다 (「과학자들과의 주말 등산」)

진짜 고향은 도시도 시골도 지나가 있는 곳이다. 그곳은 고국 안에서 원족을 가야 있는 곳이다. 그렇다면 실제의 고향이 기표로서 환기하는 진짜 고향은 '고향 안에서 ─ 고향을 멀리 떠나서 ─ 있는 고향'이고 고향이 지워짐으로써 발견되는 고향이다. 그 고향은 실제의 고향을 부정하고 지움으로써 발견되면서, 그러나 동시에 그 기표의 고향이 없으면 결코 발견될 수 없는 고향이다. 저 고향은 이 고향 안에 있으니까.

그렇다면 저 진짜 고향이 제대로 발견되려면 실제의 고향의 부정성이 그만큼 생생해야 한다. 그것이 살아 있음의 증거이기 때문이다.

부엌 풍경이 너절해도 아름답다
부엌은 생생하다
삶이니까 (「부엌」)

라는 표현은 그와 연관이 깊다. 조금 주의가 깊은 독자라면 이 시구가 은근한 말장난임을 눈치 챌 수 있을 것이다. 왜냐하면 '삶'은 '생'이니까. 뒤 두 행은, "부엌은 생생하다/생이니까"로 읽을 수 있거나 혹은 거꾸로 "부엌은 삼삼하다/삶이니까"로 읽을 수 있다.

어쨌든 이 동일성의 재담이 노리는 것은 존재하는-부정태와 갈망되는-부재태 사이의 추동적 상호 작용이다. 그것들은 이질성으로서 상대방을 자극하며 동일화됨으로써 자극에 실제적인 효력을 부여한다. 따라서,

생선 눈알을 빼먹었다가
플라스틱

녹슨 부속품을 잉태한

처녀

샴페인 거품이 넘치는

흰

잔 높이 들고

어느 서정시 한 구절을

외운다 (「포스트모던 이미지」)


와 같은 그로테스크한 이미지를 만났다고 해서 놀랄 것은 없다. 말라
르메의 「인사Salut」를 연상시키는 이 시가 보여주는 것은 "생선 눈알
을 빼먹었다가/플라스틱/녹슨 부속품을 잉태한/처녀"만도 아니며,
"서정시 한 구절을 외"우는 처녀만도 아니라, 이 두 모습의 동시성이
고, 동시성에 의한 두 이미지 사이의 충격적 대조이다. 그 대조를 통
해서 한편으로 고향을 상실한 문명사회의 재앙적 이미지가 부각되며,
다른 한편으로 그 재앙의 한복판에서, 마치 연꽃처럼 혹은 밀로의 비
너스처럼, 고향을 회복하고자 하는 의지가 선명히 도드라져 솟아오른
다. 이러한 충격적 상호 작용을 통해, 「미리 본 문명의 황무지」를 탄
식했던 시인은 이제 그 황무지의 폐허 속에서도 여전히 존재의 뜻을
캔다. "존재는 뜻으로 깊으면서도 뜻이 없"다는 사실이 오히려 시인-
화자에게,


시를 시험한다

생각을 생각해본다

물어보고 또 물어보 (「이대로 끝나는가……」)

294

는 운동을 부추긴다. 존재의 뜻이 보이지 않기 때문에,

  보이지 않는 자연의
  우주의
  그리고 존재의
  신비로운 깊은 의미 (「몽고의 풍장」)

를 "비장하고도 장엄"하게 새기는 것이다.

  고향에 처음 가보는 것은 자연스러운 것이 아니다. 문자 그대로는
그것은 모순어법이다. 그러나 그 모순어법을 적극적으로 밀고 나가면
우리는 귀의가 출분이고 안식이 신생인 전혀 새로운 경험을 해볼 수
있다. 아니 모든 참된 경험이 사실 그와 같으리라. 왜냐하면 어떤 귀
환도 그것이 새로운 삶의 경험을 제공하지 않으면 귀환의 이유를 상
실할 것이며, 또 어떤 신생도 그것이 보편적 의미 안에 정착하지 못
하면 생명력을 잃고 스스로 지리멸렬해질 것이기 때문이다. 때문에
그 모순어법적 삶을 몸에 배게 한 사람은 이향을 헤매는 과정을 그대
로 고향 회귀의 궤적으로 만들 것이며, 또한 고향으로의 귀환의 도정
을 언제나 분수가 솟구치듯 하는 원심력 속에서 밟을 것이다. 때문에
또한 그런 특이한 삶은 어느 한 방향에 일방적으로 쏠리지 않아, 언
제나 절제된 양태로 혹은 정화하는 방식으로 표현될 것이다. 그런 담
백하고 정갈한 표현의 애초의 원인은 '낯선 곳에서 사는 자'의 '내면
의 현실적 부재'라고 서두에서 언급했거니와, 이제 그것은 삶을 부러

낯설게 하는 신생을 위한 모험이자, 그 모험을 위한 내면의 비움 작용이라 할 수 있을 것이다. '절제된 방식으로'란 말은, 여기에 와서, '너절한 것들도 생생하게 살아 있게 하는 방식으로'라는 뜻이 된다. 그러니 아무리 나이가 들어도 언제나 갓 태어난 아이처럼 살 수 있는 것이다. 그것이 희수(喜壽)를 맞이한 노시인이 오랜 이향과 신중한 귀향을 통해 '이미' 다다른 깨달음일 것이다. 박이문 시인이 동자의 얼굴을 하고 있는 까닭이 다 있는 것이다.　　　　　　　　〔2006〕